Hannah Howell a grandi en Nouvelle-Angleterre. Elle vit maintenant dans le Massachusetts avec son mari, ses deux fils, ses trois petits-enfants et ses cinq chats. Elle a déjà écrit plus d'une trentaine de romances historiques, la plupart se déroulant dans l'Écosse du Moyen Âge. Récompensée plusieurs fois par le *Romantic Times Bookclub Magazine*, elle a reçu à deux reprises le Golden Leaf Award. Hannah est très impliquée dans l'association des Romance Writers of America. Quand elle n'est pas absorbée par l'écriture, elle s'adonne aux jeux vidéo, au tricot, au piano ou au jardinage au gré de ses humeurs. N'hésitez pas à lui rendre visite sur son site : www.hannahhowell.com (site en anglais).

Hannah Howell

La Fiancée des Highlands

Le Clan Murray – 3

Traduit de l'anglais (États-Unis) par Jean-Baptiste Bernet

Milady Romance

Milady est un label des éditions Bragelonne

Titre original : *Highland Bride*
Copyright © 2002 by Hannah Howell
Tous droits réservés.
Publié avec l'accord de Kensington Publishing Corp.

© Bragelonne 2013, pour la présente traduction

ISBN : 978-2-8112-1084-7

Bragelonne – Milady
60-62, rue d'Hauteville – 75010 Paris

E-mail : info@milady.fr
Site Internet : www.milady.fr

*En souvenir de Joyce Flaherty, la meilleure des amies,
et le meilleur des agents.*

Mais si pendant ce temps je pense à toi, cher ami,
toutes mes pertes sont réparées et tous mes chagrins finis.

William Shakespeare

Prologue

— Sir Eric ! Sir Eric !

Sir Eric Murray se retourna en soupirant vers l'homme trop maigre qui traversait précipitamment le jardin – et dire qu'il pensait avoir trouvé un endroit suffisamment à l'écart pour lire tranquillement les nouvelles de sa famille ! Il n'avait rien contre sir Donald, mais appréciait fort peu de voir un de ses rares moments de paix si brutalement interrompu. Eric se redressa tout de même sur le banc de pierre ombragé quand l'homme vint se planter devant lui.

— J'ignorais que tu étais rentré, haleta Donald en tamponnant son visage fin avec un morceau de tissu. Tu t'es vite acquitté de la mission du roi.

— En effet, se contenta de répondre Eric.

Il ignorait dans quelle mesure le monarque voulait que leur affaire reste secrète, et Donald était une commère notoire.

— Notre souverain voulait justement te parler. Il ne sait pas que tu es arrivé, lui non plus.

— Non, je ne l'ai pas dit à grand monde. Je sais que je vais bientôt être très occupé, et je voulais profiter

9

d'un instant de calme pour me tenir au fait de ce qui se passe dans mon domaine en mon absence.

— Ta charmante épouse se porte bien ? Tes enfants aussi ?

— Oui, parfaitement, mais j'ai hâte de rentrer, et pas seulement parce qu'ils me manquent. Vois-tu, ma petite Gillyanne a décrété qu'elle devait se rendre sur ses terres de dot. Ma chère femme ignore combien de temps elle pourra retenir notre tête de mule de fille – et, à vrai dire, si elle le doit.

— Quelle coïncidence ! C'est justement de ces terres que le roi veut t'entretenir.

— Comment sait-il qu'elle en possède ? C'est une information que nous avons pourtant évité d'ébruiter… tout du moins en ce qui concerne leur emplacement.

— À la vérité, la plus grande partie de la cour en est avisée.

— Comment ?

Sir Donald déglutit nerveusement. Eric n'avait prononcé qu'un mot, mais son visage était froid, presque menaçant.

— Vois-tu, notre roi a récemment subi les sollicitations de trois lairds dont les domaines respectifs bordent ces terres, curieux de savoir à qui elles appartiennent. Ils ont compris que ton clan avait quelque chose à voir dans cette histoire, mais ton intendant a refusé de répondre à leurs questions. Le roi s'en est mêlé, et l'homme a finalement avoué. Sa Majesté a alors annoncé à ces trois lairds que le domaine représente la dot de ta fille, qui n'est pas encore mariée, et qu'ils devaient s'adresser à toi.

Eric se leva brusquement, chaque muscle de son corps élancé tendu par la colère.

— Ce sont tous trois des chevaliers, des lairds avec chacun leurs terres, reprit Donald en reculant d'un pas. Je ne vois pas pourquoi tu refuserais de marier ta fille à l'un ou l'autre d'entre eux.

— Oh, pourtant je refuse de tout mon cœur, dit froidement Eric. En premier lieu, je souhaite que ma fille se marie par amour, comme je l'ai fait, de même que mes frères, et la plupart des membres de notre clan. Et puis je n'ai aucune envie de voir des hommes exaltés par quelques acres essayer de les obtenir en se servant de ma petite Gillyanne. L'un de ces messieurs est-il encore ici ?

— Non. Ils se sont attardés quelques jours, mais ne te voyant pas revenir, ils sont partis. L'un d'entre eux a disparu en pleine nuit, sans rien dire, et les deux autres l'ont imité le matin suivant. Ils ont sans doute l'intention de venir te trouver plus tard pour te demander la main de ta fille.

— Et moi je crois qu'ils veulent savoir lequel d'entre eux arrivera le premier à traîner ma fille devant le prêtre, gronda Eric en traversant les jardins à grandes enjambées, un Donald abasourdi sur les talons.

Il imaginait la petite Gilly, qui ressemblait tant à sa mère avec ses cheveux brun-roux et ses yeux vairons, brutalisée par un idiot qui n'en voulait qu'à ses terres.

—Le roi a lâché une meute de loups sur Gillyanne, et je prie pour que ma femme l'ait gardée bien en sécurité dans notre demeure.

Chapitre premier

— *G*illyanne, je crois que notre mère ne va pas apprécier du tout.

La jeune femme sourit à James, le beau garçon aux cheveux auburn qui chevauchait à ses côtés. C'était son frère de cœur, même s'il savait que la femme qu'il appelait « mère » était en réalité sa tante. Il revendiquerait bientôt son héritage et deviendrait laird de Dunncraig, mais Gillyanne savait que la distance qui les séparerait ne serait jamais que géographique. Elle avait également bien compris que James n'approuvait pas sa décision de se rendre sur ses terres de dot.

— Et puis tu étais vraiment obligée d'emmener ces horribles bestioles ?

— Oui. Il y aura peut-être des rats là-bas.

Elle gratta doucement les oreilles de ses deux chats, Hirsute et Crassouille. Hirsute était un énorme matou jaune foncé qui portait très bien son nom et arborait un œil crevé, une oreille déchirée et de nombreuses blessures de guerre. Crassouille était une femelle gracieuse au pelage marbré de noir, de gris, d'orange et de blanc, qui s'était retrouvée fort mal nommée une fois lavée. Les deux animaux l'accompagnaient partout dans un panier doublé de fourrure attaché à sa selle. Elle les avait trouvés trois ans plus tôt, abandonnés dans un donjon proche du domaine familial, affaiblis, couverts de sang, dans une cellule au sol jonché de rats morts. Les chats avaient été plus que récompensés pour leur lutte acharnée, puisque Gillyanne les avait aussitôt recueillis.

James hocha la tête et caressa les deux félins, prouvant ainsi qu'il ne pensait pas réellement ce qu'il disait.

— Ce ne sera sans doute pas comme à Dubhlinn. C'est vrai que nous n'avons pas réussi à apprendre grand-chose sur cette demeure, à part qu'elle n'est pas en ruine. Selon mère, c'est parce que l'homme avec qui elle correspond ne la comprend pas très bien. Quand elle lui demande si l'endroit est propre et confortable, il lui répond qu'il est sûr et bien protégé. Elle a décidé que nous nous en contenterions pour l'instant, et que de toute évidence, un regard féminin était de rigueur.

— C'est parce que cette terre appartenait aux MacMillan, et qu'un MacMillan veille sur elle. Même si mon grand-oncle dit le plus grand bien de lui, mère ne connaît pas cet homme. Enfin, notre visite devrait arranger les choses.

— J'espère tout de même que le château n'est pas trop sommaire.

— Je ne veux qu'un lit, une baignoire et de quoi manger. Les luxes qu'on trouve à Dubhlinn attendront un peu.

—Tu as raison. Je me demande tout de même pourquoi tu tiens tellement à découvrir ce lieu.

—Je ne suis pas sûre de le savoir moi-même, répondit Gillyanne en souriant. C'est à moi, je ne saurais t'en dire plus. Je voulais me familiariser avec cet endroit.

—Je crois que je peux comprendre. Moi-même, je me sens comme attiré par mes terres alors que je ne serai pas laird avant encore une bonne année, peut-être même davantage.

—Guère plus.

—Tu as raison. Ne va d'ailleurs pas croire qu'attendre me contrarie. Je sais que c'est pour le mieux : j'ai besoin d'apprendre, d'acquérir de l'expérience, et puis je viens tout juste de gagner mes éperons. Notre cousin s'occupe à merveille de mon domaine, et il me faudra faire aussi bien. Un jeune laird complètement dépassé ferait plus de mal que de bien à mon clan. Je me demande ce que les gens qui vivent sur tes terres de dot vont penser en voyant arriver une petite jeune fille comme toi.

—Mère s'est posé la même question, et elle a voulu en avoir le cœur net. Ce ne sera vraisemblablement pas un problème : c'est un petit château, avec seulement quelques habitants, et selon elle, ils seraient prêts à accueillir à peu près n'importe qui. Ils ont pour seule autorité un intendant vieillissant ; ils se demandent également de quoi demain sera fait, et aimeraient être rassurés à ce propos.

—C'est une bonne chose pour toi. Dis-moi, pourquoi ai-je l'impression que tu envisages d'y rester ?

Gillyanne haussa les épaules, guère étonnée que James ait deviné ses pensées. Elle songeait en effet parfois à s'installer à Ald-dabhach… et peut-être même à trouver à ce domaine un nom qui signifiait autre chose que « Vieille Toise ». Depuis quelque temps, elle ne tenait plus en place, sans pour autant savoir pourquoi – et, si elle adorait sa famille, la côtoyer ne faisait qu'empirer la situation. Avoir ses propres terres à administrer l'aiderait peut-être à se sentir utile et apaiserait cette insatiabilité qui la rongeait.

De plus, Gillyanne rechignait à l'admettre, car cela ressemblait beaucoup trop à de la jalousie, mais elle souffrait de vivre avec tous ces couples heureux, de voir tous ses cousins bâtir leur propre famille. Chaque nouvelle naissance la peinait autant qu'elle l'emplissait de joie. Elle aurait bientôt vingt et un ans, et aucun homme jusque-là ne l'avait regardée avec un quelconque intérêt. Ses quelques séjours à la cour n'avaient rien fait pour arranger les choses, au contraire. La gent masculine ne la trouvait tout simplement pas désirable, et rien de ce que pouvaient dire les siens n'apaisait cette cuisante vérité.

Parfois, son accablement mettait hors d'elle la jeune femme. Elle n'avait pas besoin d'un homme pour avoir une vie heureuse et bien remplie ! Mais en son for intérieur, Gillyanne savait qu'elle brûlait de connaître la passion, l'amour… et surtout d'avoir des enfants. Chaque fois qu'elle voyait ses proches avec leur progéniture, ou les regards brûlants qu'ils échangeaient avec leur conjoint, elle se rendait compte que si ce bonheur-là n'était pas vital pour elle, elle le désirait de tout son être.

—Mais comment veux-tu dénicher un mari si tu vas te cloîtrer là-bas? demanda James.

Gillyanne parvint au prix d'un gros effort à ne pas faire tomber son cousin à bas de sa monture d'un bon coup de pied.

—Je ne crois pas que ce soit un problème. S'il y a un homme pour moi en ce bas monde, ce qui pour l'instant me semble improbable, il m'y trouvera aussi facilement qu'à Dubhlinn ou à la cour.

—On jurerait que tu as renoncé. Tu sais, Elspeth et Avery avaient ton âge quand elles ont rencontré leurs époux.

—Presque, elles étaient tout de même un peu plus jeunes... et puis je parie qu'elles avaient déjà éveillé l'intérêt de quelques messieurs avant de se marier. Ne te tracasse pas, mes cousines ont croisé leurs âmes sœurs dans les circonstances les plus improbables, et ce sera peut-être aussi mon cas.

Les deux jeunes gens émergèrent d'un bosquet, et Gillyanne annonça:

—Et voilà! Mes terres, et mon château.

Ald-dabhach n'avait vraisemblablement tout d'abord été qu'une simple tour, avant que deux ailes soient accolées à cette dernière au fil des années. La demeure était désormais entourée d'une muraille haute et robuste. Elle était juchée au sommet d'une colline aux versants relativement raides, et devait donc être facile à défendre. Elle accueillait en contrebas un petit village propret, et les champs qui l'entouraient étaient tout aussi bien entretenus – tout du moins ceux qui n'étaient pas employés pour faire brouter le bétail. Une rivière serpentait derrière la bâtisse, et ses eaux étincelaient dans le soleil couchant. Gillyanne décida que l'endroit était somme toute plutôt charmant ; elle l'espérait seulement aussi paisible qu'il en avait l'air.

— C'est une demeure… solide, commenta James en venant retrouver Gillyanne sur les remparts, après leur dîner.

— Très solide ! approuva la jeune femme en riant.

Il n'y avait pas grand-chose d'autre à dire. Le fort était propre, mais il manquait quelque peu de touches féminines, telles que des nappes pour les tables de la salle à manger – ce qui n'avait après tout rien d'étonnant : le lieu était principalement occupé par des hommes. Seules trois femmes résidaient à l'intérieur de la bâtisse : deux épouses de soldat plus toutes jeunes, et une fillette très timide de douze ans, la fille du cuisinier. Sir George, l'intendant, âgé d'une soixantaine d'années, avait une mauvaise vue et n'entendait également pas très bien. La plupart des hommes d'armes étaient pour leur part entre deux âges. Selon toute vraisemblance, Ald-dabhach était devenu un domaine où les MacMillan envoyaient leurs serviteurs les plus âgés… *ou les moins valides*, songea Gillyanne en regardant l'un des rares jeunes hommes du fort se diriger vers les écuries en boitant. Voilà qui confirmait ses impressions : l'endroit était paisible.

Les cinq hommes qui l'avaient accompagnée là avec pour projet de s'y installer étaient jeunes, vigoureux, et ils avaient été accueillis avec presque autant de chaleur qu'elle.

— Je crois que les servantes seront ravies de voir rester tes gaillards, déclara James.

— J'en ai bien l'impression. Tu as remarqué comme elles étaient nombreuses pour le dîner ? Je suis sûre qu'elles nous ont regardés arriver depuis le village.

— Pour ensuite courir ici à toute allure. Ald-dabhach souffre de toute évidence d'une pénurie d'hommes robustes. J'aimerais penser que les filles d'ici se marient avec les garçons du domaine parce qu'elles savent qu'un boitillement importe peu… mais j'ai l'impression qu'elles n'ont seulement pas le choix.

— C'est tout de même le cas pour certaines, répondit Gillyanne en désignant de la tête l'homme qui disparut dans les écuries. Je l'ai vu avec sa femme tout à l'heure, avant qu'elle ne parte pour le village. Aux regards qu'elle lui lance, on jugerait que c'est le garçon le plus beau, le plus fort, le plus vaillant du monde.

— Tu me suggères donc d'oublier mes désillusions.

— Exactement. Ta foi en la bonté humaine est-elle rétablie ?

— Je suppose que la tienne n'a jamais vacillé.

— Avec certains de nos semblables, elle se retrouve parfois les quatre fers en l'air.

James éclata de rire et passa un bras autour de ses épaules.

— Tu en vois trop, et trop clairement, voilà tout.

—Je sais, répondit Gillyanne en regardant l'obscurité tomber. Ce n'est pas tout le temps une mauvaise chose : après tout, ça me permet de prévenir tout le monde. Elspeth dit que je dois seulement savoir quand faire la sourde oreille, mais je ne crois pas que j'en serai un jour capable. Je peux ignorer les gens… ordinaires, mais pour peu que quelque chose en eux m'interpelle ou éveille ma méfiance, c'est plus fort que moi, je dois savoir de quoi il s'agit. Si Elspeth peut voir dans le regard des gens, j'ai plutôt l'impression de sentir ce qu'ils renferment. Elle est très douée pour déceler les mensonges, la peur, le danger… mais en ce qui me concerne, me retrouver dans une pièce pleine de monde peut parfois se révéler une vraie torture.

—Je n'aurais jamais cru que c'était aussi fort. Comment peux-tu supporter d'être en permanence assaillie par les sentiments de tout le monde ?

—Pas de tout le monde. Souvent, je ne réussis pas à lire en toi, et c'est le cas avec la plus grande partie de ma famille. Le plus dur pour moi, c'est la haine… mais la peur ne vaut guère mieux, car même si je sais que ce n'est pas la mienne, elle a souvent raison de mon bon sens. Il m'est arrivé de fuir certains endroits en courant avant de me rendre compte que ma terreur avait disparu… restée avec celui qui l'éprouvait vraiment.

—Il en va de même pour Elspeth ?

—Plus ou moins… elle dit que son talent est plus doux, qu'elle a plutôt l'impression de sentir des odeurs flotter dans les airs.

—Je suis bien content de ne pas être affligé de ce genre de… dons.

—Tu as le tien, toi aussi, James, repartit Gillyanne en lui tapotant la main.

—Tiens donc? Lequel? demanda le jeune homme avec méfiance, alerté par son ton suave.

—Tu peux faire grimper ces dames jusqu'aux cieux. C'est ce qu'elles disent toutes.

James rougit, à la grande joie de Gillyanne.

—Cameron a raison, tu n'as pas reçu assez de fessées quand tu étais petite.

—Allons bon, comme si la grande brute qu'a choisie Avery me faisait peur. Ça fait presque huit ans que son époux accumule les menaces sans avoir jamais rien fait.

—Et tu savoures la moindre d'entre elles.

—Il faut lui reconnaître un certain talent.

James éclata de rire.

—Sens-tu quoi que ce soit d'inquiétant ici, Gilly? demanda-t-il doucement.

—Non, mais j'ai appris à ne pas regarder dans les yeux tous ceux que je croise. Je peux m'estimer heureuse que mon père ait choisi d'être adopté par le clan Murray, une famille dont tant de membres possèdent des dons semblables. (Gillyanne s'appuya sur le rempart en pierre grossièrement taillée et contempla ses terres.) Pour l'instant, je ne ressens qu'un calme, une paisible… une douce satisfaction, un peu d'impatience même, mais sûrement pas de peur. J'ai l'impression d'avoir pris la bonne décision en venant ici. Quand je vois ce château, ou peut-être seulement cette contrée, j'ai l'impression d'être chez moi.

— Tu feras beaucoup de peine à tes parents si tu restes ici.

Gillyanne soupira profondément ; c'était là son seul regret.

— Je sais, mais ils finiront par comprendre. À dire vrai, je crois même que c'est la raison pour laquelle mère a tout fait pour m'arrêter, ou tout du moins pour me retenir à Dubhlinn jusqu'à ce que père revienne. Je ne voulais pas les quitter et crois-moi, je regretterai tous les jours de ne pas buter contre un cousin chaque fois que je me retournerai. J'ai parfois douté pendant le trajet, mais dès ces portes franchies, j'ai senti que j'avais raison. J'ignore pourquoi, ou combien de temps ça durera, mais pour l'instant je sais que c'est ici que je dois m'installer.

— Dans ce cas, reste. Tu ne peux pas ressentir cela sans raison.

Gillyanne s'appuya contre James en souriant. S'il ne possédait aucun de ces talents étranges si fréquents chez les Murray – sans doute parce qu'il n'était pas réellement de leur sang – le jeune homme faisait montre à la place d'une grande compassion et d'une tendre nature. Pour autant, il ne doutait jamais des dons de ses proches ni ne les craignait. À vrai dire, cette totale absence d'aptitude surnaturelle était peut-être ce que Gillyanne préférait chez son cousin… ou peut-être était-ce simplement parce qu'elle ne parvenait que rarement à lire en lui. Quand ils n'étaient que tous les deux, elle avait l'impression d'être normale ; James ne comprendrait sans doute jamais pourquoi elle trouvait cela si réconfortant.

— Cela dit, je ne crois pas que tu dénicheras un homme ici. Nous avons pu voir qu'ils ne sont pas légion.

— Il y en a assez pour nous défendre.

— Tu sais très bien que je ne parle pas de soldats ni de serviteurs prêts à soulever de lourds fardeaux pour toi. Ce n'est pas à Ald-dabhach que tu te dégotteras un mari.

Gillyanne eut toutes les peines du monde à ne pas frapper James. Pourtant, il n'avait fait qu'énoncer un fait. Il n'y avait pas d'hommes ici pour elle, et à en croire sir George, elle n'avait aucun intérêt à rendre visite à l'un ou l'autre des trois clans qui résidaient autour de ses terres. Il lui semblait même que l'intendant était soulagé que ces voisins ignorent complètement Ald-dabhach. Ce n'étaient pas des ennemis, mais certainement pas des alliés non plus. Cet endroit souffrait bel et bien d'une pénurie d'hommes. Il lui répugnait de l'admettre, mais la jeune femme ressentait peut-être un tel apaisement parce qu'au fond de son cœur, elle avait accepté de n'être à jamais que tante Gilly, la vieille fille seule et rabougrie.

— Ça n'a pas d'importance, répondit-elle sans en croire un mot. Je n'ai pas besoin d'un homme pour être heureuse.

— Tu ne veux pas d'enfants ? Il faut pourtant un mari pour ça.

— Non, juste un amant. (Le regard consterné de James la fit rire.) Je peux apprendre aux femmes à régir toutes seules leur propre domaine, ou encore recueillir les garçons et les filles oubliés qu'on trouve dans les rues de chaque village, et qui ont grand besoin d'amour, de soins et d'un toit.

— Sans doute, mais ce n'est pas pareil.

— Je m'en contenterai. Ne t'inquiète pas pour moi, James : je saurai trouver le bonheur toute seule. Je préférerais certes avoir à mes côtés un époux aimant et des enfants, mais je sais que j'apprécierai une existence sans ces cadeaux. Pour être honnête, si j'ai quitté Dubhlinn, c'est entre autres parce que j'étais fatiguée de devoir en permanence expliquer cela à tout le monde. La sollicitude des nôtres commençait à me peser.

— Désolé. J'en faisais autant, j'imagine.

— Un peu. Et puis je t'avoue que parfois, je suffoquais littéralement d'envie. Je souffre d'être loin de ma famille, mais c'est sans doute le mieux si je dois rester vieille fille. Je préfère mener ma propre vie plutôt que seulement faire partie des leurs… qu'on me rende visite, et non qu'on m'héberge.

— Tu crois vraiment qu'ils se montreraient cruels avec toi ? demanda James d'un ton où se mêlaient doute et reproche.

— Jamais à dessein, répondit sans hésiter Gillyanne. Cela dit, mes cousines sont si heureuses de leurs existences, avec leurs époux et leurs enfants, qu'elles souhaitent la même chose pour moi. Elles me présentent donc des hommes, me traînent à la cour, tentent très gentiment de m'habiller mieux ou de me coiffer autrement… Aujourd'hui, je n'ai que vingt ans, mais avec le temps, leur gentillesse serait devenue plus envahissante, leur inquiétude plus évidente. Crois-moi, il était préférable de prendre de la distance. Elles n'essaieront plus de me trouver un compagnon, et ne se désoleront pas de n'en voir aucun arriver.

Gillyanne prit James par le bras, et redescendit avec lui l'escalier raide et étroit qui menait à la cour intérieure.

—Allons donc voir à quoi ressemblent nos lits. La journée a été longue.

Le jeune homme n'ajouta rien, même si Gillyanne devinait qu'il en avait envie – comme s'il voulait l'encourager, la flatter, mais ne trouvait rien de vraiment convaincant à dire. Il en allait de même avec le reste de ses proches, et c'était d'ailleurs pour cela qu'elle avait commencé à se sentir mal à l'aise en leur compagnie. Chaque fois que l'un d'entre eux s'efforçait de stimuler sa fierté, il ne faisait que lui rappeler pourquoi il estimait cela nécessaire.

Tout en se préparant pour la nuit, elle réfléchit aux quelques améliorations qu'elle pourrait apporter à sa chambre quelque peu spartiate. Elle avait du travail à faire ici, et elle savait que celui-ci lui apporterait de grandes satisfactions. Cet endroit deviendrait son avenir, sa vie… et qui sait? Si sa famille et elle cherchaient avec un peu moins d'acharnement un mari potentiel, celui-ci viendrait peut-être de lui-même.

Gillyanne dut faire un saut pour monter sur son grand lit, et elle se glissa sous les couvertures en soupirant. Sa petite taille pouvait expliquer cette totale absence de prétendants… sans parler de sa silhouette menue. Les hommes aimaient les courbes généreuses, ce dont elle était cruellement dépourvue.

Ses chats ne tardèrent pas à la rejoindre ; Crassouille vint se presser contre sa poitrine, et Hirsute contre son dos. Elle ferma les yeux en regrettant que ces messieurs ne soient pas aussi faciles à contenter que les félins. Un endroit bien chaud où dormir, quelques caresses et un ventre plein leur suffisaient. Ils se moquaient de savoir si elle avait de petits seins, un esprit parfois trop acéré et un don pour déceler les mensonges avant même qu'ils soient prononcés. Il lui fallait un homme aux besoins simples, capable d'accepter son absence de formes et son comportement étrange… mais elle craignait que celui-ci n'existe que dans ses rêves.

Chapitre 2

— *I*ls seront bientôt là.

Gillyanne leva le regard vers George, puis revint à son repas – sans oublier Crassouille et Hirsute, à qui elle jetait de temps à autre un morceau de fromage. Absorbée par ses projets pour sa nouvelle demeure, elle n'avait pas vu l'intendant entrer. L'homme au visage maigre et austère semblait soucieux, mais comme il arborait cette expression depuis qu'elle était arrivée deux jours plus tôt, elle ne s'en alarma pas outre mesure. Visiblement, George aimait être inquiet.

— Qui donc ? interrogea-t-elle en essayant d'inciter Crassouille à se dresser sur ses pattes de derrière pour obtenir un bout de poulet.

— Les lairds.

— Quels lairds ?

— Les trois que nous n'avons jamais vus… et que nous aurions voulu ne jamais voir.

— Ah, ces lairds-là.

— C'est à coups de pied qu'ils frapperont à nos portes.

— Et devrais-je alors les ouvrir ?

George soupira profondément, et haussa ses épaules frêles et voûtées.

— Je me demande bien pourquoi ils ont décidé de nous rendre visite, madame. Oh, ils traversent certes nos terres de temps à autre, mais rien de plus. Ils ont envoyé il y a quelque temps des messagers pour savoir qui possédait ce domaine. J'ai répondu que c'étaient les MacMillan, et nous n'avons plus entendu parler d'eux. J'en ai donc conclu que cette nouvelle ne les avait pas contrariés… Mais pourquoi revenir aujourd'hui ?

— C'est une très bonne question… et comme ces messieurs sont les seuls à pouvoir y répondre, je propose de la leur poser.

— Nous allons les laisser entrer ?

Gillyanne ignora poliment le ton légèrement apeuré de l'intendant.

— Uniquement ces trois lairds, seuls, et sans leurs armes. Ça ne devrait pas les contrarier s'ils ne sont venus que pour parler.

— C'est une bonne idée.

— Et demande à sir James de t'accompagner, ajouta-t-elle alors que George s'éloignait déjà.

— En voilà une autre !

Il était certes agréable de voir ses décisions ainsi saluées, mais Gillyanne savait que l'enthousiasme de l'intendant ne serait que passager. George pensait pour l'instant que trois hommes seraient faciles à maîtriser, mais il s'apercevrait bientôt que les soldats qui avaient sans doute accompagné leurs lairds encerclaient désormais Ald-dabhach.

La jeune Mary entra dans la grande salle en esquivant gracieusement les deux chats qui détalaient sans demander leur reste, et Gillyanne lui ordonna de faire servir à boire et à manger pour leurs hôtes. Il ne lui avait fallu que quelques heures à Ald-dabhach pour comprendre que, malgré ses douze ans, l'enfant promettait d'être d'une très grande aide. Gillyanne, sûre que ses consignes seraient accomplies aussi vite qu'efficacement, eut tout le loisir de songer à ces invités impromptus.

Elle ne pouvait rien faire tant qu'elle ne les aurait pas devant elle, puisque eux seuls connaissaient la raison de leur venue. La jeune femme décida donc de jouer elle-même au laird auguste et distant, tout en veillant à ne pas froisser qui que ce soit. Elle s'assit bien droite dans son fauteuil de seigneur, et espéra que ses visiteurs ne remarqueraient pas que ses pieds ne touchaient pas le sol. Elle entendit des pas se rapprocher, et se répéta fébrilement qu'Ald-dabhach était à elle.

James fit entrer trois hommes suivis de près par deux de ses soldats. George se glissa dans la pièce sur leurs talons et tâcha de disparaître dans les ombres qui bordaient la porte. Les trois nouveaux venus balayèrent la grande salle des yeux, y cherchant visiblement quelqu'un d'autre, puis se décidèrent à regarder Gillyanne. Les deux plus petits de ces messieurs restèrent bouche bée, et le troisième haussa un sourcil amusé.

—Lairds, bienvenue à Ald-dabhach, dit la jeune femme. Je suis lady Gillyanne Murray. Je vous en prie, prenez place à ma table. Boissons et pitance arriveront bientôt.

L'homme aux cheveux noirs s'avança en premier pour s'incliner.

—Je suis sir Robert Dalglish, laird de Dunspier, domaine qui longe vos terres à l'est et au sud.

Il s'assit à sa droite, laissant cependant le siège à côté de la jeune femme à James, qui s'empressa de s'y installer.

Le deuxième laird, roux et trapu, se contenta d'une révérence très sèche, presque insultante.

—Sir David Goudie, laird d'Aberwellen, le domaine à l'ouest et au sud du vôtre.

Il prit place en face de sir Robert, mais dévisagea froidement James.

Le troisième homme, le plus grand, se renfrogna brièvement, puis imita ses compagnons.

—Je suis pour ma part sir Connor MacEnroy de Deilcladach, le laird du reste des terres qui vous entourent.

Mary et ses jeunes frères servirent à manger et à boire, offrant à Gillyanne un répit opportun. Il émanait des trois hommes un mélange de méfiance, de tension et d'hostilité qu'elle avait le plus grand mal à ignorer. Une chose était sûre, cependant : ils n'étaient pas venus pour simplement lui souhaiter la bienvenue. La jeune femme aurait voulu leur demander des explications, mais craignait de dévoiler ainsi son malaise. Elle but une gorgée de vin et essaya d'imiter l'attitude paisible de James.

Sir Robert ne semblait pas être un mauvais bougre. Il l'avait saluée avec élégance, s'était adressé courtoisement à elle, et maintenant que sa surprise initiale était passée, il la regardait avec un intérêt poli. Sir David l'inquiétait davantage : l'homme paraissait remettre en question son droit de s'asseoir à la place du laird. Elle sentait qu'il n'appréciait guère l'idée qu'une femme puisse posséder des terres, ou quoi que ce soit de valeur. Sir Robert était un homme de cour et sir David un guerrier brutal. Gillyanne savait que c'était une façon bien trop simpliste de voir les choses, mais cela lui permettait de comprendre quelle attitude adopter avec eux le temps d'en découvrir plus à leur sujet.

Son voisin de gauche la préoccupait davantage. Quand elle se concentrait sur l'impressionnant sir Connor, Gillyanne ne ressentait rien… tout au plus une vague méfiance à l'égard de ses deux semblables, et encore, peut-être n'était-ce qu'une déduction provoquée par les regards qu'il leur lançait. Il ne se tournait que très rarement vers elle.

Mais pourquoi la perturbait-il tant ? Était-ce à cause de sa taille, parce qu'elle était incapable de lire en lui, ou encore – elle réprima un soupir – en raison de sa beauté ? Il était très grand, large d'épaules, et son corps svelte possédait une puissance naturelle qui rendait chacun de ses mouvements gracieux. Ses cheveux, d'une belle couleur dorée, tombaient en vagues épaisses sur ses épaules. Ses traits avaient de quoi faire soupirer ces dames, et ce en dépit de la balafre qui courait du coin de son œil gauche jusqu'à son oreille et de la courbe irrégulière d'un nez qui avait déjà été cassé au moins une fois. Deux petites cicatrices marquaient sa mâchoire carrée et son front haut. Ses sourcils bien dessinés et ses longs cils étaient nettement plus foncés que ses cheveux. Ses yeux, à peine entraperçus, avaient suffi à faire battre le cœur de Gillyanne, car elle n'en avait jamais vu de tels : ils étaient de la couleur des jacinthes des bois, une fleur qu'elle avait toujours adorée. Un bref regard sur ses mains lui apprit qu'elles aussi étaient superbes : puissantes, avec des doigts effilés et gracieux. Les cicatrices dont elles étaient couvertes confirmèrent qu'en dépit de son jeune âge, cet homme était depuis longtemps un guerrier.

— Ainsi, vous vous décrétez maîtresse d'Ald-dabhach ? demanda David.

— Oui. Ce domaine m'appartient. Dans sa grande générosité, mon grand-oncle m'en a fait présent pour qu'il me serve de dot.

— Mais des terres de dot ne sont-elles pas destinées à être cédées à l'époux de celle qui les possède ? Êtes-vous mariée ou fiancée ?

— Non, riposta Gillyanne, qui éprouvait quelque difficulté à répondre aimablement à une question aussi impertinente. Mon grand-oncle m'a assuré que je n'avais pas besoin d'un mari pour prendre possession de ces terres. Elles sont à moi, voilà tout.

David poussa un grommellement hautain, et James s'empressa de poser une main sur le poing serré de Gillyanne avant que celle-ci cède à l'envie de frapper le laird.

— Vous avez besoin d'un mari, jeune fille, et c'est d'ailleurs pour ça que nous sommes venus vous voir aujourd'hui, annonça David.

— Pour m'en trouver un ?

— Non, pas besoin de chercher. Nous allons vous épouser.

— Vous trois ? Je ne crois pas que l'Église le permettra.

Gillyanne entendit un grognement étouffé sur sa gauche, mais elle décida de ne pas se tourner vers sir Connor pour en déterminer le sens, et garda le regard rivé sur David.

— Non, vous choisirez l'un d'entre nous.

La jeune femme, qui ne s'attendait certainement pas à ce que le laird réponde sérieusement à sa plaisanterie, manqua d'éclater de rire. Sir Robert considéra l'homme comme s'il hésitait entre le gifler et s'esclaffer. Sir Connor, pour sa part, l'observait fixement, sans qu'elle ose imaginer pourquoi.

— Et pourquoi diable ferais-je une telle chose ? demanda-t-elle.

— Une femme ne peut pas administrer une terre toute seule, voilà tout, rétorqua David. Vous avez besoin d'un homme ici.

—Madame…, intervint sir Robert avant que Gillyanne puisse riposter à cette arrogante remarque. Mon ami ne s'exprime sans doute pas de la façon la plus délicate qui soit, mais il y a une part de vérité dans ses propos.

Si sir Dalglish essayait de l'apaiser, il s'y prenait très mal.

—L'heure n'est pas à la paix, madame, et chaque clan doit tout faire pour être fort et prêt à se battre, poursuivit Robert. Vous êtes peut-être intelligente et pleine de bonne volonté, mais c'est la tâche d'un homme.

—Je le sais, et c'est pour ça que je me sens tellement en sécurité ici, aidée par mon cousin sir James Drummond, laird de Dunncraig, par les soldats que mon père, sir Eric Murray, a entraînés, et bien sûr par sir George, un homme d'une grande expérience choisi par mon grand-oncle. (Gillyanne croisa les mains sur la table et adressa un large sourire à ses trois convives.) De plus, je suis entourée de trois puissants lairds qui, comme sir George me l'a assuré, se sont toujours montrés parfaitement pacifiques.

—Madame…, commença Robert.

—Ne gaspille pas ta salive, Robbie, l'interrompit sir David. De toute évidence, cette jeune personne refuse d'entendre raison.

—Je vous demande pardon ? Vous avez décrété que j'avais besoin d'un mari, et je me suis contentée d'exprimer poliment mon désaccord.

—Ne jouez pas à l'idiote. Vous savez que nous voulons ce domaine et que nous préférons qu'il revienne à l'un d'entre nous plutôt qu'à une petite donzelle descendante d'un parent trop généreux. Choisissez l'un d'entre nous pour époux, ou nous le ferons à votre place.

À ces mots, sir David se leva, bientôt imité par ses deux compagnons, plus hésitants.

—Et vous êtes tous les trois du même avis? soupira Gillyanne. (Sir Robert hocha la tête.) Vous n'avez rien dit, sir Connor. Vous êtes d'accord avec ces hommes, avec leurs projets pour moi et mes terres?

—C'est un beau domaine, madame, et nous le convoitons depuis très, très longtemps.

Sur ce, les trois lairds quittèrent la pièce. James s'empressa de les escorter jusqu'aux portes du château, et fit fermer ces dernières. Gillyanne étouffa un juron. Il ne lui avait fallu que deux malheureux jours pour se retrouver à couteaux tirés avec trois clans, et mettre fin à des années de paix. Elle remplit fébrilement sa coupe de vin et but une grande gorgée.

—Nous avons un léger problème, annonça James à son retour.

—Oh, vraiment?

Il s'assit en face d'elle et se servit lui aussi à boire.

—Ils te veulent.

—Non, ils veulent ce domaine.

—Nous sommes perdus! se lamenta George en quittant le renfoncement dans lequel il s'était réfugié pour s'effondrer dans le siège à la gauche de Gillyanne. Il y a beaucoup de soldats dehors.

— Tant que ça ? demanda-t-elle à James.

— Oui, mais je ne pense pas qu'ils nous attaqueront tous en même temps.

— Pourquoi ?

— Ils ne feront rien pour empêcher l'un de leurs camarades de faire de toi sa femme, mais ils ne l'aideront pas non plus. Je suis d'ailleurs sûr qu'ils vont tous les trois essayer, chacun de leur côté.

— Je me demande bien comment ils vont décider de qui passera en premier.

— À pile ou face, en tirant à la courte paille, aux dés, quelle importance ?

— On dirait que le cadeau de mon grand-oncle n'est pas si merveilleux que je le croyais.

— Tu viens de recevoir trois demandes en mariage ! s'esclaffa James.

Il esquiva sans peine le coup de poing peu convaincu de Gillyanne.

— Pourquoi ne pas accepter l'une d'entre elles, madame ? interrogea George. Ils sont tous les trois chevaliers et lairds, et si je ne prétends pas savoir ce qui plaît à une dame, ils me semblent loin d'être repoussants. Ce sont également des hommes jeunes, vigoureux, et maîtres de belles terres.

— Je suis sûre que tu dis vrai, pourtant ce n'est pas moi qu'ils veulent, mais mon domaine. De toute évidence, ils voient en moi un moyen de parvenir à leurs fins sans provoquer un conflit. Et en choisissant l'un d'entre eux, je leur épargnerais d'avoir à se battre. Me voilà devenue le trophée d'un drôle de tournoi ; nous sommes loin de la cour galante dont rêve toute jeune fille.

— Peu d'entre elles y ont droit.

— C'est malheureusement bien vrai. Cela dit, je refuse de voir une seule goutte de sang couler pour cette histoire.

— Je ne vois pas comment l'empêcher, si vous voulez qu'ils se battent pour vous.

— Ces messieurs ne devraient pas se montrer très agressifs pour commencer : ils voudront évaluer nos forces. Et puis ils n'ont sans doute pas envie d'endommager Ald-dabhach ni de faire du mal à ses occupants.

— Ni de risquer de vous blesser, ou pire encore.

— Oui, ces lairds auraient du mal à m'épouser dans ce cas… et ils se retrouveraient en délicate posture avec mon grand-oncle, ce qu'ils préfèrent visiblement éviter. Ils ne veulent pas non plus s'attirer les foudres de mon clan. De toute évidence, je ne suis quant à moi pas considérée comme une menace. On peut d'ailleurs s'étonner qu'ils soient prêts à contrarier les miens en me forçant à me marier contre mon gré.

— Ils ont sans doute eu peur, en découvrant que cet endroit appartenait à une demoiselle sans époux, que celle-ci n'attire un conquérant, répondit James. Les MacMillan se sont toujours révélés être des voisins pacifiques, à défaut d'être des alliés, mais tu pourrais te trouver un mari beaucoup plus belliqueux.

— J'aurais cru que des lairds vivant dans un endroit aussi paisible auraient tout d'abord essayé de conclure un traité avec moi.

— Cette contrée ne l'a pas toujours été, madame, intervint George. Les pères de ces lairds, et leurs grands-pères avant eux, étaient des hommes avides et barbares. Notre domaine a souffert lui aussi, en grande partie parce qu'il permettait aux armées de se rendre chez leurs voisins et leur faisait office de garde-manger. Des traités de paix étaient parfois signés pour être très vite enfreints, et les trahisons étaient monnaie courante. Notre pays fut jadis rougi par le sang de ces trois clans… et un peu par le nôtre.

— Mais comment ces guerres se sont-elles arrêtées ?

— Les pères de nos trois lairds se sont entre-tués, laissant derrière eux des terres brûlées et beaucoup trop de tombes – même si ce furent selon moi les MacEnroy qui souffrirent le plus. Sir David, sir Robert et sir Connor n'étaient encore que des enfants à l'époque, mais au milieu des ruines, ils conclurent un pacte. Il n'y aurait plus de guerres ni de massacres. Ils ne sont pas devenus bons amis pour autant, mais si l'un d'eux entrait en conflit avec un ennemi extérieur, aucun des deux autres ne s'engagerait pour ou contre lui.

— Je vois. Ils ont choisi une paix sans entraide.

— Exactement, madame, et celle-ci tient depuis près de douze ans. Il y a bien eu quelques crimes ou affronts, mais chaque fois les lairds se sont réunis pour convenir d'une solution.

— Je suppose qu'après ce qu'ils ont vécu…

— Madame, vous devez comprendre qu'après la mort des trois vieux lairds, j'ai été sidéré de voir des survivants se lever des décombres pour tenter de tout reconstruire.

— Je comprends pourquoi ils ne veulent pas qu'un étranger vienne m'épouser et s'approprier mes terres.

Gillyanne se laissa aller dans son fauteuil, le regard fixé sur le dessus de l'épaisse table en bois pour mettre de l'ordre dans ses pensées. Elle devait gagner du temps, ce qui permettrait à son père d'arriver. Elle savait qu'il se ruerait à Ald-dabhach dès qu'il en aurait fini avec la mission que lui avait confiée le roi. Il pourrait alors employer ses talents de négociateur avec les trois lairds et mettre de l'ordre dans cette pagaille. Elle devait en attendant se cramponner à son domaine et à son statut de demoiselle, tout en veillant à ce que personne ne soit tué. Voilà qui ne serait pas une mince affaire.

— Vous voulez vous défendre, n'est-ce pas ? demanda George, les larmes aux yeux.

— Sans trop de véhémence, je te le promets, le rassura-t-elle. J'ai seulement besoin de temps. Père viendra bientôt arranger les choses. Je suis sûre que ces messieurs ne refuseront pas de traiter avec lui.

— Mais nous ignorons quand il arrivera, dit James.

— C'est bien pour ça que je souhaite tranquilliser notre cher George quant à mes intentions, répondit Gillyanne. Je compte seulement faire patienter ces lairds, en espérant que père vienne effectivement à ma rescousse. C'est certes un peu humiliant, mais nécessaire. Voilà bien ma chance ! La première embûche qui se dresse sur ma route ne peut être surmontée qu'avec l'aide d'un homme… plus vieux et plus puissant que toi, James, ajouta-t-elle avec un sourire faussement naïf.

— Il faut donc nous préparer à repousser un ou deux assauts.

— Oui, mais aussi pacifiquement que possible, car je ne veux pas que l'un ou l'autre des camps subisse de véritables pertes.

— Parfait, nous leur lancerons des oreillers, ricana James en esquivant un nouveau coup de Gillyanne. Plus sérieusement, il nous faudra ruser pour contrer leurs attaques.

— Tu crois qu'ils donneront l'offensive dès demain ?

— Oui. Ces trois-là ont autant envie d'en finir que toi de faire tarder les choses.

— Dans ce cas, je ferais bien de m'atteler à ma première surprise, annonça Gillyanne en se levant.

— Qui sera ? s'enquit George en quittant la salle sur les talons des deux jeunes gens.

— Quelque chose d'aussi nauséabond et collant que possible. Il n'est pas toujours nécessaire de blesser un homme pour lui donner envie de fuir à toutes jambes.

— Mais si votre concoction sent si mauvais, ne risquons-nous pas de souffrir autant que nos adversaires en la préparant ?

— Toute bataille demande des sacrifices. (Gillyanne admira les grimaces horrifiées de ses deux interlocuteurs, puis éclata de rire.) Ne vous inquiétez pas, ce ne sera pas si terrible. Je n'ajouterai l'ingrédient le plus pestilentiel qu'au dernier moment. Et puis vous pourrez oublier ma préparation sitôt après l'avoir déversée : ceux qui la recevront sur la tête pueront sans doute pendant plusieurs jours, même s'ils brûlent leurs vêtements.

Sans qu'elle sache vraiment pourquoi, Gillyanne espérait que sir MacEnroy ne serait pas le premier à donner l'assaut. Il lui avait pourtant semblé être le plus attentif des trois lairds, ce qui pouvait bien faire de lui le plus dangereux. Elle chassa ces étranges pensées d'un haussement d'épaules, convaincue qu'elle rechignait seulement à maculer un si bel homme de son horrible préparation.

— Mais comment as-tu fait pour te retrouver troisième ? demanda Diarmot à son frère Connor qui l'écoutait, assis sous un arbre. Tu as plus de chance que ça d'habitude.

— Je m'estime heureux de passer en troisième, répondit l'homme, le regard fixé sur Ald-dabhach.

— Parce que tu laisses à l'un ou l'autre de tes idiots de voisins l'occasion de remporter ces terres ?

— Non, celle d'échouer.

— Cette femme est venue avec son armée ?

— Une demi-douzaine d'hommes vigoureux et bien entraînés.

— Ça ne fait pas beaucoup.

— S'ils savent aussi bien se battre qu'elle le prétend, ils pourront tenir cet endroit un certain temps…

surtout s'ils sont dirigés par un laird intelligent, et c'est le cas de notre jeune amie.

Diarmot s'assit à côté de son frère.

— Une femme trop futée peut faire plus de mal que de bien. Tu devrais peut-être laisser tes rivaux gagner.

— Non. Je veux Ald-dabhach. Ce sont des terres riches qui produisent beaucoup plus que ce dont ont besoin leurs habitants ; c'est loin d'être le cas à Deilcladach. De plus, tu aurais un domaine à administrer, des gens sous tes ordres. Dalglish et Goudie ont chacun de quoi occuper un ou deux de leurs frères. Moi, j'en ai quatre, et je ne possède pas même un cottage à vous donner ! Peu importe que cette fille soit trop rusée… crois-moi, nous avons toutes les raisons d'espérer remporter ce domaine.

— Mais comment sais-tu qu'elle est intelligente ? Tu n'as passé qu'un instant en sa compagnie.

— Ça m'a suffi. Sir David croit qu'il lui faut seulement fracasser quelques crânes, s'engouffrer dans le château et la traîner devant un prêtre pour l'emporter. Cet imbécile n'a aucun respect pour les habitants d'Ald-dabhach, et encore moins pour elle. Sir Robert ne vaut guère mieux, même s'il a assez de jugeote pour savoir qu'obtenir ce prix pourrait lui apporter quelques problèmes. Je suis pratiquement certain qu'ils vont tous les deux échouer, et je compte pour ma part rester tranquillement assis pour admirer leur déroute. J'ai très envie de voir ce que va faire notre jeune amie, et ce que ça coûtera à ses gens.

Les pensées de Connor s'attardèrent un instant sur la frêle demoiselle qui détenait désormais Ald-dabhach. Il y avait chez elle quelque chose de fascinant, même s'il aurait été bien en peine d'expliquer quoi. Lady Gillyanne était menue – elle ne lui arrivait même pas à l'épaule – et ses courbes semblaient de simples esquisses comparées à celles dont étaient pourvues tant d'autres femmes. Ses cheveux n'étaient ni vraiment roux ni châtains, et chacun de ses yeux vairons était à la fois vert et bleu, quoique pas dans la même proportion. Tout chez elle était délicat, de ses mains gracieuses à ses petits pieds qui, comme il l'avait remarqué, ne touchaient pas le sol quand elle était assise. Connor n'aurait jamais cru qu'une telle femme aurait excité son désir… et pourtant c'était le cas, ce qui pourrait se révéler problématique. Il avait également l'impression que ces yeux aussi étranges que superbes avaient déjà vu beaucoup de choses.

— Donc si j'ai bien compris, nous allons demeurer ici quelques jours, dit Diarmot, mettant un terme aux rêveries de son frère.

— Oui. Nous ferions d'ailleurs mieux de surveiller ce prêtre de près. Il n'était pas vraiment ravi d'être traîné ici, et pourrait bien essayer de nous fausser compagnie.

— Je vais demander à l'un de nos gars de l'emmener dans la petite église du village. Je crois bien qu'il ne te suffira pas de capturer cette jeune femme pour que tes deux rivaux s'admettent vaincus.

— Non, je devrai aussi l'épouser, la déflorer, et la ramener aussi vite que possible à Deilcladach.

— Puisqu'elle ne veut visiblement d'aucun de vous trois comme mari, je ne suis pas sûr que tes projets lui plaisent beaucoup.

— Ça n'a aucune importance, répondit Connor en haussant les épaules. Elle sera à moi, et ses belles terres m'appartiendront aussi. J'aurai gagné.

Chapitre 3

— *L*es voilà! s'écria James avec soulagement. Gillyanne se serait volontiers jointe à lui. Même avec des linges lourdement parfumés noués autour du cou et pressés contre le nez, la puanteur de ce qui attendait leurs adversaires dans des seaux et des marmites alignés sur la muraille était difficile à supporter. La jeune femme se demandait comment elle avait pu préparer une chose aussi horrible. Elle n'était même pas sûre que le produit qu'elle avait prévu pour nettoyer les récipients serait assez puissant. Si dorénavant elle proposait aux habitants d'Ald-dabhach d'élaborer quelque potion, il y avait de fortes probabilités pour que ceux-ci la supplient à genoux de s'abstenir, ou s'enfuient en courant.

— De quel laird s'agit-il ? demanda-t-elle à George.

— Sir David, répondit ce dernier après avoir jeté un rapide regard par-dessus le parapet.

— Bonne nouvelle.

— Oui, il mérite certainement ce qui va lui arriver.

— J'espère que ma petite préparation sera assez collante.

—Le jeune Peter en a fait tomber un peu sur sa chemise et il n'a pas réussi à l'enlever, même avec de l'eau et en frottant de toutes ses forces.

—A-t-il essayé ma potion pour la nettoyer ?

—Oui, et ça a été efficace… sur son bras tout du moins, car il avait déjà arraché sa chemise.

—La puanteur a traversé le tissu pour imprégner sa peau ?

—Oui, mais ce n'était pas ce qui le dérangeait le plus : il disait être en feu, et s'est aussitôt aspergé d'eau.

—Ma mixture l'a brûlé ? demanda Gillyanne, horrifiée.

—Non. Une fois son bras rincé, la sensation s'est vite estompée, de même que la rougeur – qu'il avait d'ailleurs sans doute provoquée à force de se frictionner. (George frotta son menton noirci par une ombre de barbe.) Une minuscule éruption.

—Dieu soit loué. Je ne veux blesser personne. Nous devrions peut-être faire attention en leur versant ceci sur la tête : je crains de les rendre aveugles.

James et George lui lancèrent un regard accablé.

—Les hommes que tu vois approcher n'ont pas de tels scrupules, lui dit James. Ils m'ont même l'air disposés à estropier ou à tuer les nôtres. De toute façon, ils sont en bas, et nous sommes en haut, ils vont donc forcément recevoir cette horreur sur la tête.

—Je le sais bien ; ordonnez seulement à nos soldats de crier « fermez les yeux ! » avant d'agir.

George et James obtempérèrent, et Gillyanne ne fut pas surprise d'entendre quelques grognements et ricanements dans ses rangs.

— J'espère que l'un des nôtres versera une bonne quantité de cette infâme bouillasse sur cet idiot, ajouta-t-elle en regardant sir David approcher des remparts.

Le laird l'irritait au plus haut point. Il était si imbu de lui-même! C'était sans doute un de ces hommes persuadés que les femmes n'étaient bonnes à rien. Il devait même penser qu'il rendrait un grand service à l'humanité en lui confisquant Ald-dabhach. Gillyanne aurait été ravie de l'enfermer en compagnie des représentantes du clan Murray pour quelques jours aussi éprouvants que riches en enseignements.

— Si tu dois en dernier recours épouser l'un de tes voisins, je suppose que ce ne sera pas celui-ci, dit James.

— Ce butor? Non merci.

— Lady Gillyanne, êtes-vous prête à vous rendre? beugla sir David.

— Pourquoi diable ferais-je une chose pareille? répondit Gillyanne sur le même ton.

— Parce que mes guerriers se massent devant vos portes!

— Ce qu'ils ne tarderont pas à regretter, murmura Gillyanne, suscitant l'hilarité de James et de George. Sir David, mes murs sont très hauts, très solides, et en toute honnêteté, votre armée n'a rien de vraiment impressionnant!

— Vous risqueriez la vie de vos gens pour préserver votre hymen ?

— Et ces terres. Vous avez raison, ma virginité m'est très chère. Je songe d'ailleurs à me faire nonne, et à offrir Ald-dabhach à l'Église.

— Il faudra me tuer pour ça !

— Quel dommage, je me serais fait une joie de relever ce défi si je n'étais pas une âme aussi sensible, dit la jeune femme à voix basse.

Quand sir David fit signe à ses soldats d'attaquer, elle ordonna :

— Maintenant ! Ne les laissez pas tirer une seule flèche !

— Fermez les yeux ! rugirent plusieurs voix.

Gillyanne fut très satisfaite d'être obéie aussi prestement. Elle avait beau n'être qu'une petite femme, les habitants d'Ald-dabhach n'avaient pas hésité à l'accepter comme laird. Les quelques hommes, entièrement dévoués à sa cause, qui l'avaient accompagnée avaient sans doute incité ses nouveaux sujets à accepter son autorité, mais l'instant restait néanmoins particulièrement grisant.

Sitôt l'horrible substance versée du haut des remparts, le silence se fit en contrebas. Les hommes de sir David étaient peut-être terrifiés à l'idée d'avoir été arrosés d'huile bouillante, ou simplement avaient été rendus muets par la puanteur de la mixture. De toute façon, hurlements et imprécations ne tardèrent pas. Gillyanne risqua un regard par-dessus le parapet et ressentit une vague de compassion, car une bonne partie des soldats s'était mise à vomir. Ses gens avaient fait du beau travail en répandant copieusement le contenu de leur marmite. Quelques projectiles arrondis fendirent les airs pour s'abattre sur les hommes les plus éloignés de la muraille.

— Quelles sont ces choses ? demanda-t-elle à sir George.

— Certains de nos garçons ont décidé de remplir des vessies de porc, entre autres, de votre mélange pour les lancer plus loin. Ils ont d'abord fait quelques essais avec de l'eau. Ingénieux, vous ne trouvez pas ?

— Très. Combien de cochons ont été sacrifiés à notre cause ?

— Assez peu, somme toute. Voyez-vous, ils ne se sont pas servis que des vessies, mais d'à peu près toutes les entrailles de ces bêtes. Vous feriez mieux de détourner le regard, madame, je crois que les Goudie commencent à arracher leurs vêtements.

— Oui, je vois beaucoup de paires de fesses en train de courir sur les collines. J'aurais préféré qu'ils ne laissent pas leurs atours derrière eux. Ils sentent décidément trop mauvais à mon goût.

— Je peux envoyer un ou deux de nos gaillards les rassembler en tas pour les brûler. Ces hommes vont salir l'eau de notre rivière, je le crains.

— Peu importe : elle coule à vive allure, et tout ce qu'ils y laisseront ne restera pas longtemps dans les parages.

— Croyez-vous que le prochain laird arrivera bientôt ?

— Non, pas avant demain matin, répondit James. Ces messieurs m'ont l'air de s'y prendre de façon plutôt directe : ils débarquent, demandent à Gilly de se rendre, puis attaquent. Aujourd'hui, c'était au tour de sir David. Les deux autres attendront de voir s'il retente sa chance.

— Selon toi, ils se laissent un jour chacun, dit Gillyanne.

— Exactement. Nous allons poster suffisamment de gardes sur ces remparts, mais je crois vraiment qu'il n'arrivera rien de plus d'ici à demain matin.

— Tu penses que sir David ne reviendra pas aujourd'hui ?

— Il le voudra peut-être, mais il aura du mal à convaincre ses hommes d'approcher de nouveau ces murs alors qu'ils ont encore les larmes aux yeux.

— Dans ce cas, retirons-nous dans un endroit un peu moins malodorant pour préparer la suite des événements.

— Elle les a accueillis avec de l'huile bouillante ? demanda Diarmot en admirant la déroute des hommes de sir David.

Connor remarqua qu'un bon nombre de ces derniers étaient nus, et sourit.

— Non, je ne l'imagine pas faire une chose aussi barbare, et puis nous aurions au moins vu quelques-uns de ces soldats réduits à l'état de torches humaines. Ils ont certes l'air très pressés d'arracher leurs vêtements, mais je ne vois pas de fumée.

Une douce brise souffla sur la petite colline d'où ils observaient la scène, et Connor écarquilla les yeux pendant que Diarmot se couvrait le nez d'une main. Le laird de Deilcladach et sa petite armée l'imitèrent presque aussitôt, et reculèrent pour fuir l'odeur pestilentielle qui venait de leur parvenir.

— Elle leur a versé le contenu des latrines d'Ald-dabhach sur la tête! s'écria Diarmot.

— Si elles sentaient comme ça, personne ne pourrait vivre derrière ces murs.

Connor remarqua qu'une fois passé le choc initial, l'odeur devenait somme toute à peu près tolérable.

— Des œufs pourris, décréta l'un de ses hommes en reniflant courageusement.

— Non, c'est de la fange, protesta un autre.

— Pour moi, ce sont toujours les latrines, dit Diarmot.

— À mon avis, c'est tout ça à la fois, rétorqua Connor. Cette jeune femme a sans doute pris tout ce qu'elle a trouvé de plus nauséabond pour en faire un mélange diabolique… et à en juger par la vitesse à laquelle ces messieurs se défont de leurs vêtements, j'ai l'impression qu'elle l'a rendu très collant.

C'était admirable. Elle avait réussi à mettre ses adversaires en fuite avant qu'ils aient le loisir de donner un seul coup d'épée, et avait remporté une victoire sans effusion de sang. Connor avait deviné que lady Gillyanne souhaitait préserver ses nouveaux vassaux; il avait désormais la preuve qu'elle ne voulait pas non plus faire de mal aux hommes venus lui prendre ses terres.

— Tu crois que sir David va faire une autre tentative ? demanda Diarmot. Il lui reste encore quelques bonnes heures avant le coucher du soleil.

— Même s'il le souhaite, cette bataille est terminée : ses soldats ne voudront jamais risquer une nouvelle douche, et puis la moitié d'entre eux ont les fesses à l'air. On raconte bien qu'autrefois, les clans se battaient nus, mais je suis sûr que ces gaillards voudront trouver des habits propres avant de faire quoi que ce soit.

Diarmot éclata de rire, puis lança un regard inquiet en direction de la forteresse.

— Penses-tu qu'il lui reste un peu de cet horrible mélange ? Assez pour repousser deux autres attaques ?

— J'en doute, mais nous le saurons demain matin, quand sir Robert et ses hommes marcheront vers ce château… et si tu veux mon avis, ils s'y prendront très, très prudemment. Robert ne méprise peut-être pas autant cette jeune femme que sir David, mais il escomptait tout de même vaincre sans difficulté, c'est d'ailleurs pour ça qu'il était si furieux de ne pas passer en premier. Cela dit, il devrait la considérer avec un peu plus de respect à présent.

— Tu t'attendais à ce qu'elle lui joue un tour de ce genre, n'est-ce pas ?

— Si tu veux tout savoir, je ne serais pas très surpris qu'elle nous mette tous les trois en déroute au cours de cette première tentative.

— Dans ce cas, je prie pour que notre défaite ne sente pas aussi mauvais que celle de sir David.

Gillyanne, les bras croisés, étudiait les deux petits tas d'herbes disposés sur la table principale de la grande salle. Repousser sa deuxième série d'assaillants promettait d'être plus compliqué. Trop de choses pouvaient aller de travers. Pourtant, elle sentait qu'il était vital pour elle de battre sir Robert, s'il s'agissait bien de son prochain adversaire. Elle n'aurait su dire vraiment pourquoi, mais elle redoutait qu'il l'emporte et la traîne devant un prêtre. C'était pourtant un bel homme, mais la simple pensée de l'épouser lui faisait horreur.

— Alors, allons-nous les rendre joyeux, ou tristes ? demanda James en désignant tour à tour l'un et l'autre des tas.

— Je l'ignore. Si d'aventure le vent venait à se retourner contre nous...

— Madame, je vous assure qu'à cette période de l'année, il n'en fera rien, répondit George. Il souffle toujours de la rivière, derrière nous.

— Ainsi, la fumée devrait s'éloigner.

— Bien entendu, et elle se dirigera également vers les deux autres lairds et leurs troupes.

— Que ça leur serve de leçon. Je n'aime pas beaucoup les voir assis là, à chercher un moyen de me prendre mon bien.

— Je vous comprends.

— Et puis son effet sera très nettement atténué quand elle les atteindra.

— Bon, serons-nous gentils ou méchants ? intervint James, qui sourit quand Gillyanne lui tira la langue.

— Optons pour le premier choix. Je ne doute pas de ton jugement, George, mais rien n'empêche le destin et le climat de se retourner contre moi. Voyez-vous, si les émanations de cette herbe-ci vous calment et, tout au plus, vous endorment, la fumée créée lorsqu'on brûle cette autre est désagréable rien qu'en vous effleurant la peau.

— Oui, soyons charitables, approuva James. Si jamais le vent venait à souffler dans notre direction, nous devrions pouvoir nous prémunir en pressant de gros chiffons sur nos nez.

— Tu as raison. Il faudra veiller à ce que tous nos hommes en aient un.

— Mais comment pousser nos ennemis à venir près de nos feux ? Ils vont forcément se douter de quelque chose. Nous agirons dans la matinée, ils vont donc comprendre que ce ne sont pas des feux de garde.

— Pas forcément, si nous les allumons avant le lever du soleil. George, avons-nous assez de bois ?

— Oui, madame, même si nous risquons de sérieusement entamer nos réserves… mais ce n'est pas grave, nous pourrons toujours en ramasser d'autre.

— Ce qui ne nous dit pas comment faire approcher ces idiots, rappela James. Il y a un moyen et tu le connais très bien, mais ce n'est pas moi qui te pousserai à y avoir recours.

— Je sais, grommela Gillyanne. Je n'ai jamais compris pourquoi ça a un tel effet sur les gens, mais je serais bien bête de ne pas m'en servir.

— Vous servir de quoi ? demanda George.

— Elle va chanter pour le prochain laird et ses hommes, expliqua James.

— Madame, je suis sûr que vous avez une très jolie voix, mais…

— Gillyanne, chante quelque chose pour George.

La jeune femme soupira, joignit les mains devant elle et entonna la chanson la plus courte qu'elle connaisse. Le silence qui ponctua cette dernière ne la surprit pas vraiment : elle était habituée à ce genre de réaction. Elle rougit cependant en se rendant compte que George n'avait pas été le seul à l'écouter, et à maintenant essuyer une larme.

— C'était pourtant une ritournelle joyeuse, murmura-t-elle.

— C'est vrai, bredouilla George en reniflant. Très joyeuse.

James éclata de rire et embrassa Gillyanne sur la joue.

— Tu ne peux pas l'entendre comme nous, ce qui est probablement pour le mieux, sinon tu ne terminerais jamais une seule chanson. Ta voix caresse l'oreille et fait vibrer l'âme. Tu as été bénie par les anges, et je crois que nous pouvons tous les entendre quand tu chantes.

— Voilà, maintenant, je suis vraiment gênée, maugréa Gillyanne en se couvrant le visage de ses mains.

—Ne sois pas si timide quand tu devras chanter pour nos ennemis, demain.

—Je vais sans doute demander à nos soldats de se boucher les oreilles, dit George.

—Bonne idée, approuva James. Ils doivent être capables de remarquer si le vent tourne, ou si le laird se rend compte que nous nous apprêtons à lui jouer un tour. Comment allons-nous procéder, jeune fille ?

—Il suffit de jeter les herbes dans les flammes, et la fumée qu'elles dégageront apaisera tous ceux qui la respireront. Ils auront l'impression d'être dans un songe. Si nous en mettons assez, ils s'assoupiront, ou seront tellement plongés dans leurs rêveries que nos hommes n'auront aucun mal à les assommer. J'ai songé à attacher de petits paquets d'herbes à des flèches que nous aurions alors dirigées vers les feux, mais ce n'est pas judicieux : les soldats du laird se croiraient attaqués, et même ma voix ne parviendrait pas à leur faire oublier une nuée de projectiles.

—Nous pourrions peut-être faire tomber ces paquets depuis les remparts ?

—Ils se douteraient tout de même de quelque chose, et je préférerais que les feux n'éveillent pas leurs soupçons.

—Pourquoi ne pas poster un de nos gaillards à côté de chacun ? demanda George.

—Ce ne serait pas dangereux ?

—Je ne pense pas. Personne ne s'étonnera de voir des hommes s'occuper des feux de garde : seuls des inconscients les laisseraient brûler sans les surveiller.

Quand ils verront l'ennemi approcher, ils n'auront qu'à jeter les herbes dans les flammes et courir se réfugier derrière nos murs.

— Et les voyant détaler ainsi, nos adversaires ne s'étonneront pas qu'ils les laissent allumés, renchérit James.

— Ça va vous sembler étrange, mais je m'inquiète de trouver si vite une solution à chaque problème.

— Gilly, tu te tracasses pour rien. (James contempla les petits tas d'herbes.) Ça ne fait pas grand-chose.

— Il y en a suffisamment pour adoucir cette armée… je crains seulement que les fumées ne soient pas assez fortes pour tous les endormir.

— Nous en avons bien davantage, annonça George.

— Vraiment ? Mais pourquoi donc ? demanda Gillyanne.

— Eh bien… la vieille Hilda, une des femmes du village, ramasse toutes les herbes qu'elle peut selon la saison, que nous en ayons besoin ou non, avant de les préparer ici. Celle qui vous intéresse aujourd'hui pousse beaucoup dans la région, et nous en avons un baril entier, déjà séchée et écrasée. Vous voyez, Hilda est payée pour chaque cueillette… pas beaucoup, mais elle ne va pas renoncer à ces quelques pièces sous prétexte que nous n'avons pas encore épuisé nos réserves. Elle a aussi le droit de venir se servir ici si elle en a besoin, et je crois qu'elle aime avoir un si large butin à disposition.

— Va chercher ce baril, George. Nous veillerons à ne pas tout brûler, car il n'y a rien de mieux pour soulager la douleur. (Gillyanne aida l'homme à remettre dans un sac les herbes qu'ils n'utiliseraient pas.) Parfait, nous allons pouvoir préparer quelques paquets supplémentaires, à jeter du haut des remparts si nous estimons que ces messieurs requièrent un dosage un peu plus fort.

— Madame, que ferons-nous si tout se passe comme nous l'avons prévu et que nos ennemis se retrouvent endormis à nos pieds ?

— S'ils sont tous incapables de bouger, nous sortirons les dépouiller de leurs armes.

— Doux Jésus. Quand ces hommes reviendront à l'assaut, ils seront sans doute très remontés, et certainement moins faciles à berner.

— Je le crains moi aussi, mais grâce au ciel, mon père sera peut-être déjà arrivé alors… et si ce n'est pas le cas, comme je l'ai déjà dit, je ne laisserai personne être blessé ou tué pour m'épargner d'être traînée devant un prêtre.

— Êtes-vous prête à vous rendre, lady Gillyanne ? cria sir Robert, qui avait fière allure sur son grand hongre noir.

Ce jour-là, le vent avait décidé de se montrer généreux avec Gillyanne et soufflait doucement la fumée sans cesse plus épaisse vers le laird et ses troupes, qui ne pouvaient éviter de l'inhaler, comme le confirmaient les quelques quintes de toux qui lui parvenaient.

La jeune femme inspira profondément et monta sur le parapet tandis que James lui attrapait les chevilles pour l'aider à se tenir debout. Il avait insisté pour qu'elle porte sa belle robe blanc et doré, et qu'elle laisse ses cheveux retomber sur ses épaules. Les regards que lui lançaient les hommes de sir Robert lui apprirent que James avait eu raison : son allure les captivait presque autant que le son de sa voix. Elle espérait seulement que les émanations ne tarderaient pas à avoir raison d'eux.

— Pas le moins du monde, sir Robert.

— Que faites-vous perchée là-haut ? Vous cherchez à m'attirer pour ensuite m'arroser de votre horrible mixture ?

— Ne vous inquiétez pas, messire, nous avons tout versé sur sir David hier. Il ne faut jamais faire les choses à moitié.

— Vous avez bien raison. Descendez de ce mur à présent. Je ne voudrais pas que vous soyez blessée pendant la bataille, ou pire encore.

Le laird secoua vivement la tête comme pour s'éclaircir les idées. Gillyanne remarqua que plusieurs de ses hommes souriaient, et quelques-uns s'étaient même assis par terre. La fumée commençait à faire son effet.

— Tous ces combats pour obtenir ma pauvre petite main me rappellent une chanson, dit la jeune femme, amusée par la mine béate du laird. Je l'ai entendue alors que je séjournais en France. Vous parlez français, messire ?

— Je crois… je devrais. Maman était française, vous savez ?

— Il a l'air soûl, observa James.

— Et il doit avoir l'impression de l'être, répondit Gillyanne.

Elle se mit alors à chanter de tout son cœur, en choisissant des airs qui la touchaient, dont le sujet ou la poésie résonnait en elle. Au bout de sa cinquième chanson, une déchirante histoire d'amour perdu, James lui suggéra d'arrêter. Gillyanne descendit du parapet en balayant du regard les rangs de sir Robert. La plupart des assaillants étaient affalés par terre, au pied du château. Quelques-uns de leurs camarades avaient réussi à s'éloigner, mais ils s'étaient écroulés à leur tour, ou erraient sans but, perdus dans leurs rêveries.

— Pour tout t'avouer, James, je n'arrive pas à croire que ça ait marché.

— Moi non plus, repartit le jeune homme en l'embrassant sur la joue. Donnons l'ordre de les désarmer.

— Tu as raison. Les feux sont presque éteints, et j'ignore combien de temps encore nos adversaires resteront endormis.

— Et de deux ! Plus qu'un laird.

Gillyanne regarda en direction du camp des MacEnroy. Une silhouette de haute taille se découpait au milieu des arbres.

— Oui, plus qu'un… mais celui-ci ne mordra pas la poussière aussi facilement.

— Elle les a tous tués, murmura Diarmot, sidéré.

— Mais non, répondit Connor.

Il regarda, désabusé, un des hommes de sir Robert se cramponner à l'un des siens pour lui annoncer à quel point il le trouvait sympathique.

— Elle a seulement utilisé une de ses potions pour leur faire perdre la raison et les rendre ridiculement joyeux, expliqua le laird. (Un guerrier, à genoux dans un champ, criait, la tête levée vers les cieux.) Certains ont l'air pris dans leurs propres rêves. Elle peut s'estimer heureuse qu'aucun des soldats de sir Robert n'ait souffert de quelque dangereuse maladie mentale.

— Mais ils n'ont rien mangé ni rien bu.

— C'est la fumée. Quand elle est venue dans notre direction, n'as-tu pas senti une sorte de…

Connor chercha un instant le terme adéquat.

— Un sentiment de paix ? Comme si tout ce que je voyais me procurait une grande joie ?

— Exactement, et ses chansons y contribuaient. Elle a pris au piège le malheureux Robert et ses hommes comme une araignée l'aurait fait de mouches.

— Ah, cette voix… nous avons bien failli perdre le vieux Nigel quand il a commencé à se diriger vers le château, comme attiré. C'était si merveilleux à entendre de là où nous sommes, comment s'étonner que ces soldats soient restés envoûtés jusqu'à ce que la fumée les submerge ? (Diarmot désigna les portes d'Ald-dabhach, qui venaient de s'ouvrir.) Et maintenant, les assiégés vont tuer leurs adversaires jusqu'au dernier.

Les hommes de Connor s'apprêtèrent à se ruer sur le château, sûrs qu'ils assisteraient à un massacre, mais leur laird les arrêta d'un geste de la main.

— Regardez, ils vont seulement prendre leurs armes. Croyez-moi, cette jeune femme ne veut pas que le sang coule. Elle aurait très facilement pu tirer sur les Goudie et les Dalglish, mais au lieu de ça elle a préféré passer des heures à mettre au point des stratagèmes compliqués pour les disperser sans leur infliger le moindre mal – ce qu'elle vient de faire à deux reprises.

— Je comprends qu'elle les désarme, mais pourquoi les déshabiller ? demanda Diarmot.

— Pour ajouter une petite touche d'humiliation, je suppose. Elle devrait faire attention : c'est une chose que les hommes ne prennent en général pas très bien, surtout de la part d'une si frêle créature. Sir David a pesté pendant une bonne partie de la nuit, et je suis certain que sir Robert l'imitera bientôt.

— Ils vont observer attentivement ce qu'elle te fera.

— Je le crois bien. Ils ont hâte d'assister à ma défaite.

Connor étudia les soldats gisant devant Ald-dabhach, nus pour la plupart. Même le cheval de Robert semblait à moitié endormi quand on l'entraîna à l'intérieur de l'enceinte.

— Tu t'attends à perdre, ma parole !

—Oui. Une mixture dont la puanteur ne vous quitte plus, une fumée qui vous fait perdre la tête… comment se prémunir contre de telles ruses ? Je suis sûr qu'elle a un nouveau tour dans son sac pour nous.

—Je te trouve bien calme pour un homme sur le point d'être humilié.

—Je vois ça comme une partie de ma stratégie… une étape nécessaire.

—Ah, je vois, c'est très sage… mais peux-tu m'en dire plus sur ta tactique ?

—Si intelligente qu'elle soit, lady Gillyanne Murray finira bien par se retrouver à court d'astuces.

Chapitre 4

Connor observait Ald-dabhach alors que l'aube teintait le ciel de rouge. Le laird n'avait pas menti à Diarmot en lui confiant qu'être humilié par cette petite jeune femme faisait partie de ses plans – mais cela ne signifiait pas pour autant que l'idée lui plaisait, ni qu'il l'affrontait avec calme. Ce n'était pas une bataille, mais un jeu complexe dont il devait apprendre les règles. Il n'appréciait guère de ne savoir que faire pour esquiver ce qui l'attendait. Si Gillyanne avait eu des intentions sanguinaires, il aurait déjà foulé les corps des Goudie et des Dalglish pour à son tour connaître un funeste destin.

—Connor, Cagneux vient de revenir et il a quelque chose à te dire, annonça Diarmot en le rejoignant.

Le laird considéra le jeune homme en question, une créature très grande, très maigre et aux articulations proéminentes, ce qui lui avait valu son surnom. Pas de doute, le coup d'envoi avait été donné.

—Depuis plus d'une heure, les gens ont commencé à fuir Ald-dabhach, messire, déclara Cagneux d'une voix étonnamment basse et puissante pour un garçon doté d'une cage thoracique si étroite.

— Ils fuient ? Tu en es vraiment sûr ?

— Pourquoi quitter le château sinon ?

— Pour nous jouer un tour. Dis-moi ce que tu as vu dans les moindres détails.

Connor était sûr de lui, mais ne voyait vraiment pas ce que Gillyanne avait en tête. Comment pouvait-elle espérer l'emporter si elle était seule ?

— Au départ, ils ne partaient que par un ou deux, lentement, mais il y en a eu de plus en plus. Ils transportent tous des affaires. Croyez-moi, ils détalent comme des rats sur un bateau qui coule. Je crois qu'ils ont peur que les choses ne tournent à l'orage, et ils ne veulent pas mourir parce qu'une dame refuse d'épouser l'un d'entre vous.

C'était parfaitement sensé. Lady Gillyanne avait eu le choix entre trois bons partis, et les gens d'Ald-dabhach ne voulaient pas verser une seule goutte de leur sang à cause de son entêtement. Elle s'était peut-être proclamée laird, mais pour eux, elle n'était sûrement qu'une donzelle à qui un parent gâteux avait offert un domaine. Pourquoi auraient-ils préféré une petite jeune femme à des chevaliers rompus à l'art de la guerre tels que Robert et David ? Connor se demandait pourquoi il se méfiait autant.

— Et ses hommes, ont-ils quitté le château eux aussi ?

— Non, en tout cas je ne les ai pas vus.

— Ils sont bien obligés de rester avec elle, dit Diarmot.

— Évidemment, murmura Connor. Six hommes, et une jeune fille.

— Ils finiront bien par comprendre qu'ils ne sont pas assez nombreux pour tenir ce château.

— Et puisqu'elle a montré qu'elle ne voulait pas avoir recours à la violence, ils ne vont sans doute même pas essayer. (Il considéra le fort qu'il convoitait, les poings sur les hanches.) Une fois tous les autres sortis, ils nous laisseront sans doute entrer.

— Alors pourquoi n'as-tu pas l'air ravi de ta victoire ?

— Parce qu'il n'en est rien. Je sais que tout indique que j'ai gagné, mais je n'y crois pas. Après tout, les habitants d'Ald-dabhach l'ont épaulée face à David et Robert… pourquoi l'abandonneraient-ils maintenant ?

— Parce qu'ils savent que tu es meilleur combattant ? suggéra Diarmot en haussant les épaules.

— C'est flatteur, mais je ne pense pas.

— Parce qu'elle est à court de tours et se retrouve obligée de nous combattre ?

— Possible, je n'en ai pas moins l'impression que c'est un piège. Au diable cette fille et ses ruses ! Je sais qu'elle trame quelque chose, mais je dois tout de même y aller. Mon tour est venu, et elle a sans doute compris que nous avions chacun un jour pour la conquérir. Elle pourrait très bien gagner en ne faisant qu'attendre.

— Tu sais qu'elle t'a tendu un piège, et tu vas malgré tout te jeter dedans ?

— Je n'ai pas le choix. Au moins, nous sommes sûrs que nous n'y laisserons pas la vie.

—C'est déjà ça.

—Dis à nos hommes de ne prendre qu'une arme. Nos lames nous seront peut-être confisquées, et je ne veux pas que nous nous retrouvions dans ce campement sans rien pour nous défendre.

—Entendu. Je tâcherai aussi de me trouver un pagne ou des braies pour couvrir mes parties intimes. J'ai remarqué que les assiégés n'ont pas enlevé de tels atours aux hommes de Robert qui en portaient, et j'aimerais éviter de revenir ici nu comme un ver.

De nouveau seul, Connor ne put s'empêcher de faire la grimace en songeant aux bas de fin tissu qu'il cachait sous ses vêtements. Le laird espérait, si on les découvrait, que tout le monde y verrait une élégance de riche seigneur. Il ne voulait certainement pas que le monde entier sache qu'il avait une peau délicate, et que la laine et les étoffes grossières lui étaient insupportables. Maigre réconfort, deux de ses frères souffraient de la même sensibilité embarrassante.

Le temps que le soleil se dévoile enfin entièrement, Connor était prêt. Ses guerriers semblaient aussi déterminés que lui, même ceux qu'il avait décidé de laisser dans le campement pour surveiller armes et chevaux. Connor vit les Goudie et les Dalglish se regrouper pour les observer. Il se mit en route, suivi en silence par ses hommes, tout en espérant que ses rivaux n'auraient pas matière à se divertir.

— Il arrive, annonça James en entrant dans la grande salle, les cinq soldats du clan Murray sur les talons. Ses hommes et lui sont à pied.

— Je vois, il a peur que je lui vole son cheval, comme je l'ai fait avec sir Robert, répondit Gillyanne en s'installant confortablement dans le fauteuil du laird.

— Nous n'avons rien volé, c'est une prise de guerre.

— Je songe tout de même à le lui rendre quand toute cette histoire sera terminée.

— Pourquoi ? C'est une belle bête.

— Je sais, mais sir Robert y tient visiblement beaucoup. Il demandait encore qu'on ne la lui prenne pas quand ses gens l'ont emporté. Jamais jusque-là un homme nu ne m'avait hurlé d'imprécations. (Gillyanne ricana avec ses soldats, mais recouvra vite son sérieux.) Tu crois que sir Connor va tomber dans notre piège ?

— Il n'a pas le choix. C'est son jour. Il doit agir.

— Mais il se doute de quelque chose.

— Oui, s'il n'est pas complètement idiot. Mais comme je viens de le dire, il ne peut rien faire d'autre. Son tour est venu, et il sait que nous pouvons très bien nous contenter d'attendre.

James contempla la table couverte de pain, de fromages, de vins et de toutes les gourmandises que le cuisinier avait pu préparer.

— Tu es sûre que ça va marcher ? demanda-t-il.

— Non, mais mes autres stratagèmes aussi comprenaient une part de risque.

—Pas aussi grande que celle-là! Les autres lairds n'ont jamais eu l'occasion de t'approcher d'assez près pour t'empoigner.

—C'est vrai, mais il y a ici six hommes armés pour refréner de telles ardeurs. Et puis regarde ce festin. Quel homme ayant passé quelques jours à camper pourrait y résister? (James et les soldats approuvèrent à contrecœur.) D'accord, je prends des risques, mais il y a de très bonnes chances pour que ça réussisse.

—Je sais, mais à moins d'être complètement idiot, il considérera ces mets et ces vins avec méfiance.

—Et comme je suis sûre qu'il ne l'est pas, je me joindrai à lui et aux siens pour cette collation.

James poussa un juron.

—Voilà bien une partie de ton plan de génie que je déteste. Fais attention à ne pas trop manger ou boire. Malingre comme tu es, tu risquerais de dormir plusieurs jours.

Gillyanne croisa les bras et lança un regard agacé en direction des cinq soldats manifestement amusés.

—On jurerait entendre George.

—Alors comme ça, ton laird s'est jeté dans la gueule du loup, murmura James en s'asseyant à côté d'elle tandis que leurs gardes venaient se placer en rang derrière eux.

—Comme tu l'as si bien dit, il n'a pas le choix.

Quand George arriva dans la grande salle, suivi de sir Connor et de ses hommes, Gillyanne sentit son cœur battre plus vite. Elle redoutait que ce phénomène ne soit pas uniquement dû au danger.

Connor MacEnroy était très impressionnant, et Gillyanne doutait qu'une femme normalement constituée puisse le regarder sans rien ressentir. Il était grand, beau et fort, un véritable Viking des temps anciens. Gillyanne secoua la tête pour chasser ces rêveries et lui adressa un large sourire, ignorant la mine suspicieuse avec laquelle il contemplait la nourriture disposée sur la table.

— Vous m'attendiez, à ce que je vois, dit-il en s'asseyant à sa droite.

— Oui, depuis que je me suis rendu compte que j'étais seule.

— Pas complètement, apparemment, répondit Connor avec un bref regard pour les six gaillards qui la surveillaient. Vous savez, je pourrais vous emmener sans autre forme de procès.

— Je ne crois pas que mes hommes apprécieraient.

— Vous avez pourtant montré que vous ne vouliez pas avoir recours à la violence.

— C'est vrai, mais si les circonstances l'exigent…

Gillyanne sourit de plus belle et désigna la nourriture d'un geste gracieux.

— Pourquoi ne pas partager un bon repas et discuter calmement de cette triste situation ?

Gillyanne décida que le regard cynique et amusé du laird, un sourcil haussé, pourrait très vite se révéler horripilant.

— Comment vous faire confiance, après ce que vous avez fait aux autres ?

— Bien sûr, je comprends.

Gillyanne était assez fière du ton froissé de sa voix. Elle remplit sa coupe de vin et disposa un assortiment de nourriture dans son assiette. La jeune femme pouvait pour l'instant manger sans crainte : quelques aliments intacts avaient été placés stratégiquement sur la table en prévision de cet instant, et le pichet auquel elle s'était servie était lui aussi inoffensif. Avec un peu de chance, ces hommes mangeraient assez pour se retrouver hors combat avant qu'elle soit obligée de consommer les mêmes mets qu'eux. Sans quitter Connor des yeux, elle but une grande gorgée de vin et dégusta un gâteau au miel.

Connor manqua de grimacer quand les siens, manifestement rassurés, s'attablèrent et commencèrent à se servir. Pour lui, la petite mascarade de Gillyanne ne prouvait rien, mais il renonça à se montrer ouvertement méfiant pour ne pas l'insulter. Les compagnons bien armés de la jeune femme n'auraient sans doute pas apprécié cela, et il ne voulait vraiment pas les tuer. Il décida qu'il mangerait, mais boirait très peu de vin.

— Et de quoi voulez-vous parler, au juste ? demanda-t-il en étalant du miel sur une grosse tranche de pain. Je viens de prendre Ald-dabhach ; vous m'appartenez désormais, ce domaine et vous.

Gillyanne contempla avec irritation les sbires du laird quand ceux-ci poussèrent des grognements approbateurs.

— Soyons précis, vous n'avez pas vraiment pris Ald-dabhach : nous vous avons laissés entrer.

— Un point de désaccord que je pourrais très vite résoudre. (Connor leva la main pour calmer ses hommes, qui s'apprêtaient à tirer l'épée.) Cela dit, je ne le ferai pas. Je me contentais de souligner un fait dont vous étiez, j'en suis sûr, consciente avant de nous ouvrir vos portes.

— En tant qu'invités, j'espérais que vous respecteriez les règles de la courtoisie et de l'hospitalité.

— C'est nous accorder une grande confiance.

Incapable de résister, Connor mit dans son assiette quelques-unes des douceurs présentées devant lui.

— Pourquoi continuer à lutter ? Il vous faudra bien accepter l'un d'entre nous si vous voulez vraiment éviter à tout prix la violence.

— Je n'ai peut-être pas du tout envie de me marier.

— Si c'est pour me raconter que vous voulez vous faire nonne, inutile de vous fatiguer. Je ne crois pas plus à cette fable que sir David.

Connor déposa quelques gâteaux empoisonnés dans l'assiette de Gillyanne qui manqua de pousser un juron, car ceux-ci étaient bien piégés. Cela dit, puisqu'elle avait déjà mangé de bon cœur, la jeune femme espérait pouvoir les grignoter lentement sans éveiller les soupçons. Les MacEnroy, quant à eux, dévoraient à belles dents ; elle n'aurait sans doute pas à attendre bien longtemps avant de fêter une nouvelle victoire.

— Mangez, dit Connor. Maigre comme vous êtes, ça ne vous ferait pas de mal de vous étoffer un peu.

— Si vous voulez vraiment me convaincre d'épouser l'un d'entre vous, vous feriez mieux de vous montrer un peu plus flatteur, rétorqua Gillyanne.

Elle était non seulement vexée, mais également quelque peu dépitée d'avoir avalé un petit gâteau sans s'en rendre compte, emportée par la colère.

— Vous voulez qu'on vous fasse la cour ? Mais pourquoi ? Qu'ils y mettent les formes ou non, les hommes obtiennent de toute façon ce qu'ils désirent au départ : les deniers ou les terres qui accompagnent la mariée.

Gillyanne en resta bouche bée. Elle n'arrivait pas à savoir si Connor était sérieux, ou voulait simplement la mettre hors d'elle. Même s'il y avait hélas une part de vérité dans ces paroles, elle n'avait jamais entendu personne dire de telles choses. Cet homme ne croyait en aucune des valeurs que chérissait son clan, ce qui la troublait plus qu'elle ne voulait bien l'admettre. De plus, elle avait beau essayer, il lui était impossible de lire en lui. Elle avait l'impression de se heurter à un mur, sans savoir si elle devait y voir les premiers effets des herbes que contenait la nourriture.

— Si vous pensez vraiment cela, pourquoi vous donner autant de mal pour ces absurdités ? Je n'ai aucune envie de créer des problèmes, et je serai ravie que rien ne change dans cette région.

— Vous n'êtes pas mariée. Quand nous avons appris que ce domaine n'appartenait plus aux MacMillan et que nous nous sommes mis en quête de son nouveau laird, nous pensions en effet proposer un traité à ce dernier, voire lui offrir de lui acheter sa propriété. Mais quand le roi nous a révélé que vous étiez une femme sans époux, nous nous sommes rangés à l'opinion de notre monarque : la meilleure solution était que l'un de nous trois vous épouse. Nous ne voulons pas courir le risque que vous trouviez un autre mari moins pacifique que nous, et qui regarderait avec un peu trop de convoitise les terres de ses voisins.

Connor se laissa aller dans son fauteuil. Pourquoi se sentait-il obligé d'être aussi franc avec la jeune femme ?

— Qu'y a-t-il d'absurde à vouloir se protéger ? poursuivit-il. De plus, à vingt-huit ans, il est grand temps pour moi de me marier, et ce sont de bonnes terres. Je préférerais bien sûr que vous me choisissiez, mais j'accepterais que l'un ou l'autre de mes voisins devienne le laird de ce château. En revanche, je ne comprends pas votre hésitation. Nous sommes tous trois jeunes, loin d'être repoussants, nous pourrions vous donner des enfants et vous protéger, nous sommes déjà les seigneurs de nos propres domaines, et nous ne sommes pas pauvres. Je n'aurais jamais cru qu'une jeune femme se plaindrait d'avoir un tel choix. Je me demande donc pourquoi vous jouez à ce petit jeu avec nous, surtout quand vous n'avez pas l'intention de vous battre. Vous essayez de gagner du temps… pourquoi ?

— J'attends que mon père arrive et vous remette tous trois à votre place, rétorqua sèchement Gillyanne.

Elle n'avait jamais entendu quelqu'un évoquer le mariage aussi froidement, sans la moindre once d'intérêt pour celle qu'il voulait épouser.

— Je vois. Et vous ne croyez pas qu'il sera d'accord avec nous ?

— Non, car vous ne vous intéressez qu'à mes terres, répondit-elle sans s'étonner de la mine dubitative du laird. Nous autres Murray pensons que les hommes comme les femmes doivent choisir leur conjoint par amour, sans se soucier de ses richesses ou de ses terres.

Connor bâilla à s'en décrocher la mâchoire, ce qui le perturba quelque peu. Il remarqua alors que les siens luttaient tous pour rester éveillés. Furieux, il se retourna vers lady Gillyanne… pour constater qu'elle aussi semblait quelque peu endormie. Le laird fut pris d'une soudaine envie de rire, et mit cela sur le compte de la potion que la jeune femme avait réussi à leur faire ingérer. Les quelques bruits sourds qui se succédèrent rapidement lui apprirent que ses soldats succombaient les uns après les autres. Il observa un instant la coupe de vin qu'il n'avait presque pas bue, puis les plats.

— Vous avez empoisonné la nourriture.

— Non, j'y ai seulement mis quelque chose pour vous faire dormir. (Gillyanne bâilla.) Je n'allais tout de même pas me tuer.

— Je m'étonne pourtant, avec tout ce que vous avez mangé, qu'une femme aussi menue que vous soit encore debout.

— Tout ce que j'ai mis dans mon assiette au début de cette collation était parfaitement sain.

Diarmot éclata de rire.

— Nous aurons au moins eu un dernier repas de roi, fit-il avant d'appuyer la tête sur ses bras croisés.

— Ça suffit, je ne vous ai pas assassinés, grommela Gillyanne. Je vous fais faire une petite sieste, voilà tout.

— Et bientôt, vous nous prendrez nos armes et nos vêtements, dit Connor. Je suppose que vos gens n'ont pas vraiment fui.

— En effet. Ils ont attendu que vous soyez entrés pour revenir discrètement.

— Vous êtes très rusée, répondit le laird en se levant, sans vraiment savoir pourquoi.

— À votre place, monsieur, je resterais assis. Vous n'irez pas très loin.

Connor sentit James appuyer sur ses épaules et il laissa l'homme le rasseoir. Il lâchait lentement prise, et plus aucun de ses compagnons n'était conscient. À quoi bon essayer de se tirer de ce piège ?

— C'est un très joli coup que vous avez joué là, mademoiselle.

Il lui semblait qu'il était complètement aviné.

— Je vous remercie.

— Mes camarades apprécieront eux aussi votre habileté, mais ils seront certainement moins indulgents que moi.

Quelque peu surpris d'être venu à bout de sa phrase, Connor laissa les ténèbres l'emporter.

—Je commençais à croire qu'il ne s'endormirait jamais, murmura Gillyanne. Il a pourtant bien mangé.

James lui tendit un bol rempli d'eau fraîche et elle s'aspergea le visage, ce qui dissipa un peu les effets des herbes.

—Oui, mais il n'a presque pas bu de vin. Il a dû s'en méfier.

—Ah! Je l'ai bien eu. Il n'a pourtant pas eu l'air très surpris.

—Non, il s'attendait à ce que tu lui joues un tour; peut-être avait-il le mince espoir de faire échouer tes plans avant que tu les mettes en œuvre. (Gillyanne bâilla.) Tu vas piquer un somme toi aussi?

—Je ne crois pas, je serais déjà en train de dormir sinon. George, il ne reste plus beaucoup de nourriture sur cette table, mais veille bien à nous en débarrasser. (La jeune femme contempla les MacEnroy endormis.) Bon, il n'y a plus qu'à terminer ce petit jeu.

—Tu crains qu'ils ne demeurent pas très longtemps assoupis? demanda James en confisquant avec leurs hommes les armes de leurs invités.

—Difficile à dire. J'ai été plutôt parcimonieuse dans ma préparation, car je voulais éviter que ce sommeil soit leur dernier. Autant ne pas trop tarder.

Les MacEnroy furent bientôt déshabillés et jetés dans des brouettes. Ils portaient presque tous, sous leurs habits, des braies ou des pagnes. Elle s'attarda sur sir Connor… Il était presque injuste qu'il soit toujours aussi beau, même seulement vêtu de ces drôles de bas.

— Quels garçons pudiques, déclara James. Ils s'attendaient à perdre, c'est évident. Ils n'avaient pas plus d'une arme chacun, et ils ont tout fait pour ne pas se retrouver complètement nus. Le laird a d'ailleurs des culottes plutôt singulières.

— Mon cousin en mettait de semblables, dit George en contemplant la brouette. Il ne supportait pas le contact de certaines étoffes sur sa peau : ça le démangeait terriblement, et lui laissait d'horribles plaques rouges. La laine était pire que tout.

— Je vois, un peu comme des orties, répondit Gillyanne.

Elle fit tout son possible pour ne pas regarder James, car elle savait qu'ils éclateraient de rire face à ce redoutable laird à la peau si délicate, et elle ne voulait pas se montrer cruelle.

— Oui, c'est ce que mon cousin affirmait, même si ça le contrariait beaucoup. Pour lui, ce n'était pas très viril.

— Ridicule, rétorqua Gillyanne. De tels maux sont très communs. Pour ma part, je ne peux pas manger de fraises. Oserais-tu dire que ce géant n'est pas viril ? (George secoua vigoureusement la tête.) Messieurs, emmenez-les.

— Loin, madame ? demanda l'intendant.

— Non, une lieue tout au plus. Juste assez pour qu'ils soient complètement perdus en se réveillant, et que regagner leur campement leur donne quelques ampoules.

Elle regarda les brouettes quitter l'enceinte du château par une porte très bien cachée.

—Si tu devais choisir, je suppose que ce serait celui-ci, observa James.

—Je ne vais pas le nier, il est très beau. Il me fait penser aux Vikings dont parlent les légendes.

—Je pense que c'est un homme honnête.

—En tout cas, il n'hésite pas à dire ce qu'il pense.

—Gillyanne, je suis prêt à me battre. Tu mérites mieux qu'être mariée de force parce que tu possèdes des terres que trois idiots convoitent.

—Peut-être, mais est-ce qu'un meilleur parti s'est présenté en presque vingt et un ans? Quoi qu'il arrive, je ne laisserai personne être blessé ni tué pour cette histoire. Après tout, leurs demandes en mariage sont tout ce qu'il y a de plus honorables. Sir Connor ne fanfaronnait pas quand il énumérait leurs qualités. Je leur ai joué ces tours pour gagner du temps en attendant que père arrive, mais sache que si les combats deviennent sérieux, je n'hésiterai pas à y mettre un terme. N'oublie pas que tu as promis d'accepter ma décision.

—C'est vrai, mais je n'ai jamais dit que je l'appré-cierais. Gillyanne, tu ne crois tout de même pas que ce sera un mariage d'apparence!

—Non, le laird choisi voudra sans doute le consommer. Allons, perdre son hymen n'a jamais tué personne, et puis je découvrirai peut-être enfin pourquoi tout le monde ne pense qu'à ça.

Sur ce, Gillyanne s'empressa de regagner le fort avant que James puisse répondre.

— Par tous les diables, où sommes-nous ?

Les imprécations de Diarmot arrachèrent une grimace à Connor. Le laird ouvrit lentement les yeux et la vive lumière du soleil ne fit qu'aggraver la douleur qui lui martelait le crâne. Il s'assit et regarda autour de lui. La plupart de ses hommes étaient dans la même position que lui, et ceux qui avaient veillé à se munir de sous-vêtements les portaient encore.

— Je dirais que nous sommes à une lieue ou deux de notre campement, répondit Connor.

— Nous allons devoir marcher ?

Diarmot se consacra pendant un instant à la création de jurons tous plus colorés les uns que les autres.

— Si jamais je rencontre l'homme qui a élevé cette garce, crois-moi, je lui donne une correction dont il se souviendra !

— En tout cas, elle est rusée, murmura Cagneux, la tête dans les mains.

— Pourquoi nous avoir emmenés ici ?

— Pour s'assurer que nous ne ferions pas une seconde tentative aujourd'hui, répondit Connor en se levant.

— Astucieux. La journée sera déjà bien avancée quand nous atteindrons notre camp, grogna Diarmot en l'imitant. Tu crois vraiment que c'est cette fille qui met au point de tels pièges ?

—Elle est sans doute aidée par son cousin, mais oui, je suis sûr que c'est elle qui imagine tout ça.

—Et tu veux toujours l'épouser ?

—Je veux ses terres. De plus, un esprit si affûté et si retors que celui de cette jeune femme pourrait se révéler être un don du ciel, rétorqua Connor en se mettant en route.

Il avait entrepris toute cette affaire quelque peu réticent à l'idée de se marier, mais ce n'était plus le cas. Diarmot n'avait toutefois pas besoin de le savoir.

—Ou au contraire une malédiction. Elle est si petite.

—Je sais, pas plus grande qu'une enfant, mais assez femme pour se marier, être honorée par son époux et avoir des enfants. Au moins, je serai sûr que ma descendance aura un tant soit peu d'esprit.

—C'est le moins qu'on puisse dire. Tu sais, les affrontements vont vraiment commencer maintenant. Tu ne le souhaites pour ta part peut-être pas, mais Robert et David vont vouloir venger l'affront qui leur a été fait.

—Ils ne pensent sûrement pas aux dommages qu'ils pourraient infliger au bien qu'ils convoitent.

—Tu crois que cette jeune femme est consciente du danger qu'elle court ?

—J'ai essayé de la prévenir avant de faire ma petite sieste. (Connor réfléchit un instant.) Oui, elle l'est, et elle devra agir si elle veut toujours éviter le massacre.

—En décidant finalement d'épouser l'un d'entre vous ?

—C'est manifestement le seul choix qui lui reste… mais il ne faudra pas s'étonner si elle en invente un autre.

Chapitre 5

La tête levée, Gillyanne caressait distraitement les deux chats pelotonnés contre elle sur le fauteuil du laird. En arrivant à Ald-dabhach, elle avait tout d'abord pensé que ses plus importantes décisions concerneraient le nettoyage de ce plafond sur lequel s'étaient accumulées pendant des années poussière et suie… et voilà qu'elle devait faire un choix qui pourrait bien changer le cours de sa vie, chose qu'elle croyait pourtant avoir réglée en venant ici.

Elle qui n'avait jamais été courtisée, ne serait-ce que brièvement, se retrouvait avec trois lairds qui tambourinaient à sa porte. Elle n'était tout au plus que la plume qui signerait leur acte de propriété, ce qui était à la réflexion encore plus insultant que d'être copieusement ignorée.

Toutefois, elle avait mis en déroute chacun de ces seigneurs, ce dont elle retirait une certaine fierté. Elle les avait également humiliés, et même s'ils l'avaient mérité, Gillyanne savait qu'elle en paierait bientôt le prix.

Ils seront moins indulgents que moi. Gillyanne n'arrivait pas à chasser ces mots de son esprit. À vrai dire, elle trouvait même étonnant que sir Connor ait si bien réagi. Puisqu'elle était vraisemblablement incapable de lire dans ses pensées, la jeune femme avait décidé que le laird était un être dur, fier et sans doute très obstiné. En outre, ses remarques au sujet du mariage laissaient entendre qu'il était encore un de ces hommes horripilants qui se considéraient comme seigneurs et maîtres de leur foyer – et qui d'ordinaire n'appréciaient guère d'être humiliés. Pourtant, sa défaite ne l'avait pas étonné outre mesure, il avait même semblé s'en amuser. Même si elle ne le comprenait pas du tout, et malgré ses opinions d'un autre âge, elle le croyait quand il déclarait qu'il ne lui en voulait pas – et que ce n'était pas le cas de ses deux camarades.

Les vraies hostilités débuteraient bientôt, et elle n'avait plus de tours dans son sac. La paix dont ce domaine avait joui pendant toutes ces années ne serait alors qu'un souvenir. Des gens mourraient, tout ce qu'ils avaient bâti serait réduit en poussière, et pourquoi ? Parce qu'elle ne voulait pas épouser l'un de ces lairds, alors que tous trois étaient de très honorables partis ? Parce qu'elle refusait de perdre les rênes de ses terres de dot ? Parce qu'elle tenait trop à sa virginité et ne voulait pas la sacrifier pour gagner du temps ? Il était certes terriblement injuste qu'elle doive se résoudre à accepter de telles choses, mais il n'était pas question que l'on meure pour elle.

—J'ignorais que les réponses à tes questions étaient écrites au plafond, dit James en s'asseyant à côté d'elle.

— Si c'est le cas, elles sont bien cachées sous la crasse. Maintenant que ces idiots sont devant nos portes, prêts à se battre, je suppose qu'il ne me reste plus qu'une chose à faire.

— Crois-moi, j'ai cherché à m'en donner la migraine, mais je n'ai trouvé aucune autre solution. Ma fierté virile dût-elle en souffrir, force est de l'admettre, seul père peut te tirer de ce mauvais pas – non seulement parce que c'est ton géniteur, mais aussi parce qu'il est proche du roi.

— Qui, si j'ai bien compris, a lancé ces hommes sur ma piste.

— La plupart des gens y verraient une issue parfaitement raisonnable – et les partis qui se présentent à toi feraient le bonheur de bien des pères. Ce sont nous, les Murray, qui passons pour des originaux en voulant à tout prix pouvoir choisir nos conjoints. (James sourit.) Et puis j'en connais qui diraient que peu de jeunes filles ont autant de choix que toi aujourd'hui.

— Tu as raison, je ne vois pas qui, à part les membres de notre clan, pourrait compatir à mes malheurs, et je suis sûre que la patience des gens d'ici a ses limites. Ils comprennent sûrement pourquoi je refuse de céder mes terres à des hommes qui ne veulent même pas se donner la peine de me courtiser, mais ils voient aussi trois lairds qui ne sont ni vieux, ni laids, ni malades, ni pauvres, prêts à m'épouser. À la vérité, beaucoup de mes semblables rêveraient d'un tel choix. Les habitants d'Ald-dabhach m'ont aidé à obtenir trois jours de répit ; je ne peux pas leur en demander davantage. Si ces trois seigneurs sont vraiment décidés à se battre, c'est à moi de les arrêter.

— Tu devrais le savoir avant la fin de la nuit.

— Comment ?

— Nous avons envoyé un des nôtres les espionner, et il parviendra peut-être à s'approcher suffisamment pour entendre un mot ou deux. Ne fais pas cette tête, George lui-même a dit qu'il n'y avait rien à craindre : au pire, le gaillard se fera capturer et nous n'aurons rien appris. Après tout, si nos trois lairds avaient eu l'intention de se rendre jusqu'à nos portes en détruisant tout sur leur passage, ils l'auraient fait dès le départ.

— C'est vrai. Espérons tout de même qu'il rentrera vite : j'ai l'impression que je vais avoir besoin d'une bonne nuit de sommeil. Si je dois prendre une décision qui va changer le cours de ma vie, j'aimerais que ce ne soit pas en bâillant à m'en décrocher la mâchoire.

Appuyé contre un arbre, les bras croisés, Connor regardait les deux autres lairds en fronçant les sourcils. David et Robert laissaient leur colère les dominer. S'ils continuaient ainsi, il ne resterait plus à Ald-dabhach grand-chose à conquérir. Ils risquaient même de tuer celle qu'ils cherchaient à épouser. Certes, se faire humilier de la sorte par une frêle femme n'avait rien d'agréable, mais cela justifiait-il de détruire l'objet de leur convoitise ? Après tout, Gillyanne avait parfaitement le droit de se défendre. Ils en auraient tous fait autant à sa place.

— Tu crois qu'ils seront un peu plus calmes demain matin ? demanda Diarmot en le rejoignant.

— Non, répondit Connor à voix basse. Ils pensent que leur virilité est en péril, et songent plus à se venger qu'à conquérir la jeune Murray et ses terres.

— Tu devrais peut-être les convaincre de te laisser passer en premier, de jouer ça aux dés comme la première fois. Au moins, si c'est toi qui enfonces les portes d'Ald-dabhach, ce sera sans trop de dommages pour le château et ses habitants.

— Ce coup-ci, ils ne voudront pas attaquer séparément de peur d'être de nouveau battus. David s'en arracherait les cheveux.

— Je n'aurais jamais cru que ce serait aussi difficile.

— Vraiment ? Nous avons pourtant affaire à une femme.

— Tu as raison, fit Diarmot en souriant. Mais dis-moi, combien de jeunes filles se retrouvent avec trois prétendants à leurs pieds ?

— Comprends-la : ce n'est pas sa main que nous voulons mais sa dot, et lady Murray a sa fierté. Certes, le rôle d'une femme est de se marier et, si elle possède des terres, de les confier à son mari, mais peut-être aurions-nous dû essayer de lui faire la cour.

— L'as-tu déjà fait auparavant ?

— Non, mais ça ne doit pas être bien difficile. Quelques baisers, un ou deux mots doux… j'aurais pu le faire.

— Robert y serait mieux arrivé. En fin de compte, c'est une bonne chose que vous vous soyez abstenus : tu aurais perdu.

Diarmot avait sans doute raison, mais Connor se sentit piqué au vif. Il avait déjà séduit des femmes – pas beaucoup, certes, mais c'était sans doute parce qu'il ne quittait pas beaucoup Deilcladach, où certaines demoiselles étaient d'ailleurs toujours prêtes à l'accueillir dans leur lit. Au cours de ses rares voyages, il avait réussi à s'attirer les faveurs de quelques dames et reçu quelques sourires avenants.

À la réflexion, répondre à des œillades aguicheuses ou faire des cabrioles avec les filles de petite vertu de son domaine et courtiser une demoiselle étaient des choses bien différentes. Connor décida qu'il était inutile de se tourmenter ainsi. Lady Gillyanne serait peut-être bientôt sa femme – ou peut-être pas. Il n'était pas obligatoire de faire la cour à une dame pour l'épouser, encore moins à une dame susceptible d'en épouser un autre…

— Bon, tu es avec nous, oui ou non ? interrogea sir David.

Connor oublia ses réflexions et contempla le laird. L'homme était sans doute trop furieux et trop assoiffé de vengeance pour entendre raison. De plus, il sentait toujours assez mauvais, ce qui devait lui rappeler en permanence l'affront subi. Selon toute vraisemblance, seule la petite Gillyanne pouvait éviter une tuerie… mais puisqu'elle devrait pour cela épouser l'un d'entre eux, Connor n'avait pas grand espoir pour Ald-dabhach et ses habitants.

— Et qu'adviendra-t-il si cette donzelle est blessée ou tuée au cours de notre assaut ? demanda Connor.

— Nous nous retrouverons comme avant.

— Tu n'as pas peur de t'attirer les foudres des MacMillan, des Murray ou des Drummond, le clan de son cousin ?

— C'est elle qui a entamé les hostilités. Je refuse de rentrer chez moi la queue entre les jambes comme un chien battu, chassé par cette demi-portion. Allons, tu viens ou pas ?

— Je viens, mais uniquement parce que je semble être le seul à vouloir que cette jeune femme vive assez longtemps pour épouser l'un d'entre nous.

— Mon Dieu, George a l'air inquiet, murmura Gillyanne en regardant l'intendant entrer dans la grande salle avec le jeune homme qu'ils avaient envoyé espionner les trois lairds.

— George a toujours l'air inquiet, répondit James en sirotant son vin.

— Certes, mais j'ai découvert que son inquiétude a plusieurs degrés, et je vois à son regard qu'aujourd'hui, celui-ci est particulièrement élevé. Ce garçon ne paraît pas très rassuré lui non plus. (Gillyanne sourit aux deux nouveaux venus.) Je vous en prie, asseyez-vous, George et… Duncan, n'est-ce pas ?

Elle leur servit du vin tandis que ses cinq gardes s'avançaient vers la table.

—Oui, madame, je suis l'oncle de Mary.

Gillyanne laissa les deux hommes boire avant de demander :

—Dis-moi, Duncan, qu'as-tu découvert ?

—J'ai eu beaucoup de chance, madame. Les trois lairds étaient réunis, et j'ai pu m'approcher suffisamment pour entendre ce qu'ils racontaient.

—C'est tellement gentil de leur part. Je suppose qu'ils sont un peu fâchés contre moi.

—Oui, sir David et sir Robert avaient l'air très en colère. Surtout sir David.

—Ça ne m'étonne pas.

—Comme sir Robert ne l'a pas contredit une seule fois, j'ai pensé qu'il devait être d'accord. Ils veulent nous attaquer demain matin.

—C'est bien ce que je craignais, soupira Gillyanne. Je suppose qu'ils ne vont pas s'y prendre séparément cette fois.

—Non. Sir David a déclaré qu'ils réuniraient leurs forces pour enfoncer nos portes, et qu'ils décideraient ensuite lequel d'entre eux vous aurait.

—Si je suis encore vivante. Tu n'as rien dit de sir Connor.

Duncan s'empressa de boire une nouvelle gorgée de vin.

—C'est qu'il n'est presque pas intervenu, madame. Il a surtout regardé les deux autres et échangé quelques mots avec son frère, et il a fallu que sir David lui demande s'il allait attaquer avec eux ou non pour qu'il parle. Il a expliqué qu'un assaut trop violent pourrait vous être fatal, et sir David a répondu qu'alors, les choses redeviendraient comme avant. Sir Connor lui a demandé s'il ne redoutait pas de mettre votre clan en colère, mais sir David a dit que c'est vous qui aviez commencé, et qu'il n'avait pas l'intention de rentrer chez lui vaincu. Sir Connor a alors annoncé qu'il viendrait avec les deux autres lairds, mais uniquement parce qu'il semblait être le seul à vouloir que vous viviez assez longtemps pour épouser l'un d'entre eux.

Même si Connor avait décidé d'attaquer aux côtés de ses deux comparses, son hésitation avait quelque chose d'étrangement réconfortant. Son point de vue était cependant parfaitement logique : qu'auraient-ils à gagner si elle se retrouvait devant un prêtre non pas pour être mariée, mais afin de recevoir les derniers sacrements ? Quoi qu'il en soit, il était quelque peu remonté dans son estime.

— De toute évidence, mon répit tire à sa fin. Je m'attendais à ce que la situation en arrive là, mais j'espérais que nos trois amis auraient mis un peu plus de temps avant de se décider à attaquer… qu'ils auraient débattu, m'auraient laissé au moins une dernière chance de me plier à leur volonté, ou que sais-je encore, ce qui m'aurait donné un jour ou deux.

— Madame, d'après ce que j'ai entendu, sir David et sir Robert sont trop furieux pour débattre de quoi que ce soit, même de la meilleure façon de vous attaquer.

— Ils veulent charger sans réfléchir ? demanda James.

—Oui, même si je ne sais pas s'il y aura beaucoup de MacEnroy avec eux. Leur laird n'avait pas l'air d'apprécier cette décision, mais les Goudie et les Dalglish sont persuadés que nous ne savons pas nous battre. (Duncan sourit.) Sir Connor a dit qu'il ne fallait pas de grands guerriers pour cribler de flèches une bande d'idiots qui vous foncent dessus. Il a ajouté que ce n'était pas la peine de prendre des échelles car ils n'auraient qu'à empiler leurs morts pour monter dessus. J'aurais voulu en entendre un peu plus, mais leurs soldats commençaient à vraiment trop s'approcher de ma cachette. En tout cas, une chose est sûre : sir Connor parlait dans le vide. Sir David va mener l'attaque, sir Robert à ses côtés, et il est obligé de les suivre.

—Mais pas de trop près, murmura James. Gilly, je t'en supplie, laisse-nous…

—Non, répondit la jeune femme. (La mine contrariée de son cousin et de leurs cinq hommes lui arracha un petit sourire.) Je ne mets pas en doute vos talents de guerrier, et je pense aussi que les habitants d'Ald-dabhach sont capables de se défendre, mais je te l'ai dit : je refuse de voir couler une seule goutte de sang.

—Ils vont te forcer à te marier.

—Comme l'a suggéré le roi en personne. Si nous commençons à tuer ceux qui se presseront bientôt contre nos murailles, nous pouvons dire « adieu » à la longue période de paix qu'a connue cette contrée. De même, si l'un d'entre nous venait à mourir, les MacMillan, les Murray et les Drummond chercheraient aussitôt à se venger… aidés en cela par tous leurs alliés. Ce qui n'est qu'une simple querelle entre ces trois idiots et moi deviendrait une guerre terrible et interminable.

—Doux Jésus! maugréa James en se frottant le visage dans les mains.

—Exactement, et tout ça parce que j'aurais refusé d'épouser l'un de ces trois lairds. Non, je ne peux pas faire ça. Je ne veux pas me marier, ils n'ont visiblement pas l'intention de me courtiser pour me faire changer d'avis, mais je vais tout de même le faire pour mettre un terme à tout cela. J'ai promis que personne ne serait blessé, et je tiendrai parole.

—Même si tu dois épouser un homme que tu n'as pas choisi?

Gillyanne comprenait que James se fasse du souci, mais il commençait à se répéter.

—Oui, sous la contrainte, et avec nombre de témoins pour le confirmer.

Les siens écarquillèrent les yeux; ils avaient compris.

—Quand mon père arrivera enfin, il arrangera tout. Personne d'autre ne le peut, pas même toi, James, nous en avons déjà parlé – plusieurs fois. Certes, je risque de passer quelques jours difficiles, mais je n'en mourrai pas… je crois même que ça ne m'empêchera pas, si ce jour arrive enfin, d'épouser l'homme de mon choix – et qui sait, peut-être même que celui des trois lairds que je m'apprête à prendre pour mari sera celui-là.

Gillyanne remarqua alors Mary qui attendait sur le pas de la porte.

— Qu'y a-t-il, Mary ? demanda-t-elle.

— Rien, madame, mais je voulais m'assurer que mon oncle va bien.

— Eh bien, entre, et fais donc. Tu peux entendre ce que nous racontons.

L'enfant se précipita sur Duncan – qui était à peine plus âgé qu'elle – et l'enlaça. Le jeune homme rougit, à la fois ravi et quelque peu embarrassé par les marques d'affection de sa nièce. Gillyanne n'était certes pas à Ald-dabhach depuis très longtemps, mais elle avait très vite compris que les gens qui vivaient ici étaient aussi liés que les Murray. Si un seul d'entre eux venait à disparaître, tous en souffriraient, et elle refusait de leur faire subir une telle chose. Un mauvais mariage ne la tuerait pas… d'autant qu'elle était sûre de pouvoir y échapper.

— Mary, toi qui es une femme… (Gillyanne réprima un sourire quand la petite fille se redressa solennellement.)… qui choisirais-tu, à ma place ?

— Sûrement pas David Goudie, répondit-elle sans hésiter. Je ne veux pas dire qu'il est méchant, mais je suis certaine qu'il vous ferait regretter de ne pas vous être battue.

Elle rougit avant d'ajouter :

— Je crois que c'est le genre d'homme qui pense que la place d'une femme est aux pieds de son mari.

— Voilà une jeune personne très sagace, et une excellente raison de ne pas épouser cet imbécile, déclara James. J'en vois d'ailleurs une autre.

— Laquelle ?

— Tu le tuerais au bout de quelques jours.

— Quelques heures.

Ses compagnons éclatèrent de rire, et Gillyanne se joignit à eux de bon cœur.

— Je suis d'accord avec toi, sir David serait un bien mauvais choix, dit-elle à Mary. Que penses-tu de sir Robert Dalglish ?

L'enfant se mordit les lèvres et fronça les sourcils.

— Je ne sais pas trop, madame. Quand il est venu ici avec les autres, il avait l'air d'un gentilhomme, et il est beau garçon… mais il est devenu comme sir David quand il a compris ce que vous leur aviez fait, à lui et à ses hommes, et qu'il s'est rendu compte que vous lui aviez pris son cheval. Et puis il a crié des choses qu'un seigneur ne devrait pas dire… et peut-être même pas penser. Comment dire… je ne lui fais pas vraiment confiance.

— Mon opinion sur cet homme ressemble beaucoup à la tienne. Soit, il ne nous reste plus que sir Connor MacEnroy.

— Madame, si vous deviez arrêter votre choix uniquement sur l'apparence, il l'emporterait à coup sûr.

Gillyanne essaya de ne pas éclater de rire quand tous les hommes de l'assemblée roulèrent des yeux.

— C'est vrai, il ressemble à l'image que l'on se fait des Vikings.

— Oh oui, un géant du Nord. Il s'est montré calme et digne quand vous lui avez joué votre tour, pas comme les deux autres seigneurs. Je n'ai jamais entendu dire du mal de lui… on raconte même que c'est un grand laird, qui a réussi à sortir son clan de la fange et l'a rendu prospère alors qu'il n'était encore qu'un jeune garçon. Je crois que je le choisirais même s'il n'était pas aussi beau et aussi fort. Au moins, il vous a montré qu'il sait contenir sa colère.

Gillyanne hocha pensivement la tête. Elle était sûre que le laird maîtrisait toutes ses émotions. Peut-être n'agissait-il ainsi que quand il se sentait menacé ou s'apprêtait à livrer bataille. Et si elle n'éprouvait rien pour lui tout simplement parce qu'il n'y avait rien à éprouver ? Dans ce cas, un mariage avec cet homme, si bref soit-il, promettait d'être compliqué. Mais peut-être que Connor, tout comme James, était protégé par une sorte d'armure invisible qui empêchait les êtres comme elle de lire en eux. Gillyanne n'arrivait pas à croire qu'un homme qui avait sauvé un clan affaibli par des années de querelles assassines ne puisse pas avoir un grand cœur.

Elle se rendit alors compte que James, George, Duncan et les gardes la regardaient sans rien dire.

— Et vous messieurs, êtes-vous d'accord avec la jeune Mary ? (Tous acquiescèrent.) Dans ce cas, c'est sir Connor qui aura l'honneur de m'avoir pour femme. J'irai demain matin avec James faire part de ma décision à nos trois lairds avant qu'ils aient eu le temps d'apprêter leur armée.

— Ne vaudrait-il pas mieux que tu les fasses venir ici ? demanda son cousin.

— Si, mais après ce que je leur ai fait subir au cours des trois derniers jours, je serais surprise qu'ils acceptent.

— Moi aussi, tu as raison, mais c'est tout de même dangereux.

— En quoi ? Ils veulent tous les trois m'épouser. Dans le pire des cas, ils commenceront à se battre entre eux et nous devrons nous réfugier ici avant d'être pris dans la mêlée. En allant les trouver, nous évitons de laisser entrer les leurs, et Dieu sait qu'une fois dans nos murs, ils seront difficiles à chasser.

— Mais c'est ce château qu'ils désirent vraiment ! dit le plus jeune des soldats.

— C'est vrai, Iain, mais je pense que je peux pousser sir MacEnroy à attendre un peu avant de prendre possession d'Ald-Dabhach. Après tout, il détiendra déjà la maîtresse des lieux. Je ne saurais vous dire pourquoi, mais je suis sûre que la première chose que fera mon futur mari sera de m'épouser puis de m'enfermer au plus vite dans son propre fort.

— Parce qu'il ne fait pas confiance aux deux autres lairds.

— Pas complètement, en tout cas – j'ai au moins réussi à sentir ça quand ils étaient tous les trois réunis ici. Je ne les vois pas se lancer dans une guerre entre clans, mais l'un ou l'autre des deux autres seigneurs pourrait bien décider de s'approprier l'objet de leur convoitise. Je veux donc que vous fermiez nos portes, et que, quoi qu'il se passe, vous ne les ouvriez que quand James ou moi vous en donnerons l'ordre. Mon père voudra sans doute des réponses quand il arrivera enfin, et vous êtes les mieux placés pour lui en donner. James, je souhaite que tu te rendes à Dubhlinn pour expliquer la situation aux nôtres, car père résoudra peut-être d'aller là-bas en premier, puis que tu viennes me retrouver à Deilcladach afin de m'apporter tout ce que j'aurai été obligée de laisser derrière moi.

Après une discussion qui ne fut pas de tout repos, Gillyanne obtint finalement ce qu'elle voulait. James et les soldats l'avaient accompagnée à Ald-dabhach pour la protéger, et ils avaient le sentiment d'avoir échoué. Ils savaient cependant que son plan d'action était on ne peut plus sensé et ils acceptèrent de lui obéir malgré leur fierté offensée. Elle se retrouva bientôt seule avec un James particulièrement renfrogné.

—C'est la seule solution, et je suis sûre que tu le sais, dit-elle avec douceur.

—Ma raison, oui, mais tout le reste de mon être enrage… et puis je n'ai aucune envie d'annoncer cette nouvelle à mère.

—Je te comprends. Je me rappelle que père s'est fait beaucoup de souci pour elle quand la pauvre Sorcha a été violée, battue presque à mort et qu'elle a rejoint le couvent. Il n'aurait pas dû : mère est bien plus forte qu'elle n'en a l'air. J'ai ensuite été faite prisonnière par Cameron MacAlpin en même temps qu'Avery, et même si les choses se sont bien terminées, car notre cousine est tombée amoureuse de son chevalier noir, mère s'est rongé les sangs… et regarde ce qui nous arrive aujourd'hui. Je suis sûre qu'elle va croire qu'une malédiction pèse sur ses filles, et que tout est sa faute.

— Père sera fou de rage… pour commencer à cause de ce que tu as subi, mais aussi parce que mère va être terrifiée.

— Elle doit comprendre que je vais bien, que je suis tout au plus contrariée, et qu'il ne me sera fait aucun mal.

— Est-ce bien la vérité ?

Gillyanne réfléchit un instant.

— Oui, j'en suis convaincue. Je ne parviens pas à lire dans les pensées de sir Connor : il est encore plus impénétrable que toi, ce qui m'inquiète un peu, mais surtout m'intrigue. Pourtant, je n'ai pas peur de lui. Je vais bientôt me retrouver dans le lit d'un homme dont j'ignore tout, mais dès que j'essaie de m'en alarmer, une petite voix me chuchote qu'il est avant tout très, très beau garçon.

— Tu as passé trop de temps avec ce filou de Payton, répondit James en riant. Je dirai ce que tu veux à mère. Si père est là, je lui raconterai toute l'histoire, non sans m'être tout d'abord écarté de quelques pas.

— Allons, jamais il ne lèverait la main sur toi !

— Je sais, mais je crains que sa colère ne me fasse tomber à la renverse.

— Même fou de rage, père comprendra qu'il doit régler ce problème en discutant, et non à coups d'épée.

Il sait qu'un mariage forcé peut être rompu, et que le roi l'écoute. Et qui peut dire si, en fin de compte, je voudrai toujours fuir ce mariage ? Le principal, c'est que je le pourrai, ce qui n'est pas le cas de beaucoup de femmes. Quoi qu'il advienne, je ne serai pas piégée pour le restant de mes jours.

— Et c'est pour ça que tu vas accepter.

— En partie… et puis parce que je ne ressens pas la moindre peur en présence de cet homme. Quand je prononcerai mes vœux, je ne mentirai pas au prêtre, mais au fond de mon cœur je saurai que si ce mariage se révèle sans espoir, je pourrai simplement m'en libérer.

— Tu comptes en informer sir Connor ?

— Je le mettrai en garde au sujet de notre père, mais quelque chose me dit qu'il ne m'écoutera pas.

James sourit.

— L'inconscient. Il risque d'être surpris quand il découvrira ce dont père est capable… et je ne parle même pas de toi.

— Je ne te le fais pas dire, cousin. Il croit qu'il va tout bêtement m'épouser et s'approprier mes terres… Je me demande combien de temps il lui faudra pour comprendre qu'avec les filles Murray, les choses ne sont jamais aussi simples.

Chapitre 6

*E*lle a quitté le fort, et il n'y a qu'un homme avec elle ! s'écria sir David en sautant sur son cheval.

—À quoi joues-tu ? demanda Connor en empoignant les rênes de l'animal.

—Je vais l'attraper.

—Elle vient en paix, accompagnée de son cousin. Tu dois respecter ça.

—Vraiment ?

—Oui, David, vraiment, dit Robert. Le roi lui-même sait que nous sommes là ; nous avons intérêt à nous montrer très prudents.

David hésita brièvement, puis mit pied à terre, et Connor poussa un soupir de soulagement. Il craignait que David ne laisse exploser sa fureur, et Robert avait peut-être décidé de leur brûler la politesse malgré ses paroles pleines de bon sens.

—Mes lairds, je suis venue discuter avec vous, annonça Gillyanne en s'arrêtant à quelques mètres d'eux. Je suis sûre que vous avez vu le petit drapeau blanc que nous brandissons.

La jeune femme les avait vus se débattre avec sir David, et la raison de leur altercation ne lui avait sans doute pas échappé.

—En effet. Nous sommes prêts à parler, répondit Connor.

—J'exige, si nous ne trouvons pas un accord, de pouvoir regagner mon château avec mon cousin sans que vous tentiez quoi que ce soit.

—C'est entendu. Vous pourrez rentrer chez vous… pour vous préparer au combat, grogna David.

Gillyanne lui adressa un petit sourire.

—J'espère vous épargner de vous jeter contre mes murs en un étalage de forces très viril, mais particulièrement inutile.

David fit un pas vers elle, mais Robert lui empoigna aussitôt le bras. Les trois hommes avaient manifestement conclu une sorte d'entente contre laquelle luttait désormais le plus colérique d'entre eux. Gillyanne craignait que Goudie ne devienne à l'avenir un problème, ce qui constituait en soi une autre bonne raison de choisir Connor. Le laird de Deilcladach serait à même de s'élever contre cette brute, alors que Robert semblait beaucoup plus proche de lui. C'était assez subtil, mais Gillyanne avait l'impression qu'il y avait Connor d'un côté, et ses deux voisins de l'autre. Elle était pratiquement persuadée que quand son père viendrait la secourir les deux seigneurs s'allieraient… et laisseraient Connor lui faire face seul.

— Je vous demande d'attendre l'arrivée de mon père, annonça-t-elle.

— Et pourquoi donc ? interrogea Connor, les bras croisés.

— Pour évoquer avec lui la question de mon mariage, comme les convenances l'exigent.

— Mais, encore une fois, pourquoi ? Nous avons la bénédiction de notre roi.

— Peut-être, mais notre monarque n'a pas parlé à mon père avant de vous lancer à mes trousses, ce que l'auteur de mes jours n'appréciera guère.

— Je ne vois pas comment il pourrait contester la décision du roi, lâcha David avec mépris.

Connor vit la jeune femme plisser les yeux et s'empressa de parler.

— Que votre père ait ou non de l'influence sur notre souverain importe peu : nous allons régler cette affaire ici et maintenant.

De toute évidence, aucun des trois hommes ne pensait son père capable d'aller à l'encontre des souhaits du roi. Ils agissaient comme si la suggestion de leur monarque était un ordre absolu, et c'était bien là leur erreur. Gillyanne savait cependant que rien de ce qu'elle dirait ne les ferait changer d'avis.

— Très bien, allons-y, murmura-t-elle avec un soupir aussi excédé que résigné. Quand cette folie a commencé, j'ai juré que pas une seule goutte de sang ne serait versée par ma faute.

— Et vous vous êtes ravisée ? demanda Connor.

—Non. Il est temps de mettre un terme à tout ceci. J'ai choisi l'homme que j'épouserai, et c'est sir Connor MacEnroy.

Un lourd silence suivit ces paroles ; la colère des deux autres lairds était presque palpable. Connor hocha la tête, s'approcha d'un pas et lui prit la main. James se raidit, mais Gillyanne le dissuada d'intervenir d'un geste vif. Elle fut néanmoins quelque peu surprise quand le laird qu'elle avait choisi l'entraîna vers une petite chapelle, à peine visible de là où ils se trouvaient.

—Mais que faites-vous ? protesta-t-elle en s'efforçant de ne pas tomber.

—Je vous conduis devant un prêtre.

—Vous avez amené un prêtre avec vous ?

—Oui, et il n'est pas de très bonne humeur, car il attend maintenant depuis quatre jours.

L'homme semblait suggérer que c'était sa faute, et Gillyanne lutta contre une soudaine envie de gratifier son séduisant derrière d'un bon coup de pied.

—Vous comptez me traîner là-bas et m'épouser ? Ne devrions-nous pas organiser un festin ou quelque chose dans ce genre ?

Connor se tourna vers elle, le sourcil haussé. Gillyanne avait vu juste : c'était effectivement une expression très énervante.

—Vous comprendrez que je n'aie plus très envie de manger à votre table.

—Une jeune femme doit pouvoir rendre un tel jour spécial !

— C'est bien ce que vous avez fait en repoussant trois armées et en venant à bout de trois lairds sans infliger guère plus d'une ou deux égratignures. Peu de femmes peuvent se vanter d'une telle prouesse.

Gillyanne ne pouvait pas dire le contraire ; cependant, elle n'avait absolument pas prévu le tour que prenaient les événements. Elle se félicita d'avoir tout préparé avant de quitter Ald-dabhach, car elle risquait de ne pas y retourner de sitôt. Quand Connor la fit s'agenouiller avec lui devant un homme replet et manifestement furieux, elle se prit à espérer qu'il ne consommerait par leur union à une telle allure.

Sitôt leurs vœux échangés, Connor la souleva de terre et, avant qu'elle puisse protester devant tant de brusquerie, l'embrassa. Ses lèvres étaient douces, chaudes, appétissantes. Gillyanne avait l'impression d'être ensevelie par lui, mais elle fut surprise de trouver cela très agréable. Elle commençait à sentir une étonnante chaleur couler dans ses veines quand il la reposa puis quitta la chapelle en l'entraînant de nouveau à sa suite. Abasourdie, Gillyanne fut à peine choquée quand le prêtre, alors qu'on lui proposait de le raccompagner chez lui, répondit d'une manière fort peu digne d'un homme d'Église.

— Où allez-vous ? demanda James en se dressant devant Connor.

— J'emmène ma femme à Deilcladach.

— Et tu ne vas pas t'emparer d'Ald-dabhach ? interrogea Robert en arrivant à leur hauteur.

— C'est déjà fait, rétorqua Connor en pressant Gillyanne contre lui. Pour l'instant, je m'en contenterai.

— Si vous croyez que vous pouvez l'enlever comme ça…

— Bien sûr que je le peux. Nous sommes mariés.

Connor contourna James et se dirigea à grands pas vers son campement.

En regardant par-dessus son épaule, Gillyanne découvrit que son cousin était fou de rage, un phénomène aussi rare que dévastateur.

— Ne t'inquiète pas, James ! Et puis n'oublie pas, tu as des choses à faire.

À son grand soulagement, le jeune homme hocha sèchement la tête et partit en direction du château.

— Quoi au juste ? s'enquit Connor en montant sur son cheval.

— Raconter toute cette histoire à notre famille, expliqua Gillyanne tandis qu'il la hissait avec douceur derrière lui. Vous refusez de penser aux conséquences de vos actes mais croyez-moi, elles viendront bientôt frapper aux portes de Deilcladach, et ce n'est pas en nommant votre château « les rives du diable » que vous ferez peur à mon père. À la vérité, quand il arrivera enfin, vous aurez l'impression que le Malin en personne est venu vous chercher.

— J'admire qu'une fille ait une telle foi en son père.

Gillyanne n'eut pas le loisir de répondre : Connor distribua quelques ordres, salua sèchement David et Robert, puis lança sa monture au galop. La jeune femme se cramponna à sa mince taille et regarda le campement s'éloigner derrière eux. La plupart des hommes du laird lui avaient emboîté le pas, mais quelques-uns restaient en arrière pour en ramasser les derniers vestiges. Elle était sûre que ces derniers étaient aussi chargés de s'assurer que Robert et David quittaient bien Ald-dabhach – une preuve de plus que les trois lairds ne s'étaient pas alliés au nom de l'amitié et d'une confiance mutuelle, mais bien parce que les circonstances l'exigeaient.

Gillyanne avait prévu que les événements se dérouleraient ainsi, mais certainement pas à cette allure. Tout ceci ressemblait davantage à un enlèvement qu'à des épousailles. Elle n'avait rien pris à part les vêtements qu'elle portait, et James ne lui apporterait pas ses affaires avant longtemps. Ce n'était pas le mariage dont elle avait rêvé.

Afin de ne pas céder à la tristesse, elle tâcha de penser aux bons côtés de la situation. Ald-dabhach et ses habitants n'avaient plus rien à craindre. Son père viendrait bientôt la secourir, si cela était toujours nécessaire. La jeune femme avait certes été obligée d'épouser Connor, mais c'était indéniablement un excellent parti. Elle aurait été bien en peine de trouver plus beau et plus musclé. Leur baiser n'avait été ni long ni très passionné, mais il lui avait laissé entrevoir de bien jolies choses. La joue pressée contre le dos du laird, elle s'aperçut que ce maudit imbroglio pourrait en fin de compte avoir d'agréables répercussions.

Connor exprima sa satisfaction d'un grognement viril et roula sur le côté, dégageant une Gillyanne qui, les yeux fixés sur le plafond, ne savait pas si elle avait envie de pleurer ou de hurler. Après deux heures passées à chevaucher, ils avaient fait halte dans un petit cottage et Connor avait courtoisement invité le couple d'un certain âge qui y résidait à leur laisser les lieux avant de l'allonger sur une paillasse, devant un feu de tourbe. Les baisers de l'homme avaient eu raison de ses protestations, ses caresses lui avaient donné l'impression que ses os se liquéfiaient… et soudain, il s'était retrouvé en elle. La passion qu'il avait éveillée s'était alors tue un instant, quelque peu refroidie par la perte brutale – quoique pratiquement indolore – de son innocence. Elle sentait à peine son désir se manifester de nouveau quand Connor jouit et, une fois satisfait, se détacha d'elle, la laissant terriblement frustrée. Après qu'elle avait perdu sa virginité, puisqu'elle n'avait ni crié ni sangloté, il avait apparemment cessé de se soucier de ses sentiments ou de ses besoins.

Gillyanne rabaissa délicatement ses jupes. Il n'avait même pas pris le temps de la dévêtir. Elle s'employait à lacer son corsage quand Connor se leva d'un bond et rajusta ses vêtements. Il l'aida à se lever et elle crut qu'ils allaient partager un moment de tendresse, peut-être même un baiser, mais il se contenta de la regarder, ses beaux sourcils légèrement froncés.

— Je t'ai fait mal ? demanda-t-il.

— Non, mais…

— Tant mieux, la coupa-t-il en lui tapotant le dos avant de se diriger vers la porte. Allons, il est temps de rentrer.

Gillyanne regretta alors de ne pas avoir de gourdin sous la main pour rosser ce mufle. Elle ne pouvait pas dire qu'il avait abusé d'elle, mais il ne lui avait certainement pas fait l'amour. Elle ressentait une légère douleur entre les cuisses, mais ce n'était rien en comparaison de la terrible insatisfaction qui la rongeait. Le début si prometteur de leur étreinte rendait cette déception encore plus difficile à supporter. Sans cesser de grommeler toutes les insultes qu'elle connaissait, elle se lava hâtivement, enfila ses braies et sortit du cottage. Elle était trop furieuse pour ressentir de la gêne en découvrant que les hommes de Connor et le vieux couple avaient attendu devant la maison que le seigneur et son épouse consomment leur mariage.

Décidée à décharger sa colère sur le laird, elle marcha droit sur lui, mais constata alors qu'il fusillait du regard deux jeunes gens blonds qui venaient de descendre de cheval devant lui. Le plus petit portait un chapeau particulièrement grand d'où ne s'échappaient que quelques mèches. Connor se tourna vers elle, et elle comprit à son expression étonnée qu'il avait tout bonnement oublié son existence.

— Femme, je te présente mon frère Andrew et ma sœur Fiona. Vous deux, voici Gillyanne, mon épouse.

Elle eut le plus grand mal à cacher sa surprise en apprenant que le plus menu des enfants était

109

en réalité une fillette, mais parvint à sourire aux nouveaux venus.

—Que faites-vous là ? s'enquit sèchement Connor.

—On se demandait ce qui t'était arrivé, répondit Andrew. Tu disais que tu ne serais parti qu'un jour ou deux.

Connor crut entendre Gillyanne le traiter dans sa barbe de pourceau présomptueux, mais il décida de passer outre, et toisa froidement son frère et sa sœur.

—Je vous avais dit de rester à Deilcladach.

—Mais on s'inquiétait pour toi et Diarmot ! protesta Fiona.

—C'est maintenant que vous devriez vous faire du souci : vous m'avez désobéi.

Gillyanne comprit à la mine craintive des deux enfants que Connor n'avait pas l'habitude qu'on remette en question ses ordres. Pourtant, elle avait le sentiment que leur seule punition serait de subir la désapprobation de leur aîné. Cela semblait cependant beaucoup les affecter, prouvant ainsi à quel point les membres de cette famille étaient proches.

Andrew se racla nerveusement la gorge.

—Bon, puisque tu es sain et sauf, et qu'apparemment tu as gagné, Fiona et moi allons rentrer.

—Non, vous allez faire route avec nous, dit Connor. Je ne veux pas que vous chevauchiez seuls.

Et un nouveau manquement à l'autorité fraternelle, songea Gillyanne en regardant les deux enfants se voûter légèrement. Pourtant, si Fiona semblait regarder ses pieds, la jeune femme comprit qu'elle l'étudiait attentivement. Elle ne sentait cependant ni peur ni hostilité chez la petite fille, seulement une grande curiosité. Gillyanne commençait à penser que la fillette n'était pas habillée en garçon que pour cette simple escapade, mais avant qu'elle puisse réfléchir davantage à cette possibilité, Connor la prit par la main et la hissa sur son cheval.

Ses cousines ne croiraient pas un mot de toute cette histoire, se dit-elle tandis que le laird éperonnait sa monture – elle n'était d'ailleurs elle-même pas vraiment sûre d'y parvenir. Une part de son esprit se demandait si tout ceci n'était pas un rêve étrange. Un mariage précipité, un départ qui l'était tout autant, une union consommée de manière beaucoup trop publique et trop rapide à son goût, et les voilà qui repartaient encore plus vite. C'en était presque comique.

— Pourquoi portes-tu des vêtements d'hommes ? lui demanda Connor.

— Tu connais beaucoup d'hommes qui portent des robes ? rétorqua-t-elle, décontenancée.

— Je parle de tes braies.

— Beaucoup de femmes de mon clan en ont.

— Ce ne sera plus ton cas à partir de maintenant.

Gillyanne aurait volontiers expliqué à son époux ce qu'elle pensait de ses ordres, mais il lança son cheval au galop. Connor l'aurait sans doute entendue, mais elle préféra garder cette discussion pour plus tard. Il est très difficile de se disputer correctement quand on essaie de rester assise sur une selle. En lui interdisant de porter de misérables sous-vêtements alors que sa sœur se promenait en pleine campagne vêtue comme un homme, Connor se comportait de façon typiquement et insupportablement masculine.

Elle était d'ailleurs persuadée que Fiona s'habillait souvent de la sorte, peut-être même tout le temps. Étant donné l'histoire des MacEnroy, la fillette pouvait très bien avoir été élevée comme un garçon. Cela ne dérangeait pas le moins du monde Gillyanne, mais Fiona ne tarderait pas à devenir une femme, si ce n'était déjà fait. Voilà qui pouvait expliquer l'intense curiosité avec laquelle elle l'avait observée. Gillyanne aurait de toute façon amplement le loisir de décrypter l'attitude de l'enfant.

Elle contempla longuement le dos puissant de son nouveau mari, une grande énigme lui aussi. Par exemple, comment un homme d'une telle beauté pouvait-il être un aussi piètre amant ? Elle avait au moins espéré que cette aventure chaotique lui permettrait de découvrir ce qu'était la passion. Connor lui en avait certes montré un avant-goût, mais l'avait surtout laissée sur sa faim. S'il se comportait toujours ainsi sous les draps, elle ne tarderait pas à prier de tout son cœur pour que son père vienne la secourir.

Il leur fallut encore chevaucher plusieurs heures pour rejoindre Deilcladach. Gillyanne essaya d'avoir un aperçu du château, mais son époux lui cachait la plus grande partie de la vue. Pour un être dépourvu de la moindre once de graisse, il se révélait un obstacle des plus imposants. Elle nota tout de même que ses terres ne semblaient pas aussi riches que celles d'Ald-dabhach. Alors que ces dernières pouvaient facilement produire plus de ressources que ses habitants n'en avaient besoin, le domaine de Connor devait sans doute tout juste parvenir à nourrir les siens – et encore, les meilleures années. Voilà qui pouvait expliquer l'intérêt du laird pour Ald-dabhach.

Parmi les hommes et les femmes qui accueillirent son époux, Gillyanne remarqua immédiatement deux grands jeunes hommes blonds – deux frères de plus, sans aucun doute possible – avant que d'autres membres du clan MacEnroy viennent se presser autour d'eux. Manifestement, tous l'avaient oubliée, à moins qu'on n'attende d'elle qu'elle se débrouille toute seule. Elle se demandait si elle pouvait descendre de l'immense destrier avec un tant soit peu de grâce quand Fiona vint se planter à côté d'elle pour la regarder fixement. Gillyanne remarqua avec une pointe de jalousie qu'elle avait de beaux yeux violets.

—Angus et Antony, mes autres frères, expliqua l'enfant en désignant les deux jeunes hommes. Andrew a dix-huit ans, Angus vingt et Antony vingt-deux. Proches en âge, et pour tout le reste. Entre nous, on les appelle Angus, Nanty et Drew.

Fiona partit rejoindre ses frères sans lui laisser le loisir de répondre. Les trois garçons faisaient la même taille, étaient aussi sveltes les uns que les autres, et avaient tous les mêmes cheveux dorés. Il lui faudrait certainement un peu de temps avant de pouvoir les distinguer.

Soudain, tout le monde disparut dans le château, la laissant seule sur le cheval de Connor. Était-ce là ce dont parlaient ces femmes qui déploraient que leurs époux aient abandonné toute courtoisie, sitôt passés devant l'autel ? Difficile à dire, car Connor n'avait jamais semblé s'embarrasser d'une telle chose. Gillyanne se demanda si elle devait sauter à bas de sa monture, ou se laisser doucement glisser ; une décision alors de la plus haute importance, car elle brûlait de pourchasser son époux pour lui assener quelques coups de pied bien sentis.

— Vous avez besoin d'aide, madame ? lui demanda un jeune homme très maigre.

— Qui es-tu ?

— On m'appelle Cagneux, madame.

— Ce n'est pas très gentil.

— C'est vrai. Mon vrai prénom, c'est Iain, mais comme il y en a sept autres ici, c'est plus facile de nous nommer autrement.

— Je comprends, répondit Gillyanne en passant outre à la lueur amusée qu'elle distingua dans les yeux noirs du garçon. J'aurais en effet besoin de toi pour descendre de ce cheval, puisque mon rustre de mari m'a visiblement oubliée.

— Ah mais pas du tout, madame ! protesta Cagneux en l'aidant. Il est en train de raconter à tout le monde comment il a réussi à ramener son trophée !

Son trophée. Les gens de Deilcladach lui en tiendraient-ils rigueur si elle se roulait par terre en hurlant de rage ? Ce serait certes un peu puéril, mais cela parviendrait peut-être à la calmer. Hélas, sa robe froissée et poussiéreuse n'y survivrait sans doute pas, et elle devait durer jusqu'à ce que James lui apporte de nouveaux vêtements.

— Vous êtes sacrément petite, murmura Cagneux.

Gillyanne lui adressa son regard le plus méprisant. Tous les hommes de Deilcladach étaient-ils des géants ?

— Je te conseille de garder ce genre de remarques pour toi si tu souhaites vivre encore longtemps.

— Comme vous voudrez. C'est bizarre, j'avais pas remarqué que vous étiez rousse.

— Sans doute parce que ce n'est pas le cas : je suis châtaine, grommela Gillyanne en époussetant sa robe.

— Non, madame, je vous jure qu'avec ce soleil, vos cheveux sont roux. Oh, et je n'aurais jamais dit que vous aviez les yeux verts.

— Cagneux, laisse-moi te confier un secret : quand ils sont de cette couleur, il vaut mieux faire très, très attention à ce qu'on raconte en ma présence. (Cagneux recula d'un pas.) Dis-moi, où sont-ils tous passés ?

— Dans la grande salle, madame. Un festin y est donné pour fêter le retour et la victoire de notre laird.

— Comme c'est délicat, railla la jeune femme en contemplant la terre compacte de la cour intérieure, les mâchoires serrées.

C'en était trop. Gillyanne avait peut-être enfin un mari, mais elle était toujours ignorée. Dans son esprit, colère et humiliation valsaient follement jusqu'à la rendre malade. Lentement, elle se mit à compter pour recouvrer son calme. Si elle s'en prenait à Connor dans cet état, les MacEnroy la prendraient pour une folle et la feraient enfermer.

— Madame ? Qu'est-ce qui vous arrive ? demanda Cagneux, inquiet.

— Je compte, répondit-elle, au bord des larmes.

— Quoi donc ? s'enquit Cagneux en fixant à son tour ses yeux sur le sol, perplexe.

— Rien, soupira Gillyanne. Je compte, c'est tout. Ma cousine Avery affirme que c'est un bon moyen de se calmer si on s'y prend très lentement.

— Et ça marche ?

— Non. Je me rends compte que je suis en train d'énumérer les différents moyens que je pourrais employer pour torturer l'idiot que je viens d'épouser.

Cagneux s'empourpra, et Gillyanne se demanda si elle l'avait mis en colère. Avec tout ce qu'avait fait Connor, les membres de son clan devaient le tenir en très haute estime. Elle comprit bientôt que le garçon n'était pas furieux, mais luttait de toutes ses forces pour ne pas éclater de rire. Ainsi, les hommes qui ne l'ignoraient pas la trouvaient désopilante. Comment s'étonner que tout sentiment de vanité ait disparu chez elle ?

— Je crois que je suis prête à aller dans la grande salle, annonça-t-elle.

— Alors vous feriez bien de vous dépêcher, dit Cagneux d'une voix légèrement étranglée. Croyez-moi, la nourriture va disparaître très vite.

Gillyanne s'avança vers les larges portes barrées de fer en se demandant si Cagneux était si maigre parce qu'il n'arrivait jamais à table assez rapidement. Elle jeta un regard par-dessus son épaule et ne fut pas très surprise de découvrir que l'homme riait de bon cœur en conduisant le cheval de son laird dans les écuries. Il jugeait manifestement très comique d'entendre un petit bout de femme menacer un colosse tel que Connor, ce qui prouvait bien que personne ici ne connaissait les dames du clan Murray.

Elle ouvrit la lourde porte à grand-peine et suivit la rumeur d'une multitude de voix jusqu'à la salle principale, sur le seuil de laquelle elle s'arrêta. Son mari était assis dans un grand fauteuil, au bout d'une longue table placée au centre de la pièce. Il régalait son auditoire du récit de ses aventures à Ald-dabhach, que les guerriers qui l'avaient accompagné se faisaient une joie de commenter. Personne n'avait remarqué que la femme qui lui avait permis de revenir avec un tel trésor n'était pas assise à ses côtés.

Gillyanne sentit la colère qu'elle avait alors presque réussi à tempérer s'enflammer de nouveau quand elle découvrit qu'on n'avait même pas prévu une place pour elle à table. La jeune femme inspira profondément pour se calmer, et s'avança dans la grande salle. Elle allait tout d'abord se restaurer, puis aurait une petite conversation avec son mari. Après tout, c'était sa dot qu'il était si fier d'avoir remportée, et si elle le quittait, ces terres lui échapperaient elles aussi. Voilà qui lui offrait un pouvoir dont elle avait bien l'intention de tirer parti.

Chapitre 7

$\mathcal{G}$illyanne arrivait à peine à avaler sa nourriture tant sa gorge était nouée par la fureur. Elle se répétait pourtant que ce mariage ne devait rien à l'amour, que Connor n'avait voulu que son château et ses terres, et qu'elle n'avait cédé que pour que personne ne soit tué. S'ils en étaient là à présent, c'était uniquement à cause des révélations imprudentes du roi – et de la cupidité humaine. Connor avait sur le moment semblé être le plus fréquentable de ces trois idiots. Comment avait-elle pu se tromper à ce point ?

Tout cela ne l'empêchait pas de ressentir une rage dévastatrice tandis qu'elle regardait Connor sourire à une plantureuse serveuse du nom de Meg – comme si les multiples caresses que cette dernière lui prodiguait ne suffisaient pas ! Et que dire des regards triomphants qu'elle lui lançait ? La plupart des femmes n'avaient de pouvoir qu'au sein de leur ménage, et l'attitude méprisante de Meg lui laissait entendre qu'elle risquait même d'être privée de cette maigre consolation.

Elle but une grande gorgée de vin acidulé pour noyer le goût de l'humiliation. Elle n'était rien d'autre pour cet homme qu'un fait d'armes de plus et, pire encore, il paraissait l'avoir oubliée sitôt qu'il l'avait mise en sûreté derrière les portes de son château. Sans l'aide de Cagneux, elle serait descendue seule de cheval, et elle avait dû pratiquement se battre pour avoir une place à la table principale et de quoi manger. Gillyanne essayait de se persuader que cette indifférence absolue était la meilleure chose qui puisse lui arriver. Elle avait épousé cet homme pour gagner du temps, en attendant que sa famille vienne la tirer de ce traquenard, et rien d'autre n'aurait dû la préoccuper… mais ce n'était pas le cas.

Pourquoi souffrait-elle davantage que lorsque, par le passé, d'autres hommes l'avaient ignorée ? Peut-être parce que celui-ci était son époux. Ils avaient été mariés par un prêtre, et leur union avait été consommée – sans douleur, certes, mais de façon aussi précipitée que décevante, en ce qui la concernait. Elle ne comprenait toujours pas comment un être aussi splendide pouvait aimer aussi mal… mais à la réflexion, peut-être n'avait-il vu dans leur étreinte que la signature d'un acte de mariage. Il semblait disposé à se montrer bien plus convaincant avec Meg – s'il en était capable –, ce qui la faisait grincer des dents.

La servante se planta derrière Connor, passa ses bras dodus autour de son cou et enfouit pratiquement la tête de l'homme dans son imposante poitrine. Le petit rire que laissa échapper le laird fut pour Gillyanne la goutte d'eau qui fit déborder le vase. Elle poussa un juron, se leva d'un bond et se dirigea droit vers le fauteuil de son mari sans prêter attention au silence qui régnait soudain dans la pièce.

—Tu ferais bien d'aller porter ceci ailleurs, dit-elle en posant les mains sur les seins rebondis de Meg pour la pousser fermement. J'ai besoin que mon époux puisse m'entendre.

—Tu vas trop loin, jeune fille, dit calmement Connor, pourtant quelque peu décontenancé par la rage qu'il décelait sur le visage de Gillyanne et qui donnait à ses yeux une intéressante couleur verte.

—Je ne suis pas une jeune fille, mais ton épouse. Tu te souviens de moi? La femme dont tu convoitais tant le château et les terres? Celle que tu as traînée devant un prêtre, et piètrement troussée?

Gillyanne ignora les hoquets abasourdis de l'assistance, toute à la satisfaction de voir Connor s'empourprer.

—Un mari a parfaitement le droit de battre sa femme, tu sais.

—Essaie toujours. On dirait que tu refuses de voir les ennuis que tu t'es attirés avec toute cette histoire, mais crois-moi, pauvre sot, ils viendront se rappeler à ton bon souvenir – et ils seront dix fois pires si mon père constate que tu as levé la main sur moi. Tu joues déjà avec le feu en me traitant avec si peu de respect.

—Un homme a droit à ses petits plaisirs!

—Vraiment? Dans ce cas, une femme aussi, j'imagine!

—Fais bien attention, jeune fille…

La rage sourde qu'elle entendait dans la voix de Connor aurait dû la faire hésiter, mais elle était trop furieuse pour faire preuve de prudence. Elle regarda autour d'elle, prit Diarmot par le bras et le mit debout, aussi étonnée que lui par cette soudaine démonstration de force. Elle le traîna ensuite vers la porte, quelque peu vexée par l'expression horrifiée qui déformait son beau visage.

— Doux Jésus, vous allez me faire tuer ! bredouilla-t-il, trop hébété pour se débattre, les yeux fixés sur son frère qui se levait lentement.

— Bien sûr que non. Moi, peut-être, mais pas vous, répondit Gillyanne en évitant délibérément de regarder l'homme qui s'approchait d'eux à grands pas. Au pire, il vous frappera, mais pour le peu que j'aie pu en voir, vous y êtes sûrement habitué.

Gillyanne poussa un petit cri surpris quand Diarmot fut brutalement tiré en arrière. Elle eut à peine le temps de voir le jeune homme glisser sur son derrière avant qu'un bras puissant lui enserre la taille et la soulève. Connor la porta hors de la grande salle comme un vulgaire sac de blé, et manifestement sans le moindre effort. Elle songea brièvement à lui mordre la cuisse, mais ses cheveux lui tombaient devant le visage, et il n'était peut-être pas très sage de le mettre encore plus en colère.

Connor gravit l'escalier étroit d'un pas bruyant, ouvrit une porte et la jeta sur un grand lit. Gillyanne se releva aussitôt et le vit se diriger vers le couloir. Elle se leva d'un bond, courut à toute vitesse, claqua la porte devant lui et le toisa, les bras croisés. La jeune femme ne savait pas vraiment ce qu'elle attendait de lui, mais certainement pas qu'il l'abandonne dans une chambre pour aller folâtrer avec Meg.

— Écarte-toi, femme.

— Je m'appelle Gillyanne, et je n'ai pas l'intention de te permettre de me tromper sans rien dire.

Connor la dévisagea, partagé entre sa colère et une subite envie d'éclater de rire. Gillyanne était petite, délicate, et pourtant elle se comportait comme si elle était un adversaire de sa stature. À l'exception de sa sœur Fiona, aucune femme ne l'avait jusque-là insulté, ni même réprimandé. Elles étaient censées être dociles, surtout les mieux nées d'entre elles. Dans quel genre de famille Gillyanne avait-elle bien pu être élevée pour ignorer ainsi les usages?

— Ton mari t'a ordonné de t'écarter.

— Oh, voilà que tu te rappelles que tu es marié. Est-ce que ça veut dire que tu vas commencer à me traiter en épouse?

— Mais c'est ce que je fais!

Gillyanne ouvrit grands les yeux, sa fureur oubliée. Il était sincère.

— Vraiment? Et puis-je savoir ce que ça signifie, selon toi? demanda-t-elle d'une voix un peu trop suave.

— Certainement pas de te laisser te faire trousser par un autre homme. Tous les fruits que donnera ton petit corps seront de moi, et de moi seul.

— Ça aurait presque été le cas : Diarmot est ton frère, après tout.

Gillyanne jugea le regard estomaqué que lui lança Connor particulièrement satisfaisant.

—Alors, dis-moi comment un mari doit-il traiter son épouse? insista-t-elle.

—Avec douceur, répondit Connor, qui tâcha de se convaincre que la jeune fille plaisantait au sujet de Diarmot.

—Et? demanda Gillyanne, comme il n'ajoutait rien de plus.

—Il doit veiller à ce qu'elle soit bien nourrie.

—Vraiment? Par exemple en s'assurant que sa femme a une place à table et une assiette devant elle avant de jouer avec sa catin?

Connor devait bien l'admettre, il n'avait sur ce point pas été à la hauteur.

—Avoir une épouse est nouveau pour moi. Et puis elle s'appelle Meg.

Et même Meg la mutilée si elle n'arrête pas son petit jeu tout de suite, songea Gillyanne.

—Quel joli nom. Mais encore?

—Un mari doit veiller à ce que sa femme soit bien habillée… ou chaudement, tout du moins, répondit Connor.

Gillyanne se contenta de baisser le regard sur sa toilette sale et froissée.

—Nous venons à peine d'arriver! protesta-t-il. Je ne me promène pas avec des robes sur moi, et nous n'avons pas eu le temps de prendre les tiennes avant de quitter Ald-dabhach.

Il semblait sur la défensive, ce que Gillyanne jugea être bon signe.

—Et ensuite?

— Il doit faire l'amour à sa femme avec tendresse et s'en occuper avec soin jusqu'à ce qu'elle porte son enfant.

— Tu parles de moi comme d'un satané jardin !

Connor était à peu près certain qu'une fille de bonne famille n'était pas censée s'exprimer ainsi, mais décida de passer outre pour l'instant.

— Une noble dame doit être traitée avec délicatesse et respect pour sa pudeur, et les hommes doivent réserver leurs passions plus rudes, ou tout ce qui pourrait choquer leurs épouses, à des servantes comme Meg.

— Mais qui t'a raconté ce ramassis d'âneries ?

— Sir Neil MacEnroy, mon oncle. Il connaît parfaitement la question.

— Tiens donc ? Je suppose qu'il connaît toutes les dames de ce pays, pour parler avec tant d'assurance.

Connor chercha une réponse… mais n'en trouva aucune. Il ignorait quand et comment son oncle avait pu côtoyer de nobles dames ; après tout, son parent n'en évoquait presque jamais aucune en particulier. Inutile cependant d'avouer une telle chose à la furie qui se tenait devant lui.

— Il m'a tout appris, dit-il, décelant aussitôt une lueur moqueuse dans le regard de Gillyanne.

La jeune femme s'assit sur le lit, sûre désormais que Connor n'essaierait plus de fuir.

— Ton oncle et moi avons été élevés de façon bien différente. Il a cependant raison sur un point : un mari doit offrir à sa femme subsistance, habits… et un toit.

— Un toit, je t'en ai donné un ! répondit Connor, satisfait d'avoir fait au moins une chose correctement.

Gillyanne renonça à lui faire remarquer qu'il l'avait pour cela arrachée à un château parfaitement convenable.

— Mais, en tant que noble dame, je me dois de contester tout le reste de ses opinions.

— Une femme ne discute pas la parole d'un homme.

Gillyanne maudit son incapacité à lire dans les pensées de son époux. Elle ne pouvait pas admettre qu'il était assez idiot pour croire de telles bêtises. Quant à cet oncle Neil, il méritait sans aucun doute une bonne correction.

— Moi, si.

— Je commence à m'en rendre compte.

Elle était parfaitement adorable, assise au bord de son grand lit, ses petits pieds à bonne distance du sol. Connor sentit son désir croître et s'efforça de le réprimer, ce qui n'était pas chose aisée, car il n'avait rien oublié de son corps gracieux et agile ni de la douce chaleur qu'il avait ressentie en elle. Il avait fait son devoir de mari, mais l'acte lui avait laissé un terrible goût d'inachevé. La retenue dont il avait fait preuve l'avait en grande partie privé du plaisir de l'opération, raison pour laquelle il s'était tourné vers Meg. Hélas, cette dernière n'avait pas réussi à éveiller ses ardeurs, ce qui risquait fort de poser un problème. En effet, s'il ne pouvait satisfaire ses bas instincts ailleurs, il voudrait certainement le faire avec sa femme, or elle était une noble dame. De plus, Gillyanne était si petite et si délicate qu'il craignait de lui faire du mal.

— Un mari ne va tout simplement pas renifler les jupes des autres femmes, dit-elle. On appelle ça un «adultère», et c'est un péché.

— Dans ce cas, il y a beaucoup de pécheurs en ce bas monde.

— Beaucoup trop, et ça n'excuse rien. Si de tels actes font sourire ici, crois-moi, ce ne sera pas le cas dans l'au-delà.

— Un homme a des appétits bestiaux qu'une noble dame ne saurait tolérer. C'est à ça que servent des filles comme Meg.

— Foutaises.

— Ce n'est pas une façon de parler pour une dame.

— Continue à débiter des bêtises pareilles et tu verras quel langage je peux employer. (Elle se laissa aller sur le lit.) Oh, et puis va retrouver ta catin. Je ne sais pas pourquoi je me mets dans un tel état. Après tout, tu ne m'as pas l'air très doué pour la chose.

Connor vint aussitôt se pencher sur elle, ce qui ne l'étonna guère. Elle avait cherché à le piquer au vif, et avait manifestement réussi de belle manière.

— Je suis très doué! Tu n'as même pas grimacé quand j'ai rompu ton hymen! Je suis sûr que tu n'as rien senti.

— Rien, en effet.

Connor la regarda comme si elle était la créature la plus étrange qu'il ait jamais rencontrée. Elle le dévisagea à son tour, sans rien percevoir pour autant, ni pensées ni émotions. C'était terriblement frustrant, mais elle commençait à comprendre que c'était là une des raisons pour lesquelles elle avait choisi cet homme.

— Les dames ne veulent pas éprouver de plaisir, et attendent de leurs époux qu'ils réservent ces bestialités à leurs maîtresses, déclara Connor.

Gillyanne se redressa sur les coudes, levant son visage si près de celui du laird que leurs nez se touchaient presque. La jeune femme se sentait terriblement flouée. Elle avait pensé que ce mariage lui permettrait au moins de goûter enfin à ce plaisir qui faisait briller les yeux de ses cousines… et elle se retrouvait avec un homme qui la traitait comme si la moindre caresse allait la briser en deux. Ses premiers baisers lui avaient semblé riches en promesses, et elle avait bien l'intention de découvrir ce qu'ils cachaient. Si elle se trompait, elle le laisserait faire comme bon lui semblerait, et attendrait qu'on vienne la secourir. Restait à ignorer la petite voix qui lui chuchotait que ce plan était parfaitement absurde.

— Connor, je te propose un marché. Montre-moi en quoi consistent ces plaisirs bestiaux, ces bas instincts. Traite-moi comme ta maîtresse, et non comme ton épouse. Si je suis incapable de le supporter, je te promets de ne plus rien dire au sujet de ta catin. Je ne t'imposerai qu'une règle : ne m'humilie pas en affichant tes conquêtes sous mon nez, et devant les tiens. En faisant cela, tu m'attires leur mépris, ce que je ne tolérerai pas sans broncher. Allons, montre-moi ce qui est censé me choquer à ce point.

Connor se redressa et défit les cordons de son pourpoint. Le laird était très tenté d'accepter la proposition de la jeune femme, de lui montrer tout le désir qu'il ressentait pour elle afin de découvrir s'il pouvait faire briller ses beaux yeux. Il voulait toucher chaque infime parcelle de sa peau soyeuse sans se soucier de savoir si elle serait choquée, couvrir de baisers son adorable nombril, se repaître de ses tétons et embrasser ses cuisses pâles. Il découvrit également, non sans une certaine gêne, qu'il avait envie d'embrasser le triangle de boucles légèrement rousses entre ses belles jambes – une pratique dont il avait entendu parler, mais qu'il n'avait jamais essayée jusque-là.

Et puis après tout, pourquoi pas ? Gillyanne serait peut-être effrayée, ou dégoûtée, mais elle lui avait donné l'autorisation d'agir à sa guise. À moins qu'elle ne défaille ou ne se débatte, il était bien décidé à ne pas s'en priver. Il aurait au moins un souvenir à chérir s'ils se cantonnaient ensuite à un devoir conjugal sans passion. Connor remarqua que la jeune femme écarquillait les yeux en le voyant se dévêtir, et il se demanda si elle ne perdait pas déjà courage.

Gillyanne avait très chaud. Jusque-là, elle n'avait pas vu grand-chose de son mari. Il était svelte, tout en muscles, et sa peau était d'une belle couleur dorée. Une fine ligne de poils descendait de son nombril pour s'épaissir au niveau de son entrejambe et couvrir ensuite ses jambes puissantes. Connor était aussi beau qu'extrêmement viril. Elle était en fin de compte plutôt satisfaite de ne pas avoir aperçu ses attributs masculins avant que leur mariage soit consommé, car vu leur taille, elle n'aurait peut-être pas été si enthousiaste à l'idée de l'accueillir en elle. Gillyanne n'avait pas vu beaucoup de membres du sexe opposé au cours de sa vie, et la plupart avaient été dans ce qu'Avery appelait en riant «une humeur morose», mais elle était sûre que Connor avait été particulièrement gâté dans ce domaine… et qu'il n'était certainement pas morose.

— Tu as peur ? s'enquit-il en la relevant pour la déshabiller.

— Non, je remarquais seulement que tu n'es pas morose, répondit Gillyanne, tout de même quelque peu gênée par la clarté qui régnait dans la pièce.

— Que veux-tu dire ?

— C'est ainsi que ma cousine parle de ces choses quand elles sont… au repos.

— Mais combien en as-tu vu, au juste ? demanda Connor en cessant un instant d'ouvrir la chemise de la jeune femme.

— Une petite seconde, je n'ai rien fait pour les voir ! répondit-elle, vexée par les insinuations du laird. Dans un château aussi populeux que celui de mon clan, et avec autant de frères et de cousins, il n'y a rien d'étonnant à ce qu'on aperçoive un de ces machins de temps à autre. Avery a même trouvé un nom aux diverses… positions qu'ils peuvent prendre. Il y a morose, vaguement intéressé, et pas morose du tout.

— Une demoiselle ne devrait pas regarder d'hommes nus, et certainement pas donner de noms à leurs parties intimes !

— Que de règles ! Dois-je dire à Avery de ne plus appeler celui de son mari « sir Dragon » ?

Connor laissa tomber la chemise de Gillyanne et, contemplant ses braies, essaya de ne pas éclater de rire. Il n'était pourtant pas homme à s'esclaffer à tout bout de champ, et n'aurait même pas su dire quand il avait vraiment ri pour la dernière fois. Un laird devait faire preuve de sérieux s'il voulait que ses gens le respectent. Son autorité dépendait de sa force de caractère.

— Tu les portes encore, fit-il.

— Et je n'ai pas l'intention d'arrêter.

— C'est du linge masculin.

— Et c'est bien un comportement masculin de veiller à protéger son entrejambe tout en attendant de nous que nous supportions le froid et le frottement du cuir sur notre peau quand nous chevauchons. De plus, si pudique et si prudente que soit une femme, il y aura toujours un imbécile pour tenter de voir sous ses jupes. Ce qu'on trouve sous ma robe ne regarde que moi et mon mari, alors ne crois pas que tu pourras me dissuader de mettre ces braies.

Connor, alarmé à l'idée qu'un autre que lui pourrait avoir un aperçu des trésors de la jeune femme, décida que ces étranges sous-vêtements n'étaient après tout pas une si mauvaise chose. Il s'employa cependant à les enlever sur-le-champ puis, une fois son épouse nue, la déposa sur le lit. Elle était si petite sur ce grand matelas, si fragile !

Gillyanne, que le regard attentif de l'homme faisait rougir, se sentit franchement mal à l'aise quand il fronça les sourcils. Elle savait bien qu'elle était menue, mais c'était également le cas de la plupart des femmes de son clan, et leurs époux semblaient s'en satisfaire parfaitement. Un rapide coup d'œil en direction de son membre lui apprit cependant que cette mine perplexe n'était pas due à un soudain manque d'intérêt pour elle.

— Tu as l'intention de continuer à le regarder, ou de t'en servir ? demanda-t-elle, n'y tenant plus.

— De m'en servir, souffla Connor en s'allongeant sur elle.

Gillyanne gémit quand il déposa sur sa peau un de ces baisers si riches de promesses. Elle enlaça son cou et l'attira à elle. Il était aussi massif que lourd, mais elle adorait sentir son corps contre le sien. Il glissa la langue dans sa bouche, aussitôt une délicieuse chaleur parcourut ses veines tandis que quelque chose se contractait dans son bas-ventre. Elle allait enfin savoir de quoi il retournait, ce qui donnait aux amants ce regard qui la faisait parfois rougir.

Connor sentit ses délicieux tétons durcir contre son torse. Affamé qu'il était, il brûlait d'en profiter sans attendre, mais se refréna – et pas seulement parce qu'il ne voulait pas complètement la dégoûter dans l'espoir de renouveler ces étreintes. Sans vraiment pouvoir l'expliquer, il désirait aller plus loin qu'il n'en avait l'habitude avec Meg ou ses semblables, ne pas se contenter de quelques baisers et caresses avant d'assener de furieux coups de reins et de répandre sa semence. C'était d'ailleurs là ce qu'il y avait de mieux dans un mariage, décréta-t-il en embrassant le cou de Gillyanne pour descendre vers ces seins qu'il convoitait tant : il n'avait plus à se retirer au dernier moment. Il s'estimerait à peu près satisfait si, en plus d'avoir le bonheur de rester en elle, bien au chaud, il pouvait également lui procurer du plaisir.

Connor posa les mains sur ses seins, et découvrit qu'ils s'y nichaient parfaitement, comme si c'était là leur place. En raison de sa taille, il avait toujours choisi des partenaires grandes, plantureuses et aux poitrines généreuses, et pourtant il n'avait jamais rien connu d'aussi délicieux que sentir ces petites choses contre ses paumes. Il les admira un instant, puis lécha l'un après l'autre ces tétons roses et aguicheurs. Gillyanne poussa un petit cri et il hésita, dépité à l'idée de l'avoir choquée si vite. Elle se frotta alors contre lui en tremblant, et il comprit avec stupéfaction qu'elle goûtait avec fougue ses caresses. Sa surprise passée, il se reput d'elle, léchant et mordillant jusqu'à devoir la saisir par la hanche pour l'immobiliser.

Conscient qu'il ne pourrait plus se retenir très longtemps, il embrassa son ventre en descendant vers son nombril et glissa une main entre ses jambes. Gillyanne aurait sûrement bondi du lit s'il ne l'avait pas tenue aussi fermement. Cette fois, impossible de se tromper quant à ce qu'elle éprouvait, car il la sentait prête à l'accueillir. Il résista à l'envie de l'embrasser à cet endroit, car il était encore trop tôt, et se contenta d'inspirer profondément pour savourer le parfum de sa peau, et l'odeur musquée de son désir.

C'en était presque trop, et il plongea en elle alors même qu'elle lui enserrait la taille de ses jambes gracieuses, comme pour l'empêcher de fuir. Elle murmura son nom d'une voix rauque et tremblante, et Connor comprit qu'il ne pouvait pas se maîtriser davantage. Gillyanne semblait l'encourager de tout son être à ne pas modérer ses coups de reins, et il attendit que la jouissance l'emporte pour plonger profondément en elle et la rejoindre. Ses ongles qui s'enfoncèrent dans son dos et ses petits talons qui tambourinèrent contre son derrière ne firent qu'accroître son plaisir. Il s'effondra à côté d'elle, le visage enfoui dans l'oreiller.

Gillyanne recouvra lentement ses esprits et caressa doucement Connor, mais le sentit à regret fléchir et se retirer. Voilà donc à quoi faire l'amour était censé ressembler, se dit-elle en faisant glisser ses pieds le long des mollets de Connor. La jeune femme comprenait mieux tous ces regards alanguis, ces soupirs. Elle ignorait en revanche ce que cela changeait à sa situation, et ce n'était certainement pas le moment de régler la question. Elle devait néanmoins s'assurer que Connor avait bien compris qu'il n'avait plus besoin de réserver ses pulsions les plus bestiales à ses maîtresses.

— Je suis toujours vivante, plaisanta-t-elle d'une voix un peu étonnée.

— Moi aussi… je crois.

Connor contempla son épouse, et se sentit soudain très fier de lui en remarquant ses joues roses de plaisir.

— Et je n'ai pas ressenti le moindre dégoût.

— Tant mieux, mais je ne t'ai montré qu'un avant-goût de ce dont un homme est capable.

— Un avant-goût, seulement ?

— Oui. Je peux encore te surprendre.

— Essaie toujours.

Connor sourit dans son oreiller ; c'était bien là son intention. Il avait du mal à concevoir que son oncle ait pu se tromper, et préférait penser que Gillyanne était une perle rare. Peut-être sa famille lui avait-elle enseigné qu'il n'y avait aucun mal à savourer les élans de son mari ? Connor avait bien des questions en tête, mais il se força à les oublier. Gillyanne aimait faire l'amour, voilà tout. Ses cris de plaisir avaient été sincères, délicieux…

Et bruyants. Tout Deilcladach l'avait sûrement entendue. Seul un idiot aurait refusé un tel don du ciel, et Connor MacEnroy n'en était certainement pas un.

Chapitre 8

*C*onnor ouvrit les yeux et étudia attentivement le sein contre lequel son nez se pressait. C'était une merveille, blanc, soyeux et ferme à la fois, et particulièrement alléchant. C'était aussi le sein de sa femme. Il savoura un instant cette délicieuse sensation. Aucun autre homme ne pourrait embrasser ce téton ni sentir cette peau délicate réchauffer la paume de sa main – tout du moins, s'il ne voulait pas périr dans d'atroces souffrances. Mais pourquoi cela le mettait-il dans une telle rage d'imaginer un autre que lui touchant Gillyanne ? Le mariage se révélait beaucoup plus compliqué qu'il ne l'avait cru de prime abord – mais peut-être était-ce dû à son épouse, songea-t-il en dessinant du doigt les contours de son téton, ce qui la fit frémir. Il s'apprêtait à embrasser celui-ci quand on frappa vigoureusement à la porte.

—Par tous les diables, maugréa-t-il.

Gillyanne le regardait, les yeux embrumés par le sommeil et un désir naissant.

—C'est le matin ! murmura-t-elle en pressant le drap contre sa poitrine.

Connor se redressa, l'obligeant à en faire de même si elle voulait rester couverte.

— Un moment idéal pour la bagatelle, mais pas aujourd'hui, hélas. (Il se tourna vers la porte.) Qu'y a-t-il ?

— Oncle Neil est là, et il veut te parler, tonna Diarmot. Tout de suite.

— Dis-lui que je suis occupé à concevoir un héritier.

— C'est déjà fait. Il n'est pas très content que tu te sois marié sans rien lui dire, et il veut voir ta femme.

— Sers-lui à manger pour le faire patienter, j'arrive dans un instant.

Connor se lava et s'habilla sans cesser de maudire son oncle, puis lança à Gillyanne avant de quitter la chambre :

— Tu ferais bien de descendre au plus vite dans la grande salle.

Il disparut alors sans lui laisser le temps de répondre. *Voilà un réveil pour le moins brutal*, songea-t-elle en se laissant retomber sur les oreillers. La jeune femme se sentait vexée, et même un peu humiliée… mais avait-elle vraiment cru qu'une seule nuit d'amour changerait cet homme en un grand romantique ? L'art du mariage était après tout une chose nouvelle pour tous les deux, et Connor aurait besoin de beaucoup de pratique.

Gillyanne se leva pour se livrer à ses ablutions matinales. Malgré la nuit torride qu'ils venaient de vivre, rien ne lui disait que Connor lui serait dorénavant fidèle, ni qu'il avait renoncé à ses étranges convictions concernant le lot des épouses. En somme, elle lui avait seulement prouvé qu'il existait une noble dame capable de tolérer les instincts masculins les plus bas. Ce n'était pas vraiment un grand pas en avant.

Tout en enfilant ses habits en triste état, Gillyanne se réprimanda en silence. Elle n'avait pas accepté d'épouser Connor uniquement pour éviter un bain de sang… mais également parce qu'il l'attirait beaucoup, et qu'elle avait vu dans ce mariage une chance de découvrir enfin ce qu'était la passion. Gillyanne voulait désormais savoir si le désir qu'elle éprouvait pour cet homme signifiait qu'il était celui avec qui elle souhaitait passer le reste de ses jours… et si elle pouvait lui faire partager ce sentiment. Il était cependant possible qu'elle se trompe, auquel cas il ne lui resterait plus qu'à attendre son père.

— Et d'ici là, je n'ai qu'à faire comme si ce mariage était aussi solide qu'irrévocable.

Elle se rappela soudain que c'était cet oncle Neil qui avait mis de telles absurdités dans le crâne de Connor et pressa l'allure. Elle ne devait pas laisser son mari seul avec un individu de ce genre.

— Mon oncle ! s'écria Connor en entrant dans la grande salle. Quel plaisir de te voir !

Il prit place dans son fauteuil attitré et fit signe à une Meg renfrognée de lui verser une chope de lait de chèvre. Malgré l'heure matinale, son oncle avait opté pour de la bière. Connor avait toujours su qu'il buvait trop, mais cela le frappait tout particulièrement ce jour-là. Il se demandait également d'où revenait l'homme ;

il paraissait avoir passé une nuit difficile, pourtant le laird sentait qu'il ne l'avait pas employée à chevaucher à bride abattue. Et puis qui avait pu lui dire qu'il s'était marié, si ce n'était Diarmot?

— Te voilà avec une femme, mon garçon. Pourquoi? interrogea Neil, que la nouvelle ne semblait pas enchanter.

— Diarmot ne t'a pas expliqué?

Connor ne savait plus que penser. Devait-il vraiment douter de celui qui avait été un tel guide pour lui depuis la mort de ses parents?

— Je lui ai seulement demandé où ta femme et toi étiez passés.

— Mais comment sais-tu que je me suis marié?

— On en parle jusqu'à Édimbourg! Une donzelle qui fait tourner trois lairds en bourrique, c'est le genre d'histoire qui voyage vite.

Connor n'aurait su dire pourquoi cette réponse ne le satisfaisait pas. Après tout, les ragots pouvaient voyager très vite, et d'où que vienne son oncle, il avait sûrement traversé des contrées dans lesquelles chacun avait entendu parler de ses péripéties.

— Quoi qu'il en soit, j'ai gagné, et Ald-dabhach est à moi désormais.

— Je croyais que cette fille t'avait choisi.

— C'est le cas, mais nous avons d'abord tous les trois essayé de nous emparer de son château, puis montré que nous étions prêts à recommencer, avec de moins en moins de clémence pour ce domaine et ses habitants. C'est une jeune femme rusée, mais aussi une douce âme. Quand elle a compris que ses petits tours n'avaient pas réussi à nous faire fuir, elle a décidé d'abandonner la partie.

— Ce n'étaient pas de petits tours, mais de la stratégie, protesta Gillyanne en entrant dans la pièce.

Neil la toisa et se renfrogna.

— Bonté divine, mon garçon, tu n'aurais pas pu attendre qu'elle ait fini de grandir ?

Gillyanne s'assit à côté de Connor après avoir décidé qu'il serait malvenu de frapper violemment l'oncle de son mari.

— J'ai fini de grandir.

— Eh bien, tu n'as pas fait du très bon travail. Et regarde-moi ces hardes ! Tu t'es trouvé une pauvresse, Connor.

— Ald-dabhach était sa dot, mon oncle, et elle suffit amplement, répondit le jeune homme, que les remarques grossières de son parent mettaient en colère. Son cousin lui apportera bientôt ses effets. Nous n'avons pas eu le temps de les prendre, car je voulais l'amener au plus vite derrière ces murs.

— Tu crois que les autres vont tenter de te la prendre ?

— Oui.

— Alors la guerre va recommencer.

Gillyanne, terrifiée, s'efforça de se concentrer sur le porridge et le pain qu'un jeune garçon venait de placer devant elle. Elle avait accepté de se marier pour éviter que le sang ne coule, et voilà qu'en sauvant les gens d'Ald-dabhach, elle avait ravivé une ancienne querelle entre clans.

— Non, répondit Connor. Ils essaieront sans doute de m'abuser, voire de l'enlever, mais ça ne suffira pas à raviver ces vieilles haines. Robert et David ne le veulent pas plus que moi. Nous avons passé notre jeunesse à réparer les dégâts de nos parents, et nous n'avons aucune envie de reproduire les mêmes erreurs.

Meg posa un plateau rempli de pain sur la table, et se frotta contre Connor en lui lançant une œillade si brûlante que Gillyanne ressentit aussitôt une envie irrépressible de planter son couteau dans l'abondante poitrine de la jeune femme. Connor s'écarta et la congédia d'un geste, puis adressa un clin d'œil à Gillyanne. Cette dernière, qui manqua tout d'abord de s'étrangler avec son porridge, lui décocha un regard froid. Si ce balourd pensait qu'elle allait le féliciter de respecter un serment prêté devant Dieu, il se trompait lourdement.

— Tu ne devrais pas traiter ta maîtresse comme ça, Connor, observa Neil. Elles savent comment nous le faire regretter.

— Meg n'est plus ma maîtresse.

— Tu t'en es trouvé une autre ? Qui, Jenny ? C'est une bonne petite, et bien en chair avec ça.

— Mon oncle, je suis un homme marié à présent.

Connor n'était pas sûr d'être d'accord avec tout ce que Gillyanne avait dit la nuit précédente, mais elle avait raison sur un point : il était très irrespectueux d'afficher sa maîtresse devant son épouse et son clan. Comment Gillyanne pouvait-elle espérer se faire une place au sein de sa famille s'il la traitait ainsi ? De plus, si elle continuait à accepter ses appétits d'aussi bon cœur, il n'aurait plus besoin d'avoir recours aux services de ses servantes. Connor était certes porté sur les plaisirs de la chair, mais il n'avait pas besoin de changer en permanence de partenaire. Il lui suffisait que cette dernière soit consentante, entreprenante, et Gillyanne promettait d'être l'un comme l'autre. En dépit des efforts de sa petite épouse pour rester discrète, il remarqua sans grande surprise qu'elle lançait des regards furieux en direction de Neil. Force était d'admettre que son oncle ne s'était pas montré très délicat en évoquant de telles questions devant elle.

— Et en quoi cela t'empêche-t-il d'avoir une maîtresse ? demanda celui-ci en remplissant de nouveau sa chope.

— C'est ce que l'on appelle un « adultère », ce qui est, me semble-t-il considéré comme un péché, marmonna Gillyanne.

— Un homme a parfois besoin d'une demoiselle accueillante et prête à répondre à ses désirs, protesta Neil.

Gillyanne répondit par un petit rire méprisant.

— Mais qui es-tu au juste, jeune fille ?

— Gillyanne Murray de Dubhlinn, fille d'Eric Murray et de lady Bethia.

— Sir Eric Murray ? (Neil se tourna vers Connor, affolé.) C'est un homme du roi.

En voyant la réaction de son oncle à ce simple nom, Connor comprit que les mises en garde de Gillyanne au sujet de son père n'étaient pas à prendre à la légère. Il était certes parfaitement inacceptable qu'une femme menace son mari, chose qu'il se promit de lui expliquer le temps venu, mais pour l'instant le plus sage était sans doute d'en apprendre davantage sur cet homme. Jusqu'alors, Connor avait cru qu'il aurait à affronter un père courroucé, qu'une petite somme d'argent aurait suffi à apaiser, mais il craignait à présent que la situation ne soit beaucoup plus compliquée, et il n'avait vraiment pas besoin de compter un autre laird parmi ses ennemis.

— C'est le roi lui-même qui nous a envoyés la trouver, répondit-il. C'est également lui qui a conseillé que l'un d'entre nous l'épouse pour que nous cessions de nous disputer au sujet de ces terres.

— Voilà qui devrait peut-être te servir. Je suppose que quelqu'un expliquera ça à sir Eric avant qu'il vienne enfoncer tes portes.

Gillyanne étala un peu de miel sur une tranche de pain qu'elle mâcha lentement en étudiant l'oncle de Connor. C'était donc lui, l'homme qui avait logé toutes ces idées dans le crâne de son mari. Si elle en jugeait par sa consommation de bière à cette heure de la journée, c'était aussi un ivrogne. Les ragots qu'il entreprit alors de rapporter révélèrent également un mépris subtil mais profondément enraciné à l'égard des femmes. Il la mettait très mal à l'aise, ce qui n'avait cependant rien à voir avec ces deux traits de sa personnalité. Elle devinait chez lui un profond sentiment de culpabilité et une colère que toute la boisson qu'il ingurgitait ne parvenait pas à noyer.

Sir Neil MacEnroy cachait quelque chose... de terribles secrets qui le terrifiaient. Gillyanne fut tout d'abord tentée de les débusquer, mais elle se ravisa de peur de faire souffrir Connor. Elle se contenterait de surveiller l'homme de près afin de voir s'il était vraiment aussi dangereux qu'elle le sentait.

Gillyanne fut tirée de ses pensées par des rumeurs de cour qui lui étaient sans doute destinées. Neil évoqua tout d'abord son cousin Payton grâce à un inventaire de ses nombreuses aventures galantes, puis entreprit d'en faire de même avec sir Eric.

— Monsieur, vous insultez mon père, l'interrompit-elle.

—Comment ça ? répondit Neil, incrédule. Je ne faisais qu'expliquer à mon neveu à quel point c'est un brave et un vigoureux amant.

—C'est effectivement un brave, et je suppose qu'il se montre honorable au lit, mais tout ceci n'est que mensonges : mon père n'est pas un adultère.

—Allons, tu refuses simplement de voir la vérité parce que tu es sa fille et...

—Je ne refuse rien du tout ! Mon père ne trahirait jamais ma mère. (Neil leva les yeux au ciel et Gillyanne serra les poings, prête à le frapper.) Il l'aime, et si ça ne signifie rien pour vous, prêtez un peu attention à ce qu'il dit. Il admet volontiers que Payton ressemble beaucoup à ce qu'il était plus jeune, mais il a changé. Selon ses propres paroles, il a prêté serment devant notre créateur, et trousser la première venue ne vaut pas de subir un châtiment divin. Il dit aussi que mère a risqué sa vie pour avoir ses enfants, qu'elle veille sans relâche à son bien-être ; que c'est elle qui sera à ses côtés quand il sera vieux et tout rabougri, et qu'en échange, il peut au moins se montrer fidèle. Si vous ne croyez pas en ses sentiments, fiez-vous au moins à son sens pratique. Je refuse d'entendre d'autres mensonges à son sujet.

Gillyanne salua sèchement Connor de la tête et quitta la grande salle sans se donner la peine de prendre formellement congé. Sa sortie, pleine de fierté, fut quelque peu gâchée quand elle dut jouer des coudes pour se frayer un chemin au milieu des quatre frères et de la sœur de Connor agglutinés sur le seuil. Elle croisa au passage le regard de Fiona, et se promit de faire quelque chose pour l'enfant. Cependant, elle comptait tout d'abord décharger sa fureur en nettoyant de fond en comble la chambre de Connor.

— Cette fille ne sait pas se tenir, déclara Neil en adressant un signe de tête à sa nièce et ses neveux.

— Elle sait très bien défendre sa famille, en tout cas, répondit Connor.

— Tu te ranges de son côté ?

— Je ne vois pas de camp dans cette histoire, mon oncle.

— Quoi qu'il en soit elle avait l'air furieuse, murmura Diarmot, qui s'assit à côté de son oncle et se servit une tranche de pain.

— Je ne faisais que divertir Connor avec des anecdotes entendues à la cour ! protesta Neil. Cette fille est beaucoup trop sensible et visiblement elle n'aime pas entendre ce dont nous sommes capables, nous autres, les hommes.

— Elle n'a rien dit quand tu as parlé des aventures de son cousin, lui rappela Connor. C'est quand tu as évoqué son père qu'elle s'est mise en colère.

— Je ne racontais que la vérité. Elle refuse simplement d'admettre que son père est comme les autres.

Connor n'avait aucune envie de se disputer avec son oncle, mais ressentait le besoin de défendre le comportement de Gillyanne.

— De toute façon, il n'était pas très aimable de répéter de tels ragots. Tu sais aussi bien que moi à quel point ce genre de rumeurs, surtout celles qui viennent de la cour, se révèlent bien souvent fausses.

Neil étudia longuement son neveu.

— Tu ne crois pas les histoires au sujet de son père.

— Ce n'est pas à moi d'en juger, mais elle n'aurait pas été aussi véhémente si son père était à ce point volage – et puis les mots qu'elle lui a attribués sonnaient juste. Comme elle l'a dit, à défaut de croire au pouvoir de l'amour, tiens au moins compte de son sens pratique. Je considère pour ma part qu'il ne s'agit que de mensonges sans doute forgés de toutes pièces pour nuire à la réputation d'un proche du roi. Et quand bien même ils seraient vrais, ce n'est pas le genre de choses qu'on raconte à sa fille.

— Je crois que Connor a raison, mon oncle, renchérit Diarmot. Lady Gillyanne a beaucoup d'estime pour son père, il suffit de l'entendre prononcer son nom pour s'en rendre compte – elle s'en sert d'ailleurs comme d'une arme. Et puis soyons honnêtes, personne n'aime entendre dire du mal de son père. C'est un bel homme ?

— Ces dames le pensent, grommela Neil. C'est la même chose avec le cousin de cette fille ; on dirait que ces dames sont prêtes à se marcher dessus pour le mettre dans leur lit. On entend surtout parler de ce Payton. La plupart des hommes sont partagés entre leur respect et leur affection pour ce gaillard, et l'envie de le voir défiguré par une blessure répugnante, jaloux qu'ils sont de son succès. Quant aux femmes, elles en parlent comme s'il était l'être parfait.

Neil ponctua sa tirade d'un bruit grossier et remplit une fois encore sa chope.

Tandis que ses frères pressaient leur oncle de leur raconter d'autres histoires, Connor se laissa aller dans son fauteuil et tâcha de mettre un peu d'ordre dans son esprit. Il venait de s'opposer à Neil au sujet de son épouse. C'était peut-être ce qu'un mari était censé faire, mais ne pouvait-on pas y voir également un signe de faiblesse ? Il devrait se montrer vigilant avec de tels sentiments, particulièrement quand ils concernaient une jeune personne si douée pour se faire des alliés, songea-t-il en regardant Fiona quitter discrètement la pièce.

— Que fais-tu ?

Gillyanne leva la tête de l'âtre qu'elle était occupée à récurer et fut quelque peu surprise de voir Fiona assise dans un fauteuil. Elle avait dès leur première rencontre décelé une lueur de curiosité dans ses beaux yeux violets, mais jamais jusque-là l'enfant ne l'avait approchée. Elle ignorait cependant si Fiona était venue la trouver en quête d'enseignements, ou simplement parce qu'elle la considérait comme une étrange créature, digne d'être étudiée. Gillyanne avait le plus grand mal à percevoir ce qu'elle ressentait. Protéger farouchement ses sentiments était manifestement un trait de caractère typique chez les MacEnroy.

— Je nettoie la chambre du laird.

Elle lança un regard à la servante dodue qui roulait le tapis du côté du lit de Connor.

— Non, Joan, prends d'abord les tentures, les tapisseries et les draps – oui, les rideaux de lit aussi. Oh, et fais apporter encore plus d'eau, et ce qu'il faut pour laver ce sol.

— C'est le travail de Meg, dit Fiona.

Gillyanne et Joan ricanèrent, et Fiona haussa un sourcil en une troublante imitation de son frère aîné.

— Elle fait un peu comme bon lui chante, mais son vrai rôle est tout de même de nettoyer, protesta l'enfant.

— Ce qu'elle n'a visiblement jamais fait. Comment a-t-elle pu supporter de venir dans une chambre aussi dégoûtante ? Enfin, je remarque qu'au moins, le lit est propre.

Gillyanne imagina alors Connor sous les draps avec une autre qu'elle, et eut soudain envie de les brûler.

— Meg n'est jamais venue sur cette couche, ni aucune des autres femmes qu'a connues mon frère – ce qui ne veut d'ailleurs pas dire qu'il y en a eu beaucoup. Il est très pointilleux avec ce lit. J'ai d'ailleurs été surprise qu'il t'ait laissée t'y coucher – mais tu es sa femme, et tu es aussi très propre. Il fait changer les draps chaque semaine, alors que j'ignore quand les miens ont été lavés pour la dernière fois.

— Dans ce cas, je m'occuperai ensuite de ta chambre, répondit Gillyanne tandis que Joan quittait la pièce. Aide-moi à poser les matelas sur le rebord de la fenêtre pour les aérer. J'ai trouvé des herbes que nous pourrons glisser entre eux quand nous les remettrons en place.

— Pour que le lit sente bon ? demanda Fiona en obtempérant.

— En partie, oui, mais aussi pour chasser l'humidité et la vermine.

— Je n'aurais jamais cru que Connor avait des bêtes dans son lit.

— Et je n'en ai pas vu, mais grâce à ces herbes, elles ne viendront pas dans ce qui représente pour elles un nid douillet. Nous retournerons les matelas dans une heure ou deux pour aérer l'autre côté. C'est sans doute parce que Connor aime avoir des draps bien propres que sa couche est aussi saine.

— Je suis sûre que ce sont les années que nous avons passé à dormir dans des masures humides, pendant que l'on rebâtissait le château, qui l'ont rendu comme ça.

Joan revint chercher les tapis pour les battre, accompagnée de sa jeune cousine Mairi qui avait apporté avec elle des balais, un seau et de quoi frotter le sol. Connor remarquerait-il seulement que sa chambre avait été consciencieusement nettoyée ? Si c'était le cas, il n'en dirait probablement rien. Allons, elle n'avait pas besoin d'être encouragée ni félicitée par son mari, se réprimanda Gillyanne en récurant de plus belle la cheminée. La satisfaction du travail bien fait aurait dû lui suffire.

— Puis-je faire autre chose ? s'enquit timidement Fiona.

— Tu peux prendre un de ces chiffons, le mouiller et laver les murs… mais tu es sûre que tu en as vraiment envie ?

— Oui, même si ça n'a pas l'air très amusant, dit Fiona en s'attelant à la tâche. Je suis une femme à présent, et je dois bien me rendre à l'évidence. Je ne serai jamais un guerrier… pas comme mes frères, en tout cas. Je suis destinée à épouser un homme et à lui donner des enfants, et même si c'est une bonne chose que je puisse me battre aux côtés de mon mari, il attendra aussi de moi que je sache tenir un foyer.

— On ne t'a jamais rien appris des arts ménagers ?

— Qui aurait pu le faire ? Connor, mon oncle, mes frères ? Je ne me plains pas de la façon dont ils m'ont élevée. Connor a fait ce qu'il a pu, alors qu'il n'était pas encore vraiment un homme, qu'il devait s'occuper d'une toute petite fille et qu'il avait tant à reconstruire. C'est aussi pour lui que je veux apprendre à tenir une maison. Je ne veux pas lui faire honte.

— Même si l'idée que je puisse enseigner ce genre de choses ferait hurler de rire mon clan, je te promets de faire de mon mieux.

Les deux jeunes filles travaillèrent en silence un instant, mais sitôt Mairi partie, Fiona chuchota :

— Je suppose que je vais aussi devoir apprendre à porter une robe ?

— Oui, je le crains, répondit Gillyanne en riant. Quand mon cousin James m'apportera enfin mes affaires, je te donnerai une des miennes. Elle n'aura besoin que de quelques petites retouches. Dis-moi, Fiona… j'ai entendu parler de ce qui s'était passé ici, toutes ces batailles, tous ces morts, mais pourrais-tu me raconter toute l'histoire pendant que nous travaillons ?

Fiona inspira profondément et entreprit de lui relater les longues années de combats. Mairi, revenue cirer les boiseries, ajoutait de temps à autre un détail à ce triste récit. Gillyanne commença à comprendre comment Connor était devenu l'homme qu'elle avait épousé.

À tout juste quinze ans, il avait vu la plus grande partie de son clan périr – y compris ses parents. Leurs terres avaient été dévastées, ne laissant que peu de ressources aux quelques survivants épars dont il était désormais le laird. Suivirent alors de dures années, au cours desquelles il mena la reconstruction de son domaine et assura la protection des siens. Il aurait eu de quoi être fier, mais Fiona était sûre que Connor se sentait encore coupable de ne pas être mort en combattant aux côtés de son père.

Voilà qui expliquait beaucoup de choses. Un si lourd fardeau aurait eu raison de bien d'autres jeunes garçons, mais il l'avait endurci. Gillyanne comprenait maintenant pourquoi elle ne percevait pas ses sentiments : ils étaient profondément enfouis, muselés par une discipline de fer et un redoutable instinct de survie. Il n'avait tout simplement pas eu de temps à consacrer à des émotions plus douces. C'était sans doute pour donner l'image d'un meneur d'hommes implacable qu'il avait renoncé à la joie, la tendresse, ou tout ce qui aurait pu le faire paraître faible. Pourtant, même si la paix était aujourd'hui revenue, et que tout à Deilcladach avait recouvré sa place – sauf les défunts –, il se cramponnait toujours à son armure.

Et en venir à bout ne serait pas une mince affaire. Après toutes ces années, comment savoir s'il était encore capable de ressentir de tels sentiments ? Il persistait à vouloir défendre les siens à tout prix, sans penser à lui. Gillyanne aurait voulu se convaincre qu'un être capable d'aimer comme il l'avait fait avait encore en lui quelques vestiges de ces sentiments, mais il n'y avait peut-être rien d'autre que du désir derrière ses baisers brûlants. Il lui faudrait livrer une rude bataille pour trouver dans ce mariage un bonheur semblable à celui de ses cousines. Elle craignait de ne pas savoir comment y arriver, et de ne pas avoir les armes adéquates.

Chapitre 9

— *E*lle a encore oublié d'apporter l'eau chaude, gronda Gillyanne en contemplant avec colère la baignoire vide.

Fiona n'avait rien fait, et ne méritait pas de subir sa mauvaise humeur. Après cinq nuits de passion et cinq journées au cours desquelles son époux l'avait copieusement ignorée, la jeune femme avait décidé d'un plan de campagne. Elle poursuivrait son œuvre de maîtresse de maison. Nettoyer ce château demandait beaucoup plus de temps que prévu, et Connor n'avait jusqu'à présent rien remarqué. Elle avait donc essayé de songer à tous les petits conforts qu'une épouse pouvait procurer à son mari – comme un bain bien chaud après une dure journée. Gillyanne avait eu cette idée trois jours auparavant, mais n'avait pas encore pu la mettre en œuvre.

En effet, difficulté imprévue, la servante chargée de porter de l'eau dans la chambre du laird n'était autre que Meg. Gillyanne s'était certes attendue à ce que les choses soient compliquées, mais elle n'aurait jamais cru que la jeune femme lui désobéirait de façon aussi éhontée. Cette fois, pas question de s'en charger elle-même, ni de demander à quelqu'un d'autre – ne serait-ce que parce qu'il était injuste d'imposer aux autres domestiques le travail de Meg, et surtout pas à Joan. En effet, toutes les servantes savaient que pendant que la malheureuse s'occupait déjà des corvées de la renégate, cette dernière batifolait avec son époux. De plus, le mépris total de Meg pour les ordres de Gillyanne nuisait encore plus à son autorité que l'attitude ouvertement hostile d'oncle Neil. Si les autres servantes n'avaient pas été aussi bienveillantes, et que Meg n'ait pas été tellement détestée, elle n'aurait été guère plus que la risée des gens de Deilcladach.

— Mais pourquoi veux-tu un bain ici tous les soirs ? demanda Fiona.

— J'en ai plus qu'assez d'être ignorée par mon mari.

— Et tu crois que de l'eau chaude va changer ça ?

— Non, pas à elle seule, même si j'adore prendre un bain brûlant à la fin de ma journée, et Connor aussi, j'en suis sûre. (Gillyanne s'assit sur le lit à côté de Fiona.) Il m'appelle sa femme, partage un lit avec moi, mais ce n'est pas encore vraiment un mariage. Certes, il me réserve désormais la place à côté de la sienne à table, mais il parle surtout à tes frères, ton oncle et à ses guerriers. Je pensais me faire remarquer en nettoyant cette demeure, mais Connor me semble être le genre d'homme qui ne s'aperçoit qu'un endroit a été lavé que quand il scintille, ce qui n'est pas près d'arriver.

— Je suis bien d'accord. Je ne m'étais pas rendu compte à quel point notre château était sale avant que l'on nettoie ma chambre.

—Crois-moi, j'ai vu pire. Votre demeure a bien été lavée, mais pas assez, pas assez souvent… et ce depuis des années.

—Autrement dit, à partir du moment où Meg a pris la tête de nos servantes.

—Un exemple des sages décisions que savent prendre ces messieurs. Elle est vraiment sa maîtresse depuis si longtemps ?

—Non, à l'époque, c'était celle d'oncle Neil, répondit Fiona. Je crois aussi qu'elle a partagé le lit de chacun de mes frères. Pourquoi ces bains sont-ils si importants ?

—Je me suis dit que si je lui offrais toutes les attentions dont une épouse est capable, il remarquerait que j'existe ailleurs que dans son lit. De plus, en se baignant avant de dîner, il sera bien obligé de passer un peu de temps avec moi, ce qui nous permettrait de parler, d'en apprendre un peu plus l'un sur l'autre… il pourrait bien y prendre goût.

—Ou simplement t'emmener dans son lit avant d'aller manger.

—C'est fort possible, soupira Gillyanne. J'espère tout de même qu'il s'habituera à se laver bien tranquillement, dans sa chambre, et peut-être même à être aidé par une femme.

—Il est déjà aidé par…

Fiona se plaqua la main sur la bouche.

—Laisse-moi deviner, dit Gillyanne, les poings serrés. Meg.

—Et Jenny… et Peg.

—Je vois, les trois catins de Deilcladach. Rien d'étonnant à ce que Meg ne veuille pas m'apporter d'eau : elle tient là une occasion rêvée de reconquérir Connor… enfin, elle tenait.

Gillyanne sortit de sa chambre à grands pas.

—Tu ne devrais pas aller dans les bains ! s'écria Fiona. Il y aura des hommes nus !

—J'en ai déjà vu.

Fiona trottina derrière elle en maudissant sa langue trop bien pendue. Elle ignorait ce que l'épouse de son frère attendait exactement de lui, mais elle ne serait certainement pas ravie de voir Meg lui frotter le dos. Elle pourchassait Gillyanne à travers les cuisines quand une main la happa, lui arrachant un glapissement de surprise.

—Je suppose que vous lui avez dit, soupira Joan, plus résignée que fâchée.

—Je ne voulais pas ! C'est comme sorti tout seul !

—Elle a l'air vraiment furieuse.

—C'est bien pour ça que je dois être avec elle.

—Pourquoi, grands dieux ? Pour protéger cette traînée de Meg ?

—Elle n'en a pas qu'après elle. Et puis tu as vu comme elle est petite ! Quand bien même elle ne s'en prendrait qu'à Meg, j'ai peur qu'il ne lui arrive malheur.

Joan lâcha Fiona en souriant.

—Croyez-moi, si ces deux-là en viennent aux mains, je mise sans hésiter sur notre dame.

Fiona laissa les servantes sans vraiment comprendre pourquoi elles étaient toutes hilares. La jeune fille sentait certes que Gillyanne était capable de se défendre toute seule, mais cela ne la rassurait pas pour autant. Elle n'avait pas voulu l'admettre devant Joan et ses consœurs, mais elle craignait la réaction qu'aurait son frère quand sa petite épouse viendrait lui demander des comptes devant ses hommes. Gillyanne était presque arrivée à la porte de la cabane où ces messieurs prenaient leur bain, et elle courut pour la rattraper. Son cœur lui disait que ce mariage pouvait être bon pour Connor et elle redoutait qu'il ne fasse un faux pas assez grave pour faire fuir Gillyanne.

Gillyanne entendit en approchant de la cabane des rires d'hommes et de femmes mêlés, et poussa un juron. Elle ne pensait pas vraiment que Connor avait recommencé à fréquenter le lit de Meg, mais sa totale incapacité à percevoir les pensées de son mari la faisait douter de ses propres intuitions, et elle voulait savoir si on se jouait d'elle.

Gillyanne craignait d'être trompée, mais cela n'expliquait pas entièrement sa colère. La passion qu'elle partageait avec son époux et le serment qu'elle avait prononcé l'incitaient à faire autre chose de cette union qui n'était pour l'instant que nuits d'amour passionnées et journées passées à tenir la demeure de son époux. Elle avait peut-être enfin trouvé un moyen d'y parvenir, et Meg était en train de tout gâcher avant même qu'elle puisse le mettre en œuvre. Il était grand temps d'avoir une sérieuse discussion avec cette jeune femme.

Gillyanne ouvrit la porte et, face au spectacle qui l'accueillit, serra les poings, les ongles plantés dans les paumes de ses mains. Elle prêta à peine attention aux autres hommes qui, pour la plupart nus, s'empressèrent de plonger dans leur baignoire dès qu'ils l'aperçurent. Elle ne voyait que son grand mari encore vêtu de ses culottes de fin coton. Devant lui Meg, un sourire ingénu aux lèvres, défaisait lentement les lacets de ce dernier rempart à sa virilité. Il ne restait plus qu'à décider lequel des deux tuer en premier.

Connor s'apprêtait à ôter ses braies lorsque Cagneux entreprit de leur faire part d'une amusante anecdote au sujet du forgeron et de son épouse. Le laird ne prêta donc pas vraiment attention à Meg quand celle-ci s'approcha de lui et écarta ses mains pour s'en occuper elle-même. Cagneux se tut soudain, les yeux écarquillés, et avant que Connor puisse lui demander ce qui le bouleversait tant, la plupart de ses congénères bondirent dans leur bain – même ceux qui portaient encore leurs braies ou leur pagne – et les autres se drapèrent dans leur serviette telles des vierges effarouchées. Lentement, Connor suivit le regard de ses compagnons.

Quand il vit Gillyanne, les yeux verts de rage, et une Fiona visiblement très inquiète à ses côtés, Connor prit soudain conscience que les doigts de Meg frôlaient dangereusement sa peau. Il eut beau se répéter qu'il ne faisait rien de mal, il éloigna néanmoins la servante et empoigna le devant de ses culottes maintenant ouvertes. À son grand étonnement, il retint à grand-peine un flot d'excuses et de justifications. Sans vraiment savoir pourquoi, il avait l'impression d'avoir commis une faute.

Puis il prit conscience que sa femme avait eu un bon aperçu de ses compagnons avant que ces derniers dissimulent hâtivement leurs attributs.

— Tu ne devrais pas être là, avec tous ces hommes nus, dit-il froidement.

— Ce n'est pas la première fois que j'en vois.

— Peut-être, mais tu n'étais pas mariée alors. Ce n'est pas un endroit pour une femme.

— Pourtant, j'en compte plusieurs ici.

— Oh, elles nous ont tous déjà vus, n'est-ce pas?

— Et elles vous ont tous goûtés aussi, j'imagine.

Les regards effarés que lui lancèrent ses hommes confirmèrent ses craintes : il rougissait. Connor se sentait honteux, mais n'aurait su expliquer pourquoi. Après tout, il ne connaissait pas encore Gillyanne à l'époque où il jouissait des faveurs de Meg, Jenny et Peg. À la réflexion, il était en effet étrange de voir ces trois femmes dont il avait partagé le lit devant sa jeune épouse. Quand il se rendit compte qu'elles toisaient Gillyanne avec insolence, il leur décocha un regard si furieux que même Meg recula.

— Je comprends maintenant pourquoi tu ne m'apportais pas l'eau chaude que je te demandais, dit Gillyanne à la servante qui se lova contre un homme massif enveloppé dans une grande serviette.

— Elle ne voulait pas te faire couler un bain? demanda Connor.

Il espérait sincèrement ne pas être entraîné dans quelque querelle féminine, mais il ne pouvait laisser Meg manquer de respect à son épouse.

— En l'occurrence, il était pour toi. Je pensais que tu aimerais te détendre dans ta chambre, avec ta femme pour t'aider. C'est l'une des nombreuses choses qu'une épouse peut faire pour son mari.

— Vraiment ?

Voilà qui devait être plutôt agréable.

— Oui, mais manifestement, tu préfères te retrouver entre hommes.

Gillyanne remarqua que Meg caressait le gaillard auprès duquel elle s'était réfugiée, sa main blanche glissée sous sa serviette, et que celui-ci n'était pas indifférent à ce traitement.

— Meg, pourrais-tu te refréner en présence de Fiona, je te prie ? demanda-t-elle. Elle sait que tu es une catin, mais elle est encore un peu jeune pour te voir agir comme telle. (Elle reconnut alors son partenaire.) Mais tu es Malcolm, le mari de Joan ! Tu n'as pas honte ?

— Un homme a ses besoins…, protesta celui-ci, qui tenta cependant de s'écarter de Meg.

— Ah, je vois, Joan te refuse son lit, répondit Gillyanne, pourtant sûre du contraire. Dans ce cas, elle mérite certainement la douloureuse humiliation de savoir que tu la trompes avec Meg au vu et au su de tous.

— De tous ? croassa Malcolm.

Comment pouvait-il être assez stupide pour croire que ses infidélités étaient un secret bien gardé ?

— De même, il est tout à fait naturel qu'elle doive faire non seulement son travail, mais également celui de la femme avec qui tu la trompes. Oui, c'est elle qui se charge des corvées de Meg quand celle-ci est occupée avec toi. Joan devrait être châtiée pour avoir ainsi manqué à son devoir d'épouse.

Gillyanne constata avec satisfaction que Malcolm était blême. Connor dévisagea l'homme, la mine sévère, mais quand il se tourna vers elle, la jeune femme crut apercevoir une lueur amusée dans son regard. Elle s'était un peu calmée, et décida donc de ne pas décharger davantage sa colère sur Meg et Connor. Elle s'était déjà probablement montrée suffisamment claire.

— Soit, je vais te laisser profiter de ton bain, puisque tu préfères le prendre ici, dit-elle à Connor d'une voix suave.

— Euh… oui, d'accord.

En dépit de l'ambiance de camaraderie qui régnait dans la cabane, Connor devait bien admettre que se baigner avec son épouse semblait bien plus attrayant que partager une grande cuve avec d'autres hommes nus tandis que trois servantes leur frottaient le dos et, à l'occasion, batifolaient avec l'un d'entre eux.

Avant de partir, Gillyanne lança un dernier regard à Connor, un sourire navré aux lèvres.

— Je dois cependant t'avouer quelque chose. Je sais que c'est mal, mais étant une jeune femme très prude et très sensible, je crois que j'aurai dorénavant les plus grandes difficultés à toucher la partie de ton corps sur laquelle les doigts d'une autre se sont posés. Oui, il me faudra bien des nuits avant de pouvoir chasser cette image sordide de mon pauvre esprit tourmenté.

Sur ce, elle prit Fiona par la main et s'éloigna.

— Tu manies bien les mots, c'est le moins qu'on puisse dire, murmura Fiona, aussi ébahie qu'amusée.

— Ma mère affirme que je tiens ça de mon père. Tâche de ne pas raconter cette scène à Joan.

— J'ai bien cru que les boyaux de Malcolm allaient le trahir.

— Peut-être, mais culpabilité et honte sont pour un homme des choses bien fugaces. Il essaiera peut-être même de se racheter, mais souvent ce genre de bonnes résolutions ne durent elles aussi qu'un temps. Je n'arrive pas à comprendre comment cet idiot a pu croire que sa femme n'en savait rien. Ils pensent vraiment que nous ne parlons jamais entre nous ?

— Ces messieurs de Deilcladach ne s'en rendent pas compte, mais ces trois catins croient qu'écarter les cuisses pour eux fait d'elles des femmes importantes. Non seulement elles se vantent d'avoir mis dans leurs lits tel ou tel mari, mais en plus elles n'ont pas fait leur travail depuis bien longtemps. Comme elles s'occupent de mes frères, ils ne mesurent pas à quel point elles sont oisives. Selon moi, si idiotes soient-elles, elles ne peuvent pas ignorer que Connor serait furieux s'il apprenait qu'elles négligent leurs responsabilités. Tu crois qu'il viendra se baigner dans sa chambre maintenant ?

— Je l'ignore, mais c'est pour ma part ce que je vais faire.

— Je constate que vous ne vous êtes pas fait rosser, dit Joan quand Gillyanne entra dans les cuisines. Et puisque je ne vois pas la moindre goutte de sang sur vous, je suppose que vous n'avez également frappé personne.

— Non, même si j'en ai été très tentée.

— J'aurais été tentée de faire autre chose, moi, avec tous ces beaux garçons sans rien sur le dos, soupira Mairi.

— Malheureusement je n'ai pas eu le loisir de voir grand-chose avant qu'ils partent tous se cacher, répondit Gillyanne en riant.

— Nous vous avons fait couler un bain, dit Joan. Même si notre laird ne vous y rejoint pas, nous avons pensé que vous aimeriez en prendre un.

— Merci, Joan, c'est bien le cas.

Avant de quitter les cuisines, Gillyanne se rappela soudain que Mairi semblait s'intéresser à un homme de Deilcladach en particulier.

— Je crois que j'en ai finalement vu plus que je ne le pensais, car une image de Cagneux n'a pas complètement disparu de mon esprit.

— Vous avez vu Cagneux nu ? demanda avidement Mairi.

— Sans doute, car je me souviens d'avoir pensé qu'il était aussi grand et aussi maigre avec ses habits que sans… enfin, à un détail près, qui est certes grand, mais certainement pas maigre.

Toutes les servantes présentes se turent un instant, manifestement occupées à imaginer le jeune homme dégingandé sous un jour nouveau, puis éclatèrent de rire – sauf Mairi qui soupira, mélancolique.

— Je comprends maintenant pourquoi Jenny est toujours après lui et se plaint qu'il ne cède que très rarement à ses charmes. Je préférerais que ce ne soit pas du tout. Enfin, ce n'est qu'un homme, j'imagine.

— C'est vrai, mais s'il fait preuve de retenue alors qu'il n'est ni marié ni fiancé, crois-moi, il vaut mieux que la plupart. Je vois pour ma part une jeune fille trop timide pour avouer à un gaillard qu'elle l'aime, et un garçon qui croit sûrement que personne ne s'intéresse à lui.

— Et c'est donc cette jeune demoiselle qui va lever ses timides petites fesses et faire le premier pas, dit Joan.

— Je crois que je vais rester pour les écouter, chuchota Fiona à Gillyanne. C'est une vieille querelle entre elles, mais je ne veux pas manquer le moment où Mairi admet que Joan a raison. Et puis, qui sait ? Connor va peut-être venir prendre ce bain.

Gillyanne ne se faisait pas d'illusions. Ce n'étaient pas tant les femmes de Deilcladach qui l'inquiétaient, que ces messieurs ; elle n'avait jamais vu un groupe aussi soudé. C'était somme toute compréhensible, car ils étaient tous adolescents quand les conflits avaient cessé, de jeunes garçons soudain confrontés à des responsabilités d'adultes, chargés de reconstruire un domaine entier… de défendre et de nourrir femmes et enfants. Gillyanne craignait de ne jamais pouvoir se faire une place dans ce clan – ce qui était pourtant en train de devenir vital pour elle, mesura la jeune fille avec tristesse.

—Je crois bien que ma femme vient de me menacer, murmura Connor en regardant Gillyanne disparaître dans le château.

—C'est sûr! répondit Cagneux en chassant Jenny d'un geste pour se laver tout seul. Si vous restez ici à vous faire baigner par ces filles, vous dormirez dans un lit bien froid cette nuit… et peut-être les suivantes.

—Une épouse ne devrait pas défier ainsi son mari.

—Mon laird, elle vous a trouvé avec la main de votre maîtresse sur vos culottes, et à quelques pas de deux anciennes conquêtes. Je ne sais pas grand-chose des femmes – comme nous tous, puisque nous avons passé la plus grande partie de ces douze dernières années à reconstruire ce domaine et à essayer de demeurer en vie –, mais je crois que je comprends pourquoi votre dame était furieuse de vous voir vous laver avec trois mignonnes alors qu'elle vous avait préparé un joli petit bain devant la cheminée. Si vous voulez mon avis, vous pouvez vous estimer chanceux qu'elle vous ait seulement menacé de vous laisser un lit froid.

À la grande surprise de Connor, tous ses hommes approuvèrent.

—Vous pensez tous que je dois céder à ce chantage?

— Eh bien… vous pourriez prendre ce bain, puis la réprimander pour avoir manqué de respect à son époux.

Ses compagnons s'esclaffèrent, et lui-même laissa échapper un sourire. Ils l'encourageaient à suivre Gillyanne, et il ne perdrait pas son autorité en se pliant à sa volonté. Il s'employait à ramasser ses vêtements quand Meg arriva derrière lui et lui caressa le dos. Il la dévisagea avec en tête quelques-unes des paroles de Gillyanne.

— Puisque votre femme est assez idiote pour vous tourner le dos, vous savez où me trouver si vous voulez vous réchauffer, susurra Meg.

Connor se déroba et la fille lui lança un regard outré.

— Je suis un homme marié et jusqu'à nouvel ordre, j'ai l'intention d'agir en tant que tel. (Il remarqua alors Malcolm, avachi contre le mur de la cabane.) Il est d'ailleurs grand temps que j'instaure une nouvelle règle. Je ne peux pas contrôler les mœurs des habitants de ce château – et je n'essaierai d'ailleurs pas. Tant que ce que vous faites n'affecte pas la paix et la prospérité de Deilcladach, ça ne regarde que vous et votre conscience. Cependant, j'ai l'impression que certains de mes sujets souffrent, ce que je ne peux permettre. Ainsi, mesdames, je vous interdis de vous ébattre avec des hommes mariés dans cette enceinte. Je sais que vous n'êtes pas les seules responsables, mais vous devrez apprendre à dire « non » de temps en temps. Si vous voulez vraiment frayer avec des époux, faites-le hors de Deilcladach, et tâchez de vous montrer un peu discrètes.

Connor n'entendit pas ses compagnons protester – et en vit même certains hocher la tête.

— Une dernière petite chose, mesdames… écoutez-moi bien : votre travail n'a jamais été d'écarter les cuisses. Vous semblez croire que dispenser vos faveurs vous rend bien plus importantes que vous ne l'êtes en réalité. Je veux que vous vous acquittiez de vos tâches. Je ne tolère pas que mes hommes préfèrent le plaisir à leur devoir, et il en va certainement de même pour les femmes. Vous avez chacune un travail à accomplir, ce que vous allez faire si vous ne voulez pas quitter Deilcladach. De plus, dorénavant, vous obéirez à lady Gillyanne sans poser de questions. C'est ma femme, la dame de ces lieux, vous lui devez donc respect et obéissance.

Sans grande surprise, Meg se contenta de sortir, trop furieuse pour prononcer un seul mot.

— Faites attention à elle, lui conseilla Cagneux en quittant son bain.

Le jeune homme prit à Jenny la serviette avec laquelle elle essayait de le sécher et entreprit de s'en charger tout seul.

— Tu crois vraiment ? demanda Connor en se rhabillant.

S'il traînait trop, il pouvait définitivement renoncer au bain promis par son épouse.

— Laird, Meg va vous causer des ennuis… elle l'a déjà fait, d'une certaine façon. Elle a déjà partagé sa couche avec votre oncle et vos frères. Elle est devenue arrogante, et elle manque de respect à votre femme, la dame de ce château.

— D'accord, elle se prend pour plus qu'elle n'est, mais je ne vois pas en quoi ça la rend dangereuse.

— Je ne sais pas vraiment… C'est juste qu'elle agit comme si elle était la maîtresse des lieux, surtout avec les autres servantes – qui jusque-là ne disaient rien parce qu'elle couchait dans votre lit, ou celui d'un des membres de votre clan. Quand vous vous êtes marié et avez décidé de rester fidèle, vous lui avez enlevé un peu de son pouvoir… et aujourd'hui vous lui avez tout pris. Quand les autres femmes apprendront ce qui s'est passé ici, elles ne courberont plus l'échine devant elle, et elles la traiteront comme ce qu'elle est vraiment : une fille mal née et incapable de serrer les cuisses. Ça ne va pas lui faire plaisir.

— Dis-moi, aurais-tu frayé avec elle, par hasard ? interrogea Diarmot, surpris.

— Non, ma mère et ma sœur ne l'auraient pas supporté ; elles parlent souvent d'elle, je sais donc à quel point elle traite mal les autres servantes. D'accord, je flanche de temps en temps et je fais quelques cabrioles avec Jenny, mais je le regrette toujours. Elle est du côté de Meg, tout comme Peg, et puis à vrai dire, je n'arrive jamais vraiment à oublier que je mets ma précieuse tige dans un endroit qui en a accueilli bien d'autres.

— Maintenant c'est moi qui vais devoir oublier cette image, grommela Diarmot avec une grimace. Merci de me l'avoir mise dans le crâne.

— Je surveillerai Meg de près, et en cas de problème, je la chasserai du château, dit Connor. Elle pourra toujours vendre ses charmes dans le village, ou dans une petite hutte dans les bois. Soit, puisque je n'ai pas pris mon bain ici, je ferais bien de regagner mes appartements au plus vite si je veux me laver.

Diarmot, les bras croisés, regarda son frère s'éloigner.

— Qu'en penses-tu, Cagneux?

— Pour Meg?

— Non, même si tu as raison à son sujet, et que je compte la tenir à l'œil. Je parle de ma belle-sœur.

— Je crois que c'est quelqu'un de bien. La petite Fiona l'aime beaucoup.

— Oui, elle lui fait du bien… et je crois qu'elle pourrait aussi en faire énormément à Connor.

— Oui, s'il lui en laisse la chance. C'est un bon laird et un fidèle ami, mais…

— Mais il se consacre à la survie de ce domaine et à notre protection depuis si longtemps qu'il ne ressent presque plus rien. Quand il est avec elle, il me semble voir une étincelle de vie en lui… et parfois même l'ombre d'un sourire. Elle est fougueuse, têtue, et beaucoup trop intelligente. Elle n'a de cesse de le défier. Mon oncle ne l'apprécie guère.

— Ça ne m'étonne pas. Connor l'écoute. Sir Neil n'est plus son seul conseiller.

— Ce qui est aussi une bonne chose. Je n'ai jamais eu autant confiance en lui que Connor. Pour moi, cet homme aurait pu nous aider beaucoup plus qu'il ne l'a fait. Il s'est surtout contenté de venir ici de temps à autre pour nous assener ses opinions. Je ne crois d'ailleurs pas qu'il ait accompli le moindre labeur ici. Mais ce n'est pas le plus important. Même si j'aimerais beaucoup que grâce à Gillyanne, Connor jette un regard plus lucide sur notre oncle, je veux avant tout qu'elle lui apprenne à vivre de nouveau. Je crois qu'elle seule pourrait y arriver.

— S'il veut bien la laisser faire, comme je l'ai dit. J'ai peur qu'il ne la fuie quand elle mettra à nu la part de lui qu'il a cru bon d'enfouir pour survivre.

— Dans ce cas, mon ami, c'est à nous d'être vigilants pour l'empêcher de battre en retraite le moment venu.

Chapitre 10

Gillyanne laissa pendre ses bras à l'extérieur de la baignoire arrondie et contempla ses genoux qui dépassaient à peine de l'eau. Inutile de se mentir : si elle n'était pas encore amoureuse de Connor, cela ne saurait tarder. Sinon elle n'aurait pas eu une telle réaction en voyant Meg toucher son mari. Elle avait ressenti de la colère, mais également une vive souffrance qui s'était un peu apaisée quand elle avait compris qu'en dépit des efforts hardis de la jeune femme, Connor avait respecté son serment. Pourtant, cette scène était restée gravée dans son esprit, et lui tordait les entrailles.

Elle était heureuse de découvrir enfin ce qu'étaient l'amour et la passion, mais regrettait que ce soit avec un homme qui lui offrait si peu de lui-même. Connor n'était pas comme les autres, même les plus endurcis par les mille déceptions de la vie. Ses sentiments étaient si profondément enfouis qu'elle craignait de ne pouvoir les sauver.

Tout n'était pas mort en lui, mais il ne dévoilait chaque fois que des semblants d'émotion : une lueur d'amusement, un demi-sourire, un bref éclat de colère.

Comme si le besoin de protéger sa famille avait écrasé tout le reste. Gillyanne ne pourrait jamais supporter ces fantômes de sentiments. Elle n'attendait pas de son époux qu'il devienne un jouvenceau enamouré, mais le désir ne lui suffisait pas. Son cœur s'était mêlé à l'affaire, et exigeait que celui de Connor en fasse autant, au moins en partie.

Gillyanne laissa échapper un grognement moqueur. Allons, elle voulait son cœur tout entier ; ce n'était après tout que justice, puisque de son côté, elle lui avait tout donné. La jeune femme aspirait à la même chose qu'Elspeth et Avery, mais elle se serait satisfaite du moindre signe lui laissant entendre qu'elle parvenait à toucher cet homme d'une façon ou d'une autre, qu'elle avait fendillé sa cuirasse. Ainsi, peut-être qu'un matin, Connor se rendrait compte qu'elle était là, dans son cœur, et voudrait qu'elle y reste. Gillyanne savait cependant qu'un tel labeur prenait du temps, et qu'il faudrait trouver quoi dire à son père quand celui-ci arriverait.

Le grincement de la porte la tira de ses pensées. Elle croisa les bras sur sa poitrine, remonta les genoux pour cacher sa nudité, et ne fut qu'en partie soulagée quand Connor entra dans la pièce, trop consciente de sa position vulnérable.

— Ah, excellent, je peux encore prendre ce bain, fit-il en commençant à se dévêtir.

— Tu ne l'as pas déjà fait ? répondit Gillyanne, stupéfaite de la vitesse avec laquelle il se défaisait de ses habits.

— Eh bien, non. (Connor grimpa dans la baignoire.) J'avais besoin de faire la leçon à mon épouse.

Elle était parfaitement adorable, ainsi recroquevillée pour tenter sans grand succès de préserver son intimité.

— Me faire la leçon ?

— Oui. Une femme ne doit pas menacer son mari, dit Connor en s'asseyant.

Gillyanne se demanda comment une aussi grosse baignoire pouvait soudain sembler aussi exiguë.

— Je n'ai rien fait de tel.

— Vraiment ? Ce n'est pourtant pas mon impression.

— Je ne faisais qu'énoncer un fait.

Elle fut si surprise d'entendre Connor rire qu'elle le laissa lui prendre une main, découvrant au passage sa poitrine, pour y glisser un gant.

— Ce petit endroit excepté, on ne m'a pas touché, dit-il en désignant son nombril.

Même si une petite voix lui souffla qu'elle faisait une erreur, Gillyanne regarda ce que lui montrait Connor... et s'arrêta au lieu de cela sur la preuve fièrement dressée que Connor ne souhaitait pas prendre qu'un simple bain. Il était étrange qu'un appendice, qui jusque-là lui semblait plutôt comique, fasse à présent bouillir son sang – et lui donne tellement envie de le toucher, songea-t-elle en tendant la main.

Connor gémit de plaisir quand elle enroula les doigts autour de son membre, ravi par tant de témérité. Il ferma les yeux, savoura ses caresses encore hésitantes... mais s'aperçut bien vite que s'il ne l'interrompait pas sur-le-champ, il ne se laverait pas beaucoup, et écarta à regret la main de la jeune femme.

Connor ne put réprimer un sourire quand il remarqua la lueur de désir dans ses yeux.

— D'abord le bain, et ensuite ces petits jeux. J'ai vraiment besoin de me laver.

Son inhabituelle bonne humeur était somme toute compréhensible : quel homme ne se serait pas réjoui qu'on le regarde ainsi ?

Gillyanne recouvra suffisamment ses esprits pour savonner son mari. Ce n'était pas tant son corps admirable qui la troublait que son comportement. Il avait ri, souri ! Elle ne voulait cependant pas se faire trop d'illusions : ces bonnes dispositions ne signifiaient pas pour autant qu'elle avait su l'émouvoir. C'était peut-être simplement la réaction d'un homme ravi d'être baigné par une femme nue avec laquelle il allait ensuite se livrer à de galantes gambades. De plus, il était sans doute flatté de voir à quel point son corps lui faisait de l'effet, songea-t-elle avec mauvaise humeur.

— Connor ! s'écria-t-elle quand il plaça les mains sur ses seins. Tu as dit que tu voulais te laver !

— Oui, mais je commence avec toi.

Connor était toujours stupéfait que ce qui aurait été considéré par beaucoup comme une poitrine tristement plate l'excite autant.

— Je me suis déjà baignée.

— Vraiment ? Dans ce cas, que fais-tu encore dans cette baignoire ?

— Je m'accordais une bouderie.

Connor la regarda comme si elle était une petite créature bien curieuse.

— C'est une chose que je tiens de ma mère, expliqua-t-elle. Elle a coutume de se retirer dans sa chambre pour bouder tout son soûl.

— Souvent ?

— Non, et même selon elle beaucoup moins depuis qu'elle a rencontré mon père.

Gillyanne décida qu'il serait plus facile de nettoyer Connor si elle était derrière lui, et se dégagea pour sortir de la baignoire et s'enrouler dans une serviette.

— Tu as oublié de te rincer là… et là…, fit-il en tendant la main vers elle.

Elle l'esquiva et commença immédiatement à lui laver les cheveux.

— Je continue mon histoire : mère dit que même quand on a une vie parfaitement heureuse, on a parfois le sentiment d'être triste, ou que certains jours ne se déroulent pas comme ils le devraient – à cause d'une dispute, de paroles qu'il faut ravaler, ce genre de petits tracas. Quand elle en a le temps, elle disparaît discrètement pour crier, pleurer, ou le plus souvent bouder consciencieusement. Père a ensuite coutume de monter l'amadouer. (Gillyanne rit doucement.) C'est généralement assez long, car mère dit que c'est de loin l'aspect le plus agréable de ses bouderies.

— Drôle d'habitude. Dois-je m'attendre à te voir en faire régulièrement de même ?

— Non. Si je ressemble à ma mère, j'ai plutôt le tempérament de mon père – mais pas son sens de la retenue, malheureusement. Quand quelque chose me contrarie, j'ai immédiatement envie d'insulter, de frapper. Hélas, une femme ne peut pas toujours agir ainsi. Parfois, nous devons tenir notre langue, et nous montrer douces et calmes quand tout le monde devient fou – c'est là que l'art de bouder se révèle utile. J'y puise la force de surmonter ces épreuves difficiles.

Gillyanne se rendit compte qu'elle ne faisait plus que jouer avec les cheveux de Connor, un geste bien trop révélateur de son désir, et elle s'empressa de les rincer pour passer à son dos.

—Mère affirme que c'est tout aussi efficace quand on est triste, dit-elle en espérant que parler de sa famille incite Connor à en faire de même. Ça lui a été utile quand ma sœur Sorcha a été violée et quasiment battue à mort. Elle se devait d'être forte et calme pour aider la malheureuse, ce qu'elle a pu faire en allant hurler ou s'arracher les cheveux dans ses appartements.

—Mais qui étaient les coupables, et que leur est-il arrivé?

Connor espérait que cette question lui permettrait d'en savoir davantage sur le père de Gillyanne, un homme qu'il rencontrerait bientôt.

—Il s'agissait d'un vieil ennemi de mon père et de deux de ses comparses. Ils ont capturé Sorcha et Elspeth, ma cousine, la fille de mon oncle Balfour Murray. Mon père, Balfour et leur frère Nigel les ont retrouvés avant qu'ils ne fassent subir à Elspeth le même sort qu'à ma sœur, et ont renvoyé les deux jeunes filles chez nous avec la plupart de nos hommes.

Quand père est revenu, beaucoup plus tard, il a simplement annoncé à mère que les ravisseurs étaient morts, et elle s'est contentée de le remercier. Je ne lui ai jamais demandé comment ils les avaient tués : son regard glacé m'a suffi. Pourtant j'y repense parfois, surtout quand ce drame est évoqué et que je vois cette terrible lueur dans ses yeux.

Connor attendit un instant qu'elle poursuive et, puisqu'elle ne lui frottait plus le dos, se leva pour se sécher. Il avait absolument besoin de savoir quel châtiment son père avait infligé à ces individus.

— Tu l'as finalement découvert, je me trompe ?

— Payton me l'a révélé il y a quelques années, dit Gillyanne d'une voix étouffée. Ils ont castré ces hommes, leur ont ouvert la panse et les ont emmenés en forêt, là où ils étaient sûrs de trouver des loups. Mon père et ses frères ont attendu avant de voir une meute arriver, attirée par l'odeur du sang.

— Tu trouves que c'est trop cruel ? interrogea Connor, qui appréciait pour sa part l'inventivité de ce châtiment.

— C'est ce que j'ai tout d'abord pensé. J'avais du mal à concevoir comment des êtres qui répugnaient à donner la plus petite fessée pouvaient se montrer aussi brutaux. Payton m'a alors expliqué trois choses : tout d'abord, ces scélérats avaient fait du mal à ma sœur, et s'apprêtaient à en faire de même avec ma cousine. Elles ressemblent toutes deux énormément à leurs mères, et les voir ainsi torturées a dû profondément bouleverser les trois hommes. De plus, s'ils leur avaient laissé la vie sauve, ces criminels seraient restés une menace pour nous tous. Selon Payton, mon père a le regard dont je t'ai parlé quand il se remémore l'horreur de ses actes, et il lui faut songer à ce qui l'a poussé à faire ça pour que cette ombre se dissipe.

— Ton cousin a raison. J'aurais sans doute été encore plus sauvage si on avait fait une telle chose à ma sœur. Je crois pour ma part que ton père était également fou de rage et de culpabilité de ne pas avoir réussi à protéger son enfant.

Or cet homme serait bientôt à ses portes. Certes, il n'avait ni violé ni battu Gillyanne – il l'avait même épousée ! – mais sir Murray avait tout de même quelques raisons d'être furieux. Cette affaire ne se réglerait peut-être pas avec une bonne dispute, quelques négociations et une petite somme versée au père de la mariée. Connor remarqua alors la façon dont Gillyanne le regardait se sécher – elle l'aiderait à apaiser la colère de son père. N'avait-elle pas prouvé qu'elle détestait voir le sang couler ?

— Une femme n'est-elle pas censée essuyer son mari après l'avoir lavé ? demanda-t-il en lui tendant sa serviette.

Gillyanne obéit en grognant. Très vite, elle ne pensa plus qu'au corps puissant de Connor. Il ne semblait avoir aucune pudeur… ce qui, en cet instant précis, ne la dérangeait pas le moins du monde.

Depuis leur première nuit ensemble, Gillyanne avait pris de l'assurance et ne se laissait plus freiner par la peur de faire quelque chose qui lui déplairait.

Elle avait ainsi découvert quelques parties de son corps particulièrement sensibles – *outre les plus évidentes, bien sûr*, songea-t-elle en tâchant d'ignorer l'appendice dressé qui paraissait requérir son attention. Connor avait les yeux fermés, et un petit sourire aux lèvres. Dès qu'il s'agissait de faire l'amour, il devenait étonnamment libre et engageant.

En frictionnant ses longues jambes, Gillyanne se rappela soudain ce qu'Elspeth lui avait un jour révélé… et qu'Avery avait confirmé, le rouge aux joues. Elle avait sur le moment trouvé cette pratique plutôt étrange, mais maintenant, avec le membre de Connor à portée de lèvres, cela lui semblait nettement moins insolite… et puisqu'on n'attrapait pas de lairds avec du vinaigre, elle lâcha la serviette, posa les mains sur ses hanches et déposa un baiser sur l'organe masculin. Connor tressaillit et Gillyanne, qui interpréta cela comme un bon signe, lui donna de petits coups de langue.

Connor, abasourdi, trembla de tout son être, foudroyé par le plaisir qui le traversa de part en part. L'homme agrippa les cheveux humides de Gillyanne d'une main tremblante et l'obligea à lever la tête. Il surprit une lueur inquiète dans son regard et s'en voulut un instant.

— Mais que fais-tu ? interrogea-t-il avant de comprendre qu'il s'agissait là d'une question plutôt stupide.

— Je croyais que c'était évident.

Les pommettes enflammées par le désir de Connor contrastaient avec sa mâchoire serrée et le doute qu'elle lisait dans ses yeux.

— Les épouses font de telles choses pour leur mari ? N'est-ce pas plutôt une pratique de catins ?

En effet, les rares fois au cours desquelles Connor avait entendu évoquer de tels délices, ils étaient dispensés par des jeunes filles aux gages particulièrement élevés.

— Elspeth m'a confié que son mari adorait ça ; curieuse comme je suis, j'ai demandé à Avery s'il en était de même pour le sien, et elle m'a répondu que « oui ». Pourtant, ce ne sont pas des catins, et leurs époux se feraient un plaisir de pourfendre le premier qui les appellerait ainsi. Cela dit, si tu veux que j'arrête…

— Allons, si c'est vraiment une chose qu'une femme peut accomplir pour son homme, je t'autorise à continuer.

Gillyanne lui lança un regard légèrement amusé et se remit à l'œuvre. N'était-ce pas plus qu'il ne pouvait en supporter ? se demanda-t-il en serrant les poings. Cette capacité à se contenir parfaitement au cours des années se révélait complètement inefficace. Il tomba à genoux en grognant, poussa Gillyanne sur le dos et lui arracha sa serviette.

Gillyanne avait adoré aimer Connor de cette façon, sentir son corps massif trembler sous ses mains. Elle aurait dû être un peu effrayée quand son mari se rua sur elle, mais elle préféra rivaliser de férocité avec lui. Quand il plongea brutalement en elle, Gillyanne comprit qu'il avait perdu toute maîtrise. Elle découvrirait sûrement le lendemain quelques bleus sur sa peau bien trop délicate, mais elle s'en moquait. La jeune femme enroula ses jambes autour de la taille de Connor et songea avant de se laisser emporter qu'un homme capable d'une passion aussi sauvage cachait forcément d'autres sentiments aussi forts en lui… or elle était décidée à tous les débusquer un par un.

Connor était affalé sur Gillyanne, à demi couché sur son tapis en peau de mouton. Le visage pressé contre l'épaule de la jeune femme, il tâcha de recouvrer ses esprits. Il s'était laissé emporter, et plus alarmant encore, sa petite et délicate épouse en avait payé le prix. Il posa une main sur sa poitrine et sentit les battements de son cœur, ses respirations. Dieu merci, il ne l'avait pas tuée. Connor ne vit pas non plus de larmes sur ses joues, donc peut-être ne lui avait-il pas fait mal, et puisqu'elle était encore là, il en déduisit qu'elle n'avait pas été terrorisée quand il s'était jeté sur elle. Il s'inquiétait cependant qu'elle reste ainsi sans bouger, telle une poupée de chiffon.

— Gillyanne?

— Oui? marmonna-t-elle en se redressant pour caresser paresseusement le dos de Connor.

Il ne l'avait pas assommée, songea-t-il avec soulagement. Il ne lui restait plus qu'à prendre congé sans que cette complète perte de maîtrise soit évoquée. Il souleva son corps repu, donna une petite tape sur la hanche de Gillyanne et se leva d'un bond. La jeune femme lui lança un regard faussement courroucé et s'enroula dans la serviette qu'il avait jetée plus tôt.

— Nous ferions bien de descendre sans traîner avant que les autres aient tout mangé, dit-il en enfilant des habits propres.

Le temps que Gillyanne se relève, il était entièrement vêtu. Il la prit dans ses bras pour déposer un rapide baiser sur ses lèvres puis sortit en l'enjoignant une fois de plus à se hâter. La jeune femme soupira puis, après une rapide toilette, s'habilla à son tour. Elle devrait apprendre à cet homme qu'un peu de tendresse après des étreintes aussi passionnées n'était pas forcément une mauvaise chose.

Elle découvrit avec surprise au pied de l'escalier Connor, Diarmot et Cagneux qui l'attendaient en silence.

— Qu'y a-t-il ? demanda-t-elle.

Elle aperçut également, tapis derrière Diarmot, les trois autres frères de Connor qu'elle peinait encore à différencier les uns des autres.

— Ton cousin est là, répondit Connor.

— Excellente nouvelle ! s'écria Gillyanne en se dirigeant vers la cour intérieure. Il m'aura sans doute apporté mes vêtements, et des nouvelles de mon clan.

Connor lui prit le bras et l'attira à lui.

— Il a deux hommes avec lui… très bien armés.

— Évidemment ! Seul un idiot voyagerait dans ces contrées sans protection.

Un raisonnement parfaitement sensé chez une femme pouvait parfois se révéler des plus horripilants, pensa Connor.

— Il peut laisser tes affaires aux portes et repartir.

Gillyanne se demanda comment elle pouvait tant désirer que cet homme la caresse, puis, l'instant d'après, avoir envie de l'assommer.

— Mon cousin a accepté notre union, et il est venu en ami. Je suis sûre qu'il aimerait rester quelques jours pour s'assurer que je suis bien traitée.

— C'est le cas, et il n'aura qu'à me croire sur parole.

— Mais pourquoi le ferait-il ? Il ne te connaît pas, et n'avait même jamais entendu parler de toi avant que tu viennes frapper à coups de botte aux portes de mon château.

Son épouse cesserait-elle un jour de remettre en question tout ce qu'il disait, lui, son mari, son laird ?

— Nanty, va avec Angus et Drew accueillir ces invités-surprises, et proposez-leur de se laver et de se restaurer s'ils le désirent. (Connor se tourna vers Gillyanne.) Les deux soldats qui accompagnent ton cousin peuvent se remplir la panse et passer la nuit ici, mais je veux qu'ils partent à l'aube, quant à lui, je l'autorise à demeurer quelques jours, s'il l'estime nécessaire. Allons l'attendre dans la grande salle.

— Mais James a mes robes, et j'aurais voulu me changer, protesta Gillyanne en s'efforçant de suivre les grandes enjambées de son mari.

— Tu peux supporter celle-ci une soirée de plus.

Un James tout sourires les rejoignit bientôt dans la vaste pièce. Gillyanne poussa un cri de joie dès qu'elle vit le panier qu'il portait dans les bras. Les chats n'attendirent pas qu'il l'ait rejointe pour quitter leur abri et sauter sur ses genoux.

— Des chats ? s'écria Connor en saluant James d'un signe de tête.

Le jeune homme s'assit en face de sa cousine, à côté de Diarmot.

— Oui, Hirsute et Crassouille, répondit Gillyanne en riant quand les deux bêtes lui léchèrent le menton. Si tu as des souris ici, ces deux matous se feront un plaisir de t'en débarrasser.

— Les chiens vont les dévorer, grommela Connor en mangeant.

Gillyanne hoqueta, puis dit :

— Tu n'as pas de chiens.

— Je peux m'en procurer.

Même si elle était sûre qu'il plaisantait, la jeune femme serra les deux félins contre elle. La lueur amusée qu'elle surprit dans ses yeux et le sourire de Diarmot achevèrent de la rassurer. Son mari avait décidément un sens de l'humour bien à lui, et il lui faudrait un peu de temps pour en comprendre le fonctionnement.

Connor regarda en maugréant Fiona s'extasier devant les chats, puis se concentra sur James. Il n'aurait su lui trouver le moindre défaut, et pourtant, il rechignait à l'accueillir sous son toit. Sir James Drummond était particulièrement bel homme, et très proche de Gillyanne. Voilà qui ressemblait beaucoup

184

à de la jalousie, ce qui le troublait au plus haut point. De telles faiblesses pouvaient se retourner contre vous.

—C'est si gracieux de votre part de m'inviter à séjourner dans votre demeure, dit le jeune homme.

—Comme vous pouvez le voir, votre cousine est en pleine forme, vous n'aurez donc pas besoin de rester très longtemps.

—Je pensais justement m'attarder un peu, répondit James en riant. Voyez-vous, je préfère que Gillyanne ait un membre de sa famille avec elle tant que toute cette affaire n'est pas réglée.

—Elle l'est! Gillyanne est maintenant ma femme, et notre mariage a été on ne peut plus consommé.

—Mais vous n'avez pas eu la bénédiction de son père.

—Gillyanne a presque vingt et un ans, elle n'en a pas besoin. (James se contenta de hausser les épaules.) Donc il va venir.

—Oh que oui, aussi vite qu'il le pourra.

—Avec une armée?

—Pas pour l'instant. Je suis allé à Dubhlinn assurer à mère que Gillyanne n'a rien à craindre. Père voudra seulement vous parler pour commencer.

Connor fit de son mieux pour cacher son soulagement.

—C'est bien le père de sa fille, s'il refuse de voir le sang couler.

—Je ne crois pas qu'il se soucie de vous ou de vos gens. Il sait que même dans les victoires les plus écrasantes on perd des hommes, il choisit donc ses combats avec soin. Père est un être bon, doux même, et de tempérament égal la plupart du temps. Il préfère l'esprit à la force brute, et le sien est très affûté. On le voit rarement se mettre en colère, mais quand ça se produit, croyez-moi, c'est très spectaculaire. Or le meilleur moyen d'y parvenir est encore de faire du mal à sa famille.

— Je n'ai rien fait à Gillyanne.

— Non, pas physiquement, murmura James en sirotant son vin. Vous êtes un homme endurci, sir MacEnroy.

— Il le fallait bien, rétorqua Connor.

Pourquoi ressentait-il le besoin de justifier ce qu'il était devenu pour le bien de son clan ?

— Gillyanne est une femme douce et pleine de vie, un esprit libre, une âme passionnée et généreuse. Un homme aussi dur que vous pourrait lui faire beaucoup de mal sans lever le petit doigt, et ne même pas s'en apercevoir. Je compte donc rester un peu ici pour m'assurer que tout se passe bien. Voyez-vous, sir Connor, vous avez peut-être étouffé toute trace de douceur en vous, mais je ne vous laisserai pas en faire autant avec ma cousine.

Connor n'était pas sûr de comprendre les paroles du jeune homme, mais il n'avait pour l'instant pas le temps de les retourner dans son esprit. Il s'efforça donc de ne pas penser à Gillyanne, et à l'idée étrangement dérangeante qu'il pourrait lui faire du mal.

— Quelque chose m'échappe : si vous êtes son cousin, pourquoi appeler ses parents père et mère ?

demanda-t-il, désireux d'en savoir davantage sur le lien si fort qui unissait Gillyanne et James.

— Sa mère, lady Bethia, est bien ma tante : je suis le fils de sa sœur jumelle. Mes parents ont été assassinés quand j'étais bébé, et je l'aurais été moi aussi si ma tante ne m'avait pas sauvé. C'est à cette époque qu'elle a rencontré sir Eric. Ce dernier a obtenu du roi ma tutelle, et ma tante et lui m'ont dès lors élevé comme leur propre fils. Ils m'ont raconté la vérité quand j'ai été en âge de la comprendre, mais ils restent mes parents, et leurs enfants, mes frères et sœurs. Nous n'employons le mot « cousin » que pour expliquer pourquoi je suis un Drummond et eux sont des Murray. J'aurais d'ailleurs pris leur nom, si je n'avais pas un clan qui attend que je devienne son laird. À la vérité, ni Gillyanne ni aucun de leurs enfants ne sont des Murray par le sang, car sir Eric a en réalité été adopté par ses parents, même s'il a longtemps cru être un bâtard. Après avoir découvert qui il était vraiment, il a tout de même choisi de demeurer un Murray.

Connor ressentit une pointe de jalousie. Ce clan était manifestement toujours prêt à secourir les âmes en détresse. Il n'avait eu personne pour l'aider quand ses frères, sa sœur et lui s'étaient retrouvés seuls, affamés et sans toit au-dessus de leurs têtes. À la réflexion, le seul adulte encore en vie à cette époque – son oncle, qui pour l'instant remplissait sa chope – n'avait pas fait grand-chose à part venir les voir de temps à autre pour pontifier. Maintenant que cette idée quelque peu déloyale s'était insinuée dans son esprit, il n'arrivait plus à s'en défaire.

James suivit le regard de Connor et murmura :

— Vous devriez faire attention à cet homme. Il n'aime pas beaucoup ma cousine.

— C'est mon oncle, et vous avez raison. Gillyanne ne l'apprécie pas elle non plus.

— Je dois vous dire une chose au sujet de Gillyanne… si quelqu'un la met mal à l'aise, fiez-vous à son instinct.

— Allons, il lui a tenu des propos qui ne lui ont pas plu, voilà tout.

— Si c'était le cas, elle se serait contentée de lui adresser quelques reparties bien senties. Croyez-le ou non, mais Gillyanne perçoit des choses qui nous échappent. On jurerait qu'elle lit dans les cœurs. C'est difficile à expliquer, mais elle peut sentir les émotions d'autrui. Et voilà que vous nous pensez tous les deux fous, à présent.

— J'ai déjà entendu parler de tels dons, répondit Connor, qui se sentait soudain étrangement nu. Elle y arrive avec n'importe qui ?

— Non. Elle ne parvient que rarement à deviner ce que je ressens, et elle m'a confié qu'avec vous, elle a l'impression de se heurter à un mur. Je vous conseille simplement d'écouter Gillyanne. Elle a visiblement un problème avec votre oncle ; essayez de découvrir pourquoi avant de faire comme si de rien n'était.

Connor hocha la tête, sans savoir s'il tiendrait véritablement compte des paroles du jeune homme. Il se méfiait désormais de son oncle, et ne voulait pas que l'avis de sa femme vienne empirer les choses. Il comptait d'abord s'occuper de ses propres doutes avant de se soucier de ceux de Gillyanne.

Chapitre 11

Au prix d'un effort de volonté comme elle n'en avait jamais fourni, Gillyanne parvint à prendre congé de sir Neil sans le frapper. Elle ne répondit pas à ses remarques fielleuses, à ses provocations ni à ses insultes. Elle devait s'éloigner de cet homme, et pas seulement parce qu'elle souhaitait éviter de se battre avec le dernier MacEnroy de sa génération à avoir survécu à cette terrible guerre de clans.

Quel soulagement de ne plus être dans la même pièce que lui, songea Gillyanne en prenant un panier avant de sortir du château. Il empestait l'amertume, la colère… et la peur de voir les noirs secrets qui lui tordaient les entrailles sortir au grand jour. Chaque fois qu'elle était près de lui, ce bourbier d'émotions semblait vouloir l'aspirer. Elle se sentait alors nauséeuse, et redoutait de demander une bonne fois pour toutes à sir Neil de révéler ce qu'il cachait.

Ce serait pourtant une erreur. Neil n'avait aucune envie de soulager sa conscience. Gillyanne était sûre que ces secrets pouvaient anéantir une famille qui avait déjà suffisamment souffert. Elle redoutait qu'il ne soit impliqué dans le massacre qui avait emporté trop d'entre eux… et que Connor et ses frères n'admirent un être qui avait participé à la destruction de tout ce qu'ils avaient aimé, et n'était peut-être pas ravi de les voir encore en vie. C'était une pensée glaçante, trop triste pour être seulement envisagée.

— Pardonne-moi, je suis en retard ! s'écria Fiona en courant pour rejoindre Gillyanne.

— Tu es sûre que tu ne traînais pas plutôt les pieds ?

— Non, pas cette fois. Je suis persuadée que je vais apprécier cette leçon. Il est si utile de savoir quelles plantes guérissent quels maux. Tiens, bonjour, Cagneux ! Tu es en retard toi aussi ?

— Je ne crois pas, répondit celui-ci en arrivant à la hauteur des deux jeunes filles. C'est plutôt notre dame qui est un peu en avance.

— Oui, navrée, fit Gillyanne avec une grimace contrite. J'ai fui sir Neil, et mon envie irrépressible de l'assommer.

En franchissant les portes, elle salua de la tête Malcolm, chargé de les garder.

— Je ne comprends pas pourquoi mon oncle ne t'aime pas, murmura Fiona, visiblement gênée. On dirait qu'il ne voulait pas que Connor se marie, ce qui n'a aucun sens. C'est vrai qu'il n'apprécie pas beaucoup les femmes. Il ne me parle presque jamais, et c'est encore pire depuis que j'ai commencé à enlever mon chapeau. Pourtant, il est du devoir d'un laird de se marier, et tu nous as apporté de belles terres.

Gillyanne n'aimait pas qu'on lui rappelle pourquoi Connor l'avait épousée, mais elle n'en dit rien. Elle ne lui révéla pas non plus que son oncle avait des secrets, et qu'il craignait probablement qu'elle ne les découvre. Au moins, contrairement au reste des MacEnroy, la jeune Fiona n'écoutait pas aveuglément sir Neil et sa sagesse empoisonnée.

—Peut-être qu'il préférait quand il n'y avait que lui et ses neveux, observa Gillyanne. S'il méprise les femmes, comme tu l'as dit, le mariage doit lui sembler une malédiction.

—Probablement… d'ailleurs, comment se déroule ton plan ? Tes talents d'épouse ont-ils adouci Connor ?

Gillyanne regarda Cagneux, gênée, et celui-ci lui répondit par un grand sourire.

—Cela ne fait qu'une semaine, Fiona.

—Ne vous en faites pas, madame, déclara Cagneux. À moins que vous ne parliez d'assassiner notre laird, je ne lui dirai rien. (Ils entrèrent dans le bois.) C'est un homme très dur.

—Comme le roc.

—Il le fallait, vous savez. À l'époque, il n'y avait plus beaucoup de garçons de son âge. Ils avaient tous péri avec nos aînés.

—C'est horrible. Toi, comment as-tu survécu ?

—Je me battais aux côtés de mon père, et mes deux frères aînés étaient déjà morts, quand le vieux laird a compris que nous ne pouvions pas gagner. Il a ordonné à tous les garçons qui n'avaient pas encore dix-huit ans de fuir. Oh, nous avons bien protesté, mais il a insisté, en nous expliquant que désormais notre devoir était de protéger les femmes et les enfants, et de s'assurer que les MacEnroy ne disparaîtraient pas en ce triste jour. Mon père m'a alors regardé, et m'a demandé de partir. Nous n'étions alors plus très nombreux, mais nous avons presque tous fait ce que notre laird nous avait ordonné.

Gillyanne était sûre que Connor ressentait la même culpabilité que Cagneux.

— Tu n'as qu'à regarder autour de toi pour savoir que c'était la bonne décision. Les MacEnroy ne seraient plus qu'un souvenir si vous ne l'aviez pas écouté.

— C'est ce que je me dis, la plupart du temps… mais je regrette parfois de ne pas être resté avec mon père pour venger mes frères.

— Tu aurais péri, voilà tout. Pense à ton père : il venait de voir deux de ses enfants mourir et savait que si tu étais demeuré avec lui, il t'aurait perdu toi aussi.

— J'avais seize ans, madame. Je n'étais plus un enfant.

— Ah, Cagneux, je suis sûre qu'à l'époque, tu l'étais encore pour ton père. Le mien traite mes frères comme les hommes qu'ils sont et pourtant, s'ils étaient tous engagés dans une bataille à l'issue désespérée, il leur ordonnerait assurément de fuir. Comme ton père l'a probablement fait, il les regarderait en se disant qu'hier encore, il les voyait faire leurs premiers pas ; hier encore, il entendait leurs voix devenir plus graves. Il songerait à tout ce qu'ils n'ont pas encore fait. Penser que tu rejoindrais bientôt ses deux autres fils a sûrement été terrible pour ton père. En partant, tu lui as offert la paix, et l'espoir que les MacEnroy ne deviendraient pas un simple couplet dans la chanson d'un troubadour. Il a su que sa femme et sa fille auraient quelqu'un pour les protéger. Il a peut-être aussi songé à ta mère, auprès de qui il t'a renvoyé comme un ultime cadeau. Ton devoir ce jour-là était de survivre.

Cagneux la regardait si fixement que Gillyanne rougit, consciente de s'être laissé emporter.

— Parfois, c'est le plus difficile, conclut-elle.

Cagneux se tut un long moment, puis dit :

— Vous avez raison. Je n'y avais jamais pensé ainsi. Nous avons notre devoir, et je ne dois plus avoir honte. Parfois, c'est dur de se rappeler ces premières années passées à se terrer et à essayer de rester en vie. J'ai vraiment offert la paix à mon père, même si jusqu'à aujourd'hui, je ne me souvenais que de son chagrin.

— Il y en a eu bien trop, murmura Gillyanne. Aucun homme n'a survécu ?

— Aucun des MacEnroy qui se sont battus pour défendre le château, en tout cas. Quelques villageois et paysans partis se cacher tout au plus... et puis les enfants, les femmes, les vieillards et les estropiés. Vous avez dû remarquer combien de femmes n'ont pas de mari.

— Oui, il y a beaucoup de veuves ici.

— Certaines sont retournées dans leur famille. Celles qui ont été élevées ici n'avaient nulle part où aller.

—Et elles se sont toutes tournées vers Connor, dit Gillyanne en remarquant autour d'elle plusieurs plantes qui pourraient avoir leur utilité.

—Mais il avait tout juste quinze ans, c'est pour ça qu'il est si dur aujourd'hui. Pourtant, il ne devrait pas se laisser gouverner par le passé. Nous avons rebâti notre domaine, les garçons à présent sont des hommes et la paix est revenue. Vous savez, malgré tout, il était un jeune homme comme les autres, joyeux et toujours prêt à rire. Même si ce gaillard-là ne reviendra jamais, je ne suis pas le seul à penser que notre laird serait plus heureux s'il desserrait un peu les chaînes qui emprisonnent son âme.

—C'est aussi mon avis… Espérons seulement qu'elles n'aient pas complètement étranglé ce joyeux jeune homme. Allons, assez de ces sombres discussions. Fiona, il est temps d'apprendre une chose ou deux sur les plantes.

—Nous aurions bien besoin d'un guérisseur ici, observa Cagneux en s'appuyant contre un arbre. Avez-vous ce talent, madame ?

—Un peu. Ma tante Maldie et sa fille Elspeth sont réputées pour ça, et toutes les femmes de notre clan apprennent à leurs côtés. Certaines d'entre nous sont plus douées que d'autres.

—Tu pourrais préparer un philtre d'amour pour Connor, suggéra Fiona.

—Une telle chose n'existe pas.

—Bien sûr que si ! Toutes les jeunes filles vont en demander aux vieilles sages.

— Et gaspillent leurs deniers. Les seules formules que je connaisse risqueraient surtout de tuer le malheureux. Et quand bien même ces potions seraient efficaces, combien de fois faudrait-il les administrer à l'élu de son cœur? Une fois par jour, par semaine, par mois? Même le plus idiot des hommes se demanderait pourquoi son épouse lui fait boire cet étrange breuvage… et puis il ne faudrait pas le lui donner n'importe quand.

— Oui, il risquerait sinon de voir une autre femme et d'en tomber amoureux. Il devrait boire la potion dans un endroit retiré… comme ici.

— Peut-être, mais les choses pourraient tout de même très mal tourner. Suppose qu'il boive ton philtre, mais qu'au lieu de te regarder tout de suite, il tourne la tête d'un côté puis de l'autre… et en moins de temps qu'il n'en faut pour le dire, demande sa main à une salamandre!

Une fois leur fou rire passé, Gillyanne entreprit d'enseigner à Fiona ce qu'elle savait des plantes. Sa conversation avec Cagneux s'était révélée très instructive. Chaque jour elle en apprenait davantage au sujet des MacEnroy, de la tragédie qui avait fait d'eux ce qu'ils étaient – et bien sûr de Connor. Hélas, ce n'était certainement pas grâce à ce dernier. Tous les efforts de Gillyanne ne lui apportaient que d'autres étreintes passionnées. Elle n'était pas très étonnée que les bains se terminent ainsi puisqu'ils se retrouvaient la plupart du temps nus, mais l'était bien plus d'avoir été entraînée derrière une haie quand elle lui avait apporté une collation, alors qu'il était sorti dans les champs. Connor semblait penser que ses tentatives pour l'habituer aux bonheurs de la vie maritale étaient autant d'invitations à faire l'amour.

Ce qui n'était pas fondamentalement une mauvaise chose : la passion pourrait bien le pousser à ouvrir son cœur. Hélas, ils étaient mariés depuis déjà deux semaines, et n'avaient pas partagé grand-chose d'autre. Gillyanne aurait juré que Connor s'était fait peur en affichant tant de gaieté après leur premier bain, car il s'était ensuite montré étrangement distant pendant deux jours entiers. Les choses s'étaient ensuite arrangées, mais s'il devait chaque fois avancer d'un pas pour reculer de trois, Gillyanne n'arriverait jamais à ses fins. Elle aurait voulu pouvoir parler à une femme de sa famille, mais elle se retrouvait seule, et sans savoir vraiment si elle avait ce qu'il fallait pour conquérir le cœur d'un homme – surtout celui de Connor.

Fiona la sollicita, ce qui lui convenait très bien : elle passait déjà beaucoup trop de temps à se préoccuper de ce mariage. Une fois certaine que la jeune fille savait reconnaître le type de mousse qu'elle désirait, Gillyanne la laissa s'éloigner dans les bois pour en chercher davantage. Fiona avait sincèrement envie d'apprendre ce qu'une femme devait savoir, mais Gillyanne était consciente qu'elle devrait procéder progressivement. La jeune fille avait trop longtemps vécu comme un garçon insouciant pour voir soudain ses journées remplies par les responsabilités souvent fastidieuses qui attendaient la maîtresse d'un château.

Gillyanne avisa une plante particulièrement rare et aux nombreux usages. Alors qu'elle allait la cueillir, l'ourlet de sa robe s'accrocha dans des ronces et Cagneux, hilare, vint l'aider à se dégager. La jeune femme vit soudain quelque chose bouger derrière lui, mais avant qu'elle puisse le prévenir, un homme à la barbe fournie surgit et abattit le pommeau de son épée sur le crâne du malheureux, qui s'effondra à ses pieds en grognant.

— Vous ! hoqueta Gillyanne quand d'autres silhouettes apparurent à leur tour, dont une, grande et élégante, qu'elle n'avait pas oubliée.

— Eh oui, moi, répondit sir Robert avec une petite courbette. Allons-y, voulez-vous ?

Gillyanne songea brièvement à appeler à l'aide, mais comprit que cela ne ferait qu'attirer Fiona dans ce traquenard. Il lui suffit d'un regard à la demi-douzaine de solides gaillards qui accompagnaient Robert pour la dissuader de fuir. Elle pourrait certes leur échapper un instant, mais une résistance trop acharnée ne lui vaudrait que des ecchymoses, et le bruit attirerait sans doute Fiona. Gillyanne maudit la dot qui lui valait tous ces problèmes et tendit la main à sir Robert.

Fiona resta cachée dans les buissons plusieurs minutes après que sir Robert eut emmené Gillyanne. Elle revenait, les bras chargés de mousse, quand elle avait entendu le cliquetis des selles de plusieurs chevaux, et qu'elle avait compris que Gillyanne et Cagneux n'étaient plus seuls. D'instinct, elle s'était aussitôt tapie, puis avait rampé en silence – un talent acquis à force de pratique – pour voir Cagneux choir et Gilly se faire enlever.

Que faire, maintenant ? Sûrement pas se lancer à la poursuite de Gillyanne. Une frêle enfant ne pourrait rien pour elle. Se rendre au plus vite à Deilcladach pour tout raconter à Connor ? Non, elle ne pouvait pas laisser Cagneux seul. Il pouvait très bien se relever dans un instant avec rien d'autre qu'un mal de tête, mais de telles blessures se révélaient souvent traîtres. Le jeune homme était à la merci de n'importe quel danger, homme ou animal. Fiona poussa un profond soupir, quitta sa cachette et se rendit auprès de Cagneux.

Elle le dégagea des ronces sur lesquelles il était tombé et le retourna sur le dos. Le ramener à Deilcladach ne serait pas chose aisée, mais elle ne pouvait pas attendre qu'il reprenne ses esprits. Fiona ôta la cape du jeune homme et l'attacha à la sienne. C'était une bien piètre civière, mais elle devrait faire l'affaire, décida la jeune fille en traînant le blessé. Après quelques pas à peine, elle priait déjà pour rencontrer quelqu'un au plus vite. Cagneux était l'homme le plus maigre qu'elle ait jamais rencontré, mais ses os étaient sûrement faits de plomb.

Elle venait de comprendre qu'elle ne ferait pas un pas de plus quand Colin le porcher et son fils apparurent avec une brouette remplie de petit bois, qu'ils vidèrent pour y mettre Cagneux. Ce n'était pas le véhicule le plus adapté, mais cela valait toujours mieux que sa misérable civière. Fiona laissa le blessé avec les deux hommes et partit en courant pour Deilcladach. Pourvu qu'elle y trouve Connor, que rien n'arrive à Gillyanne, et surtout que cette histoire ne provoque pas une nouvelle guerre, songeait-elle.

Connor, ruisselant de sueur après un vigoureux entraînement à l'épée, se versa un seau d'eau sur la tête et s'ébroua gaiement, ignorant les protestations de James et Diarmot. Il s'apprêtait à les railler au sujet de leurs talents de bretteurs quand il vit Fiona entrer en courant dans la cour intérieure. Il se précipita vers elle, ses deux compagnons sur les talons.

— C'est Gillyanne ! parvint-elle seulement à hoqueter avant de devoir reprendre sa respiration.

— Allons, allons…, dit doucement Connor en passant un bras autour de ses épaules tremblantes. Inspire lentement… commence par te calmer, et ensuite, nous parlerons.

Andrew s'approcha avec un chiffon humide, et rinça délicatement le visage et les mains de la jeune fille.

De son côté, Connor luttait aussi pour garder son calme. De toute évidence, il était arrivé quelque chose à Gillyanne et à Cagneux.

Le sort du jeune homme l'inquiétait bien sûr beaucoup – Cagneux avait été à ses côtés au cours des sombres années, ils avaient pleuré leurs défunts ensemble, avaient eu faim et froid ensemble, avaient tout surmonté… – mais savoir Gillyanne en péril lui glaçait le sang.

C'était absurde. Connor n'avait rencontré la jeune femme que quelques semaines auparavant. Il avait découvert dans ses petits bras la passion la plus douce et la plus enflammée qu'il ait jamais connue, mais cela n'expliquait pas la peur effroyable qu'il ressentait. Gillyanne était son épouse, quelqu'un dont il avait besoin pour engendrer des héritiers et, dans ce cas précis, acquérir de précieuses terres. Il était de son devoir de prendre soin d'elle, et Connor avait parfaitement le droit de s'inquiéter de son bien-être, voire de se sentir coupable de ne pas avoir su la protéger. Il était en revanche proprement inacceptable qu'il soit à ce point terrifié de ne plus jamais la revoir.

Connor constata que Fiona était suffisamment calmée pour parler clairement, et il s'efforça d'ignorer ses propres tourments.

— Où est Cagneux? l'interrogea-t-il, s'obligeant à ne pas demander en premier ce qu'il était advenu de son épouse.

— Colin le porcher et son fils l'amènent dans leur petite brouette. Il a reçu un coup sur la tête. J'ai essayé de le traîner jusqu'ici, mais il est plus lourd qu'il n'en a l'air.

— Tu as vu ce qui s'est passé?

— Pas depuis le début: j'étais partie chercher de la mousse, mais en revenant, j'ai entendu des chevaux, et je me suis cachée le plus près possible. J'ai d'abord aperçu Gillyanne prise dans des ronces, et Cagneux qui l'aidait à se dégager… c'est pour ça que ces hommes ont réussi à s'approcher par-derrière et à l'assommer, le pauvre. Mais c'est peut-être mieux comme ça : s'il s'était battu, ils auraient pu le tuer.

—Mais qui, Fiona ?

—Les Dalglish. Sir Robert était là en personne.

Voilà qui était plutôt surprenant. Connor s'attendait bien à ce que David lui pose des problèmes, mais il n'avait jamais vraiment considéré Robert comme une menace.

—Et Gillyanne est partie avec eux ?

—On voyait bien qu'elle ne le voulait pas ; elle restait plantée dans les ronces, avec ce regard féroce. Elle ne cessait pas de jeter des coups d'œil dans la direction où j'étais partie, et puis elle a fini par se laisser emmener en jurant. Je crois qu'elle avait peur que j'accoure.

—Mais pourquoi diable Robert l'a-t-il enlevée ? demanda Diarmot. C'est ton épouse, et ses terres t'appartiennent désormais. Vous étiez d'accord : qui gagne la fille emporte le domaine, et puis votre union a été consommée.

—En l'occurrence, votre mariage pourrait être annulé, intervint calmement James, attirant tous les regards. Gillyanne s'est mariée contre son gré.

—Elle a dit « oui », rétorqua Connor, qui sentait cependant l'angoisse lui serrer la poitrine.

—Après avoir été attaquée trois fois, et menacée de l'être une quatrième.

Connor savait que beaucoup de femmes trouvaient Robert séduisant et goûtaient ses manières d'homme de cour.

—Il veut séduire ma femme et la convaincre de me quitter pour l'épouser.

—Peut-être veut-il plutôt une rançon, suggéra Diarmot. Une part des terres qu'il a perdues quand Gillyanne t'a choisi.

—Ou alors trousser cette fille en pensant que tu n'en voudras plus, grommela Neil en jouant des coudes pour s'approcher de Fiona. Il va la charmer, et récupérer tout le domaine. Tu ne peux pas le laisser t'insulter comme ça, mon garçon. La guerre va recommencer, et tout sera la faute de cette donzelle.

—Un mot de plus, vieil homme, et je vous fais taire à coups de poing, gronda James. (Il se tourna vers Connor.) Gillyanne ne lui cédera pas. Est-il du genre à abuser d'une femme ?

—Pas à ma connaissance. C'est un séducteur-né, qui aime un peu trop les épouses des autres et les jeunes vierges. Il ne la jettera pas dans son lit, mais il essaiera certainement de l'y attirer.

—Dans ce cas nous avons un peu de temps devant nous. Croyez-moi, personne ne peut charmer une Murray à moins qu'elle ne le veuille bien.

—On le dit vraiment très doué.

—Gillyanne se considère comme mariée.

—Comme si ce genre de choses gênait une femme ! maugréa Neil. Tu veux ces terres au point de reprendre une épouse déshonorée ?

Connor arrêta James en posant une main sur sa poitrine et lança un regard réprobateur à son parent.

—Mon oncle, tu n'as aucune raison de dénigrer Gillyanne et pourtant, depuis qu'elle est là, tu ne t'en prives pas. Je te suggère de mesurer tes paroles, car c'est la dernière fois que j'empêche ce jeune homme de défendre son honneur. Il n'y aura pas de guerre, à moins que Robert n'ait autre chose en tête que me dérober ce que j'ai remporté loyalement.

—Et s'il lui a fait du mal? demanda James.

—Dans ce cas, il y aura bien lutte, mais entre lui et moi, et j'obtiendrai vengeance au cours d'un juste combat. Cela dit, s'il l'a séduite…

—C'est impossible, l'interrompit James. Si vous connaissiez ma famille, vous n'auriez aucun mal à me croire. Gillyanne considère qu'elle est votre femme, liée à vous par un serment qu'elle ne rompra pas, et elle se gaussera de toutes les tentatives de séduction de son ravisseur. Notre famille compte beaucoup de beaux garçons experts dans l'art de faire la cour, et Gillyanne connaît chacun de leurs tours. Et puis si cet homme l'avait intéressée, c'est lui qu'elle aurait choisi, vous ne croyez pas?

Connor trouva cet argument profondément réconfortant, ce qui le contraria un peu : il n'avait pas réussi à garder ses distances, à ne voir en elle qu'une épouse, la femme qui lui donnerait des enfants et qui tiendrait sa maison. Cette faille dans son armure expliquait pourquoi, en dépit de ses paroles raisonnables, il brûlait de mettre à feu et à sang les terres de Robert, et de le découper en morceaux.

—Assez parlé, allons la chercher! déclara Fiona.

— Tu restes ici, répondit Connor.

— Mais…

— Non. Drew et toi, vous ne quitterez pas le château. Vous savez très bien que je ne vous emmène jamais tous à la fois.

Ce rappel d'une des règles les plus rigides de Connor fit taire toutes les protestations, et il eut tout le loisir de regarder Cagneux entrer dans la cour sur sa brouette. Le laird remercia Colin le porcher et son fils, et se tourna vers son camarade. Le jeune homme était conscient, mais très pâle.

— Je n'ai rien vu, dit-il d'une voix rauque.

— Mais Fiona, si. Sir Robert a enlevé Gillyanne.

— Nous partons à sa poursuite ?

— Certains d'entre nous, oui, mais tu dois demeurer ici. J'aimerais beaucoup t'avoir à mes côtés, mais je crains que tu ne puisses pas monter à cheval pendant quelque temps.

— Vous avez raison. Quelle mouche a piqué sir Robert ?

— Difficile à dire. Il semblerait que Gillyanne puisse faire annuler notre mariage en faisant valoir qu'elle a dû m'épouser sous la contrainte. Si Robert parvient à l'influencer, elle pourrait demander à son père de rompre notre union.

— Elle ne le fera pas, déclara Cagneux en regardant sévèrement Connor. Pas avec cet homme.

Connor crut déceler une mise en garde dans le ton de son ami d'enfance, mais il n'avait pas le temps d'en avoir le cœur net. Joan et Mairi vinrent s'occuper du jeune homme, et James, Diarmot, Nanty et Angus se rapprochèrent, attendant, tendus, l'ordre de monter à cheval. Connor grimpa sur l'une des bêtes qu'on leur avait amenées, et les incita d'un signe de tête à l'imiter. Il nota que Neil n'avait pas bougé et se tenait aux côtés de Meg. Tous deux avaient l'air furieux.

— Qu'avez-vous en tête, laird? s'enquit Cagneux en s'arrêtant près de sa monture, soutenu par Joan et Mairi.

— Je vais simplement rendre une petite visite à sir Robert Dalglish.

— Vous allez frapper à sa porte et lui dire « Excusez-moi, seigneur, puis-je récupérer ma femme?»

— Oui, quelque chose comme ça, répondit Connor en souriant avant de lancer sa monture au galop.

Chapitre 12

*R*obert commençait à devenir agaçant, songea Gillyanne en mâchonnant un gâteau au miel et en balayant du regard la grande salle de son château. Elle était bien plus impressionnante que celle de Connor avec ses belles tapisseries, ses chaises et ses bougeoirs. Le seigneur était sans doute nettement plus riche que le laird de Deilcladach, ou du moins il consacrait une plus grande part des deniers de son domaine à son confort personnel.

L'agacement de Robert était maintenant bien perceptible, et Gillyanne comprit qu'il était peut-être temps de lui répondre. En dépit de toutes les tentatives du laird pour la flatter et la charmer, elle n'avait pas prononcé un mot depuis sa capture, or ces messieurs détestaient vraiment qu'on les ignore. Robert remplit de nouveau sa coupe de vin, et elle lui adressa un regard glacial.

— Vous êtes un idiot, dit-elle.

L'homme écarquilla les yeux.

— Vraiment ? répondit-il en se hâtant de cacher sa colère. Un idiot saurait-il qu'il existe un moyen de rompre votre mariage ?

Voilà qui était fâcheux ; un plan d'évasion ne valait que s'il restait secret. Cependant, en quoi cela intéressait-il cet homme, et l'avait-il poussé à l'enlever ?

— Peut-être. Je ne crois pas que ça vous concerne.

— Vous pourriez changer d'avis… revenir sur votre choix.

— Vous croyez que je vais quitter Connor et me jeter dans vos bras ? Voilà donc le but de toutes ces flatteries insipides !

— Ne me dites tout de même pas que vous souhaitez rester avec lui !

— Je me suis mariée à cause de trois imbéciles qui convoitaient mes terres, je ne vais pas en fuir un pour en épouser un autre.

— Connor est peut-être un grand guerrier et un bon laird, mais je doute qu'il fasse un excellent époux. Cet homme ne ressent rien ; il est plus dur et plus froid que la pierre. Seul son clan importe.

Gillyanne comprit que Robert était jaloux de Connor, mais pas à cause d'elle ni de sa dot. Ce n'était toutefois pas un sentiment assez fort pour raviver la querelle sanglante qui avait détruit leurs familles. En l'étudiant attentivement, elle sentit chez cet homme une autre émotion plus abjecte. Il essayait de la séduire, mais ne la désirait pas. Robert était presque dégoûté à l'idée de se retrouver avec les restes de son voisin.

— Connor est peut-être tout ce que vous dites, mais je préfère un être froid à quelqu'un dont l'estomac se retourne à l'idée d'épouser une femme que mon mari a déjà eue avant lui.

Robert blêmit ; elle avait donc vu juste.

— Vous allez mener une vie de veuve, murmura-t-il avant de boire une grande gorgée de vin.

— Ce qui m'arriverait bien vite si je vous épousais.

— Allons, bien sûr que non. Connor est celui de nous trois qui fait le plus d'efforts pour maintenir la paix

— C'est aussi un homme très possessif. Comme vous l'avez dit, il ne vit que pour son clan, or j'en fais désormais partie.

— Je ne vous ai fait aucun mal.

— Non, mais vous en avez fait à Cagneux, ce qui risque fort de contrarier Connor – et mon enlèvement va certainement mettre en colère mon clan et tous nos alliés. Récapitulons : grâce à ce petit accès de cupidité, vous allez vous retrouver face aux MacEnroy, aux Murray, aux MacMillan, aux Armstrong d'Aigballa, à sir Cameron et son clan, aux Drummond, aux Kircaldy… et peut-être à quelques autres, car j'ai une très grande famille qui a connu beaucoup d'excellents mariages.

— Au nom du ciel, je veux vous épouser, pas vous déshonorer ! On ne déclare pas de guerres pour si peu !

— Si j'ai véritablement envie de redevenir laird de mes propres terres sans m'encombrer d'un mari, vos manigances risquent au contraire de poser quelques problèmes. Voyez-vous, ma famille n'apprécie guère qu'on pousse une de ses filles à agir contre son gré. La tradition veut que nous choisissions nous-mêmes nos compagnons.

— Aucun clan ne laisse ses femmes décider d'une telle chose !

— Le mien, si.

— Madame, vous n'aimez pas Connor, et vous ne l'auriez jamais choisi si les circonstances avaient été différentes, dit Robert en prenant la main de Gillyanne. La plupart du temps, cet homme vous ignore et folâtre avec les servantes de son château. Son oncle vous insulte à tout bout de champ et pourtant il ne fait rien pour vous défendre. Vous vous démenez pour rendre sa demeure plus civilisée, et lui ne remarque rien. Est-ce vraiment ce que vous désirez ? Vous méritez bien mieux.

Il était douloureux d'entendre son mariage décrit en ces termes – tout particulièrement parce que Robert visait juste. Pour en savoir autant, l'homme avait forcément un espion dans l'enceinte même de Deilcladach.

— D'où tenez-vous tout ça ?

Robert s'apprêta à répondre, mais il fut interrompu par un battement sonore qui résonna dans la salle principale.

— Grands dieux, qu'est-ce donc ?

— Peut-être mon mari venu frapper à votre porte – voire l'enfoncer, dit Gillyanne avec un petit sourire.

— Il n'aurait jamais pu arriver aussi vite : votre garde était inconscient, et nous l'avons assommé avant qu'il nous voie.

— Mais Fiona a sans doute assisté à toute la scène. Je parie que vous l'aviez oubliée.

— Mon laird! Les MacEnroy sont là! s'écria un soldat en s'engouffrant dans la pièce.

Robert passa une main dans ses cheveux en jurant.

— Et vous les laissez tambouriner ainsi?

— Mais, laird, nous ne nous battons pas contre eux! Le voulez-vous?

Pendant un terrible instant, Robert ne dit rien. Gillyanne et ses terres allaient provoquer une nouvelle guerre, et la jeune femme ne savait que faire pour empêcher cela. Le peu qu'elle avait vu du château de sir Dalglish lui avait suffi pour comprendre que son clan avait nettement moins souffert de ces conflits que les MacEnroy. La paix était sans doute moins vitale pour lui. Elle espérait seulement que le seigneur ne lui préférerait pas Ald-dabhach.

— Non, nous ne nous battrons pas, répondit Robert, frustré. Fais entrer sir Connor avant qu'il fasse voler mes portes en éclats. (L'homme partit à toutes jambes et Robert se tourna vers Gillyanne.) Je suppose que vous ne vous êtes pas ravisée.

— À quel sujet? Changer un mari dont je ne veux pas pour un autre? Laissez-moi réfléchir… je ne crois pas, non.

— Je commence à croire que Connor vous mérite.

— Merci.

— Ce n'était certainement pas un compliment.

— Tiens donc? Excusez-moi, je crois que j'entends le doux son des bottes de mon époux.

Robert la dévisageait comme si elle était une créature particulièrement étrange – et qu'il aurait volontiers étranglée. Pourquoi retrouvait-elle si souvent ce regard ? Pourtant, dans ce cas précis, elle n'avait pas fait appel à son don et ses déductions étaient le fruit de simples suppositions. L'entrée plutôt impressionnante de Connor l'empêcha de réfléchir davantage à la question.

— Bonjour, cher mari, dit-elle en saluant de la tête Diarmot, James, Angus et Nanty qui se dressaient derrière lui.

— Mon épouse…, répondit Connor en l'étudiant attentivement.

Il constata avec soulagement qu'elle semblait saine et sauve – quoiqu'un peu ébouriffée, sans doute en raison de la cavalcade que lui avait imposée Robert pour rejoindre son château. Pourquoi alors avait-il autant envie d'embrocher le laird ? Parce qu'il était un être possessif, voilà tout. Gillyanne était à lui, et personne n'avait le droit de lui prendre son bien. Il aurait réagi de la même façon si Robert lui avait volé son cheval. Sa rage se dissipa quelque peu, de même que le voile rouge qui lui troublait la vue.

— Tu ne te vas pas te battre pour ce que tu m'as volé ? demanda-t-il à Robert.

— Lutteras-tu âprement pour la récupérer ? rétorqua le laird en guise de réponse.

— C'est ma femme.

Gillyanne grimaça, froissée d'être ainsi réduite à un bien froidement matériel, mais elle se réprimanda aussitôt. S'attendait-elle vraiment à ce que Connor choisisse ce moment pour lui déclarer sa flamme ?

Elle savoura un instant cette image avant de revenir à la réalité. Son mari n'était pas le genre d'homme à agir de la sorte, et il était de toute façon encore bien trop tôt pour cela.

— Je pourrais te réclamer une rançon.

— Et moi te provoquer en duel, et te laisser gisant dans la poussière à te vider de ton sang.

— Voilà qui relancerait sûrement la guerre des clans.

— Non, car il s'agirait d'un combat à la loyale entre deux chevaliers. Pourquoi avoir agi ainsi? Nous étions convenus d'accepter son choix.

— Je pensais qu'elle pourrait changer d'avis.

— Mais pourquoi?

Robert haussa les épaules et dissimula son expression derrière sa coupe de vin.

— J'ai entendu des rumeurs…

— Plus que des rumeurs! intervint Gillyanne. Cet homme en sait trop, Connor. Je suis sûre qu'il a des yeux et des oreilles à Deilcladach.

— Viens, lui ordonna Connor.

Gillyanne hésita un instant, les sourcils froncés, puis s'approcha de son époux.

— Qui est-ce? demanda-t-il à Robert.

— Mais je n'ai pas mis d'espion chez toi.

— Dans ce cas, qui a décidé d'en devenir un?

— Est-ce vraiment important? Elle savait que je ne me servirais pas de ce qu'elle me révélerait pour vous faire du mal, à toi et à ton clan.

—Meg, chuchota Gillyanne, qui entendit Diarmot, James, Angus et Nanty en faire autant.

—Et tu ne pensais pas que me voler ma femme et ses terres nous en ferait? demanda Connor.

—Je te demande pardon, mais il n'a enlevé que moi, gronda Gillyanne. À ma connaissance, je ne me promène pas avec Ald-dabhach accroché sur le dos.

—J'en ai bien conscience, répondit Connor d'un ton désinvolte, soudain amusé par la mine furieuse de son adorable épouse. Tu devrais aller attendre avec les chevaux, lui dit-il. Mes compagnons t'y emmèneront. Robert et moi, nous pourrons alors parler d'homme à homme sans craindre de froisser ton petit cœur.

Gillyanne s'apprêtait à répondre vertement quand James et Diarmot l'attrapèrent chacun par un bras et l'emmenèrent hors de la grande salle, Nanty et Angus sur les talons. Elle leur en voulait d'être chassée ainsi comme un enfant trop turbulent, mais il était sans doute préférable de ne pas entendre parler davantage de son satané domaine.

—Tu t'en es très bien tiré, railla Robert quand les deux lairds furent seuls.

—Ce ne sont pas tes affaires, comme tout ce qui se passe dans mon château, d'ailleurs. Tu as laissé les divagations d'une catin rongée par la jalousie te mener au bord du désastre.

—Alors tu te serais vraiment battu pour elle.

—Elle est une MacEnroy désormais.

—Et tu as besoin de ses terres.

— Oui, et ce n'est un secret pour personne. Les richesses de Ald-dabhach nous protégeraient à jamais de la famine. Gillyanne me donnera des héritiers, peut-être même en porte-t-elle déjà un en elle. (Robert grimaça imperceptiblement.) Voudrais-tu de mon coucou dans ton nid ?

— J'aurais attendu d'être sûr qu'elle n'attendait pas d'enfant avant de l'épouser.

Connor se rapprocha de Robert et, presque négligemment, appuya la pointe de son épée contre sa gorge. Le laird écarquilla les yeux, regrettant sans doute de ne pas avoir gardé au moins un de ses hommes à ses côtés. Connor savait qu'une simple estafilade aurait des conséquences désastreuses, mais il ressentait tout de même une forte envie de céder à la colère.

— Tu l'as touchée ?

— Bien sûr que non, fit Robert en reculant sur son siège. À la vérité, elle venait à peine de prononcer ses premiers mots quand tu es arrivé – et encore, c'était pour m'insulter, et m'annoncer que ton clan et le sien allaient me déclarer la guerre.

Connor rengaina son épée en réprimant difficilement un sourire. Il n'avait aucun mal à imaginer Gillyanne répondant aux flagorneries de Robert par quelques reparties bien senties.

— Dois-je m'attendre à ce que David vienne à son tour me chercher des noises ? demanda Connor en se versant une coupe de vin.

— Non, je ne lui ai pas révélé ce que je sais, et je ne vois pas pourquoi je le ferais maintenant. Que ce soit vrai ou non, ça n'aura servi à rien. De toute façon, je crois que David ne veut pas d'elle. Elle a sérieusement égratigné son honneur.

— Honnêtement, toi non plus tu ne la désires pas vraiment.

Robert fit la grimace.

— C'est vrai, je préférerais une épouse un peu plus docile.

— Dans ce cas, si la moitié de ce que m'a raconté Gillyanne est vrai, je te conseille d'éviter les Murray. Et puis méfie-toi un peu de ce qu'on te raconte. Une amante éconduite serait prête à inventer n'importe quoi pour se venger sans se soucier des conséquences que ça aurait pour toi.

— Donc tu t'es défait de ta maîtresse pour faire plaisir à ta femme. J'aurais dû y penser. Pourtant, ce qu'elle disait semblait très vrai, pour qui te connaît.

Cette dernière phrase piqua la curiosité de Connor, mais, renonçant à la tentation, il ne demanda pas à Robert plus d'explications.

— Si j'étais toi, je ne prêterais plus attention aux dires de cette jolie vipère. Elle n'aura désormais plus la moindre idée de ce qui se passe entre mes murs.

— Je vois, l'amante éconduite sera bientôt bannie.

— Tu ferais la même chose.

— Je serais sans doute même beaucoup plus sévère.

— Elle a ses qualités… mais dorénavant, elle les exploitera dans une cabane, quelque part sur la lande.

— Puisque tu m'as mis en garde, laisse-moi en faire autant, dit Robert. Il n'y a pas qu'une vipère chez toi.

Connor se raidit et posa lentement sa coupe.

— De qui parles-tu?

— Je ne te révélerai pas son nom : je n'ai pas de véritables preuves, et je n'ai pas envie de l'accuser à la légère. Sache que ce n'est ni un de tes frères, ni ta femme, ni ce sot de Cagneux. Comment va-t-il, d'ailleurs?

— Il te maudit à chaque élancement.

Pour se calmer et oublier son envie de secouer Robert jusqu'à ce qu'il parle, Connor lui raconta comment Fiona avait ramené le jeune homme et lui avait ainsi permis de venir si vite secourir Gillyanne.

— Cette petite est une MacEnroy, aucun doute là-dessus, murmura Robert. Ce n'est pas elle non plus.

— Je suis ravi de savoir qui n'est pas un espion, mais je préférerais savoir qui l'est.

— Tu devras crever cet abcès sans moi. Je n'ai pas de preuves, mais j'en sais suffisamment pour sentir que j'ai raison de te mettre en garde. Surveille tes arrières : même le plus sournois des serpents finit toujours par sortir au grand jour.

Connor acquiesça et partit ramener son épouse chez lui. Il se sentait un peu idiot, car en dépit de ses sages paroles, la trahison de Meg le surprenait au plus haut point. Même s'il avait remarqué à quel point la servante avait essayé de rendre la vie de Gillyanne difficile, il n'aurait jamais pensé qu'elle irait aussi loin pour se débarrasser d'une rivale.

Connor avait eu tort d'ignorer la haute opinion que Meg avait d'elle-même. En la rejetant et en lui ordonnant de s'acquitter de ses corvées, il l'avait privée de tout pouvoir, et aurait dû se douter qu'elle verrait alors en Gillyanne une ennemie. Le laird se promit de prêter davantage attention aux femmes de Deilcladach.

Mais tout d'abord, à en juger par la mine furieuse de Gillyanne, il allait devoir écouter les récriminations de sa jeune épouse. Il la happa avant qu'elle grimpe sur le cheval de James et la jeta sur sa selle avant de monter derrière elle. À sa façon de se tenir très raide, Connor comprit que le voyage serait difficile. Gillyanne n'avait pas apprécié qu'il parle ainsi de ses terres… avait-elle oublié pourquoi il l'avait épousée ? Sans doute supportait-elle mal qu'il le lui rappelle en permanence. Pourtant, si Robert avait demandé une rançon, Connor aurait renoncé à une partie, voire à la totalité d'Ald-dabhach pour la libérer. Un tel aveu aurait cependant trahi l'existence des sentiments contre lesquels il luttait, et Connor ne voulait pas dévoiler une telle faiblesse.

— Tes terres chéries sont saines et sauves, marmonna Gillyanne.

— Oui, et il n'est pas trop tard pour que tu me donnes mon bain, répondit Connor en souriant.

Gillyanne envisagea un instant de jeter Connor à bas de sa monture et de pousser celle-ci à le piétiner copieusement.

— Je crois que cette rude épreuve m'a beaucoup trop fatiguée pour que je m'occupe de toi ce soir.

Connor redoutait que sa femme ne parle pas que de le baigner.

— C'est regrettable. J'ai un peu transpiré en accourant à ton secours.

— Veux-tu dire que si je ne te baigne pas, tu te coucheras tout puant ?

— Oui.

Il la vit serrer ses petits poings, et se demanda si elle avait l'intention de s'en servir.

— Très bien, tu l'auras, ton satané bain. Je suppose de toute façon que les servantes s'empresseront de le préparer une fois que nous serons arrivés.

Connor renifla ostensiblement Gillyanne.

— Tu en aurais bien besoin toi aussi.

La jeune femme lui frappa la cuisse, lui arrachant un léger grognement surpris. Comment aurait-elle pu faire mal à un homme dont chaque jambe ressemblait à un tronc d'arbre ? Elle savait bien qu'il la taquinait, mais la part d'elle qui avait dû admettre que les hommes ne la trouvent pas séduisante était indéniablement vexée. Elle prit cependant conscience que Connor l'avait obligée à monter avec lui et qu'il lui caressait doucement le ventre, le nez enfoui dans ses cheveux. Elle devait pouvoir accepter ce genre de plaisanteries, et même se réjouir que Connor se soit suffisamment adouci pour se livrer à de tels jeux.

— Je me baignerai pendant que tu chasseras Meg de Deilcladach.

Connor retint un ricanement. Gillyanne ne pensait sûrement pas qu'elle le partageait avec la servante, mais il comprenait qu'elle refuse de la croiser tous les jours. Il voulait tout de même savoir pour quelles raisons la jeune femme souhaitait faire bannir Meg. Après tout, elle n'avait pas participé à son enlèvement, elle n'avait fait que des confidences.

— Si j'ai bien compris, je dois jeter cette malheureuse dehors.

— Elle t'a trahi en révélant à Robert ce qui se passe à Deilcladach. Je la soupçonne aussi de l'avoir prévenu quand j'ai quitté le château.

Robert n'en avait rien dit, mais Connor était arrivé à la même conclusion. Meg voulait que Gillyanne disparaisse de Deilcladach. Il pouvait s'estimer heureux que la jeune femme ait comploté avec un allié, et non un ennemi.

— Je songeais seulement à lui ordonner de ne plus jamais se livrer à de telles manigances. Meg devait penser que je ne découvrirais pas le rôle qu'elle a joué dans cette histoire.

— Si tu te contentes de la gronder, elle va te supplier de la pardonner en déversant des torrents de larmes, jurer sur la tombe de sa pauvre mère que tu ne l'y prendras plus… et ce ne seront que des mensonges. Dès qu'elle te jugera amadoué, elle essaiera autre chose. Tu l'as forcée à redevenir ce qu'elle est vraiment, une simple servante et une catin. Elle veut te le faire payer, et puisque tout a commencé quand tu t'es marié, elle voit en moi la cause de tous ses malheurs. Meg est furieuse contre toi, et elle me hait.

— Ne parlerais-tu pas sous le coup de la jalousie ? Avoue, tu serais ravie de ne plus jamais revoir mon ancienne maîtresse.

— Bien sûr, j'aimerais qu'elle s'en aille, et ses deux comparses avec elle. Si j'avais eu des amants avant de t'épouser, tu n'aurais pas envie de les croiser à tout bout de champ. Cela dit, Meg n'est pas qu'un simple désagrément pour moi, et tu le sais. Si tu la laisses s'en tirer à si bon compte, elle recommencera. Tu ne cours probablement pas de danger, mais puis-je en dire autant ? J'ai été idiote de ne pas m'en rendre compte plus tôt.

— Elle partira. Je voulais seulement savoir pourquoi tu voulais qu'elle soit bannie.

Gillyanne se contenta de grogner. Elle espérait ne pas avoir laissé paraître la jalousie qui la rongeait. Connor était déjà bien assez arrogant comme cela. Tant que la jeune femme n'avait pas la preuve qu'il ressentait autre chose que du désir pour elle, elle lui cacherait ses propres sentiments. Si ce mariage échouait, elle serait alors blessée, mais pas couverte de honte.

Sitôt les portes de Deilcladach franchies, Gillyanne sentit Connor se raidir. Il s'apprêtait à devenir le laird dur et austère de Deilcladach. Le peu de douceur qu'il dévoilait quand il était seul avec elle se volatilisait face à son clan. Gillyanne comprenait ce qui le poussait à agir ainsi, mais elle craignait d'y voir les signes d'une défaite annoncée. Elle ne pourrait jamais le séparer des siens. Restait à espérer que l'homme découvrirait qu'on pouvait être à la fois un mari aimant et un laird respecté.

Connor descendit de cheval et l'aida à en faire de même.

— Va t'assurer qu'on fasse couler notre bain, dit-il.

Gillyanne aurait aimé voir Meg chassée et humiliée, mais elle s'interdit d'assister à ce spectacle. Elle se précipita dans le château et ne s'arrêta que pour s'assurer que Fiona et Cagneux allaient bien avant de se rendre dans la chambre de Connor. Avec un peu de chance, elle gagnerait du terrain en offrant un peu de réconfort à son mari après cette éprouvante corvée. C'était grâce à ce genre d'attentions qu'un époux appréciait sa femme. C'était un petit pas, mais au moins, un pas dans la bonne direction.

Chapitre 13

Connor entra dans sa chambre et surprit Gillyanne nue à côté de sa baignoire. La jeune femme glapit et sauta dans l'eau. En se déshabillant, le sourire aux lèvres, le laird mesura à quel point il appréciait ces bains et les attendait toute la journée. Après avoir craint de perdre Gillyanne et découvert une trahison au sein de son propre clan, il était encore plus impatient que d'ordinaire. Une telle hâte pouvait révéler de dangereuses émotions, mais il s'obligea à ne pas y penser. Les hurlements de Meg résonnaient encore à ses oreilles, et il voulait les remplacer par les cris passionnés de son épouse.

— Pourquoi souris-tu ainsi ? s'enquit Gillyanne en le regardant la rejoindre dans le bain, un peu déçue de ne pas le trouver d'une humeur sombre qu'elle aurait pu s'employer à améliorer.

Cet homme se montrait bien peu coopératif.

— Je m'imaginais assourdi par tes cris de plaisir, répondit-il tandis qu'elle lui lavait les pieds.

— Tu veux dire que je fais trop de bruit ? demanda Gillyanne, sans trop savoir si elle se sentait insultée, ou terrifiée à l'idée que tout le monde puisse l'entendre.

— Disons que ces murs menacent chaque fois de s'écrouler.

— Il y a certaines choses dont un mari ne devrait pas se moquer…

Elle lui frotta sans ménagement les bras, un peu contrariée de ne lui arracher qu'une légère grimace.

— … s'il ne veut pas que celle-ci, pudique et mortellement embarrassée, n'ose plus jamais laisser échapper le moindre son, et ce malgré tous les efforts de son époux, poursuivit-elle.

— C'est un argument très convaincant, murmura Connor en se laissant laver les cheveux.

— C'est aussi mon avis, répondit-elle en s'attaquant à son dos.

D'un geste vif, Connor lui prit son gant.

— Bien sûr, certains considéreraient ça comme un défi.

— Oh, mon Dieu…

Gillyanne contemplait fixement le plafond et savourait le poids de son mari sur elle. Cet homme savait décidément y faire avec un gant de toilette. Elle espérait seulement que le lit aurait le temps de sécher avant que vienne l'heure de se coucher. La jeune femme n'avait malheureusement pas opposé grande résistance à Connor ; les cris qu'elle avait poussés avaient sans doute été particulièrement sonores, ce qui avait dû ravir le rustre. Elle espérait seulement que personne ne serait assez grossier pour les évoquer en sa présence.

—Comment a réagi Meg? demanda-t-elle pour ne plus songer à cette situation gênante.

—C'est vrai, Meg…, marmonna Connor en pressant le nez au creux de son épaule. Elle a d'abord nié, puis elle a imploré mon pardon. Je lui ai répondu qu'en la laissant en vie, je faisais déjà preuve d'une grande clémence.

—Et elle n'a pas compris, je me trompe?

—Non, l'ingrate. Elle m'a maudit… et toi aussi.

Connor s'assit et s'étira. Il pouvait désormais songer sans colère à ce sordide affrontement. Le profond bien-être qu'il ressentait tenait en respect toutes ces sombres émotions. Il embrassa Gillyanne, descendit de son lit et s'habilla. Ses gens l'avaient soutenu dans cette difficile épreuve, ce qui avait également contribué à améliorer son humeur.

—Tu devais la bannir, dit Gillyanne. C'était aussi très miséricordieux de ta part. À ta place, bien d'autres lairds ne se seraient pas contentés de la laisser partir.

—C'est ce qu'a déclaré Robert. Elle m'a semblé avoir beaucoup d'affaires pour une femme de son statut, je suppose donc que nous pouvons ajouter le vol à la liste de ses méfaits. Je voulais tout d'abord l'envoyer dans une horrible masure, mais j'ai finalement opté pour une petite maison dans le village, ce qui m'a permis de suggérer à Jenny et Peg de l'y rejoindre si elles le désiraient. C'est probablement ce qu'elles feront maintenant que Meg n'est plus là pour les protéger.

—Tu crois qu'elles l'ont aidée?

—À mon avis, elles savaient très bien ce que Meg tramait et elles ne m'ont pas prévenu, ce qui est presque aussi grave. Et puis j'ai l'impression d'insulter les autres servantes qui travaillent si dur en les laissant flâner dans ma demeure.

—Joan sera ravie.

—Oui, même si Malcolm m'a déjà l'air bien assagi. Il était temps de faire un peu de ménage. Ces femmes pourront faire leurs affaires dans le village. Cagneux dit que selon Mairi, les choses se passent ainsi partout ailleurs.

—Mairi a voyagé ?

—Sa mère et elle viennent d'un autre clan. Quand son père est mort, on a voulu forcer sa mère à épouser un homme dont elle ne voulait pas, et elle s'est enfuie avec sa fille. Elles sont malheureusement arrivées à Deilcladach quelques jours avant la tuerie pour y retrouver la mère de Joan, une parente. Cette dernière a été tuée au cours du massacre et la mère de Mairi, gravement blessée. Elle est morte quelques années plus tard.

—Tant d'enfants livrés à eux-mêmes…, murmura Gillyanne.

—Je crois qu'en fin de compte, cette jeunesse aura joué en notre faveur.

—Tu as sans doute raison.

Connor tâcha d'oublier la tristesse qui accompagnait toujours de tels souvenirs, prit Gillyanne par la main et s'apprêta à descendre. Tous les habitants de Deilcladach connaissaient les circonstances du massacre qui avait coûté la vie à tant de MacEnroy, ainsi, il n'en parlait presque jamais. Pourtant, chaque fois qu'il racontait à Gillyanne une autre histoire tirée de cette sombre période, il se rendait compte que son chagrin s'était en grande partie dissipé. Il ne lui restait plus que le regret de n'avoir personne sur qui se venger. Les responsables s'étaient déjà entre-tués.

En entrant dans la grande salle, Connor constata avec étonnement que tout le monde les attendait – chose qui devenait fréquente ces derniers temps. Il s'assit et remplit son assiette, laissant les siens s'installer précipitamment. Ce n'est qu'à la moitié de son repas qu'il prit conscience de l'étrangeté de la situation. À Deilcladach, le dîner n'était jamais servi à heure fixe, même s'il soupçonnait son épouse de vouloir adopter une telle coutume. De plus, à sa connaissance, personne n'avait appelé les occupants du château à table.

— Explique-moi pourquoi vous étiez tous là, et pourquoi la nourriture était déjà servie, demanda-t-il à Diarmot. Je n'ai pourtant pas entendu de cloche.

— Pas besoin de cloche, nous n'avons qu'à attendre le cri.

— Le cri ?

— Oui. Il nous suffit de l'entendre pour savoir que tu descendras dans la demi-heure… quinze minutes, le plus souvent.

Gillyanne sentit ses joues virer à l'écarlate. Les regards amusés des hommes présents dissipèrent tout espoir de malentendu. Le front pressé contre la table, elle avait soudain très envie de se cogner la tête contre le bois dur.

Gillyanne priait de tout son cœur pour que la terre s'ouvre sous ses pieds et l'engloutisse quand un bruit étrange attira son attention. Elle leva lentement les yeux, regarda Connor, mais il lui fallut encore quelques secondes pour comprendre qu'il riait. C'était un son à la fois riche et juvénile. Cependant, la joie incrédule de Gillyanne fut bientôt étouffée par la honte quand, un par un, les convives se joignirent à lui.

— Mieux qu'un clairon ! souffla Connor d'une voix étranglée avant de rire de plus belle.

— Nous n'avons pas sonné la cloche une seule fois depuis que tu prends ton bain dans ta chambre ! renchérit Diarmot avant de glousser comme une fillette.

— Ce n'est pas si fort que ça ! grommela Gillyanne, maintenant plus fâchée que honteuse.

— Allons, tu pourrais abattre les murs de Jéricho ! rétorqua James, qui se cramponna à Cagneux pour ne pas tomber de sa chaise.

— Vous vous comportez tous comme des enfants ! s'écria Gillyanne en se levant, assiette et coupe à la main. Je préfère dîner dans les cuisines.

Elle sortit à grands pas, et Fiona cessa de ricaner le temps d'attraper son repas et de la suivre.

— Ce ne sont que des garnements mal élevés ! maugréa Gillyanne.

Une fois dans la cuisine, elle découvrit Joan, Mairi et les deux servantes qui gloussaient, les larmes aux yeux, et s'assit à la grande table en soupirant. Elle se sentait trahie, et n'avait plus d'appétit. Elle s'apprêtait à manger tout de même quand Joan envoya les deux filles s'occuper des hommes et s'assit en face d'elle, aussitôt imitée par Mairi. Elles semblaient toutes deux compatissantes, mais beaucoup trop réjouies à son goût.

— Madame, ils ne font pas ça méchamment.

— Mais c'est tellement intime ! murmura Gillyanne.

— Les hommes ne sont pas toujours de cet avis. Notre laird a ri ! Ce n'était pas arrivé depuis les massacres.

— Je ne l'avais en tout cas jamais entendu, renchérit Fiona.

— J'ai été très heureuse, sur le moment, admit Gillyanne. Malheureusement, cette bande de rustres a eu tôt fait de me rappeler ce qui les amusait autant. C'est si humiliant ! Je déteste qu'on me fasse remarquer à quel point je peux être bruyante… une véritable malédiction.

— Oh non, madame ! protesta Joan. Le vieux Nigel nous a raconté comment il vous a entendue chanter alors qu'il se pensait bien trop loin. Il nous a aussi dit que vous avez la voix d'un ange, et qu'il a fallu le retenir tant il était attiré. C'est un don du ciel.

— Les gens apprécient apparemment mon chant, c'est vrai, mais hélas, trois fois hélas, si chanter fort

229

est une bonne chose, je fais aussi beaucoup de bruit quand je suis en colère, quand je suis gaie, parfois, et vraisemblablement quand mon gredin de mari me donne du plaisir.

—Et je vous promets que derrière ces rires, il y a de l'envie. Quel homme ne voudrait pas satisfaire son épouse de cette façon ? C'est sans doute la fierté qui a mis notre laird de si bonne humeur. Ces messieurs aiment qu'on salue leurs talents au lit… même quand ils n'en ont pas.

—Connor crie, lui aussi, ajouta Fiona. Il n'est peut-être pas aussi sonore que toi, mais on n'a pas besoin de tendre trop l'oreille pour l'entendre.

Quelque peu réconfortée par cette révélation, Gillyanne soupira néanmoins.

—Je ne vais plus pouvoir les regarder dans les yeux maintenant.

—Madame, dès que vous avez commencé à donner son bain à notre laird, nous avons su ce qui allait se passer, répondit Joan. Il faudrait être idiot pour penser que deux jeunes gens comme vous allaient se laver en toute innocence.

—Et moi, je le suis pour avoir cru que ces hommes s'efforceraient de tenir compte de mes sentiments, puisqu'ils n'en ont pas. Désormais, j'essaierai de me contenir.

—Connor y verra un défi.

Gillyanne songea aux étreintes qui avaient provoqué ce cri si apprécié et adressa un clin d'œil à Joan.

—C'est fort possible.

— J'espère que nous ne l'avons pas vexée, dit Diarmot une fois l'hilarité générale passée.

— Elle était un peu fâchée, je crois, murmura Connor. Pourquoi, d'ailleurs ?

— Les femmes n'aiment pas qu'on évoque ces choses-là, dit James. Gilly est sans doute gênée que tout le monde sache ce que vous faites. Si mère m'avait entendu parler, elle m'aurait sans doute donné un coup de pied qui m'aurait fait voler jusqu'à Stirling.

— Nous sommes mariés ! Et puis n'importe quel idiot sait ce qui arrive quand un homme et une femme se retrouvent dans une chambre et ferment la porte. Gillyanne a bien dû s'en rendre compte.

— Certes, mais elle sait aussi que de telles affaires peuvent être très bruyantes, et ne pas se révéler aussi discrètes qu'elle le souhaiterait. Quand père rentre de voyage, mère et lui se ruent toujours dans l'escalier et on les entend même à l'occasion renverser des meubles ; je ne vous parle pas des habits éparpillés que l'on retrouve dans la salle haute – ou ailleurs – et qu'il faut rapporter discrètement dans leur chambre. Oh, et si vous saviez le raffut qu'on entend en passant devant la chambre d'Elspeth ou d'Avery quand elles nous rendent visite avec leurs maris ! On se croirait dans une maison de passe pour marins. Parfois, de la nourriture disparaît, et il est difficile de garder sa langue dans sa poche quand les servantes se plaignent du miel qui souille les draps. Pourtant, nous n'en parlons jamais… enfin, nous ne sommes pas censés le faire, mais nous nous taquinons tout de même, ce qui rend mes cousines folles de rage.

Connor dévisagea James, abasourdi. Il n'arrivait tout simplement pas à imaginer le genre de vie que cet homme lui décrivait. Ses frères et lui n'étaient certes pas toujours tendres les uns avec les autres, mais ils n'avaient jamais eu le temps de se livrer à de telles plaisanteries. Même avant les tueries, il leur fallait pour rire oublier qu'ils étaient en état de guerre permanent. Les Murray semblaient heureux, sereins, et Connor s'apercevait qu'il les enviait.

— Mais comment se retrouve-t-on avec du miel sur ses draps ? demanda Connor pour oublier ses sombres pensées.

James éclata de rire, s'assura qu'il n'y avait pas de femmes dans l'assistance et entreprit d'expliquer à ses compagnons à quels jeux délicieux on pouvait se livrer avec de la nourriture. Connor mesura qu'il en savait bien peu sur la question, mais il aurait fallu lui arracher les ongles un par un pour qu'il l'admette. Il se consola en constatant qu'il n'était pas le seul, à en juger par l'expression de ses compagnons ; ils étaient tous bien ingénus. Les plus jeunes demandèrent aussitôt à James de leur en dire davantage, tandis que leurs aînés faisaient comme s'ils savaient déjà tout cela.

Il était tard, l'heure de retrouver leur lit, quand Connor se rendit compte que sa femme n'était pas encore revenue. Il la chercha dans les cuisines, mais ne trouva que l'une des jeunes servantes qui terminait ses corvées. Gillyanne avait-elle vraiment été blessée par leurs rires ? Il était très fier de pouvoir faire crier sa petite épouse comme un guerrier donnant l'assaut, mais les femmes se montraient parfois très sensibles et pudiques. Il devrait peut-être tenter de l'apaiser, sans savoir s'il en était vraiment capable – mais il le faudrait bien, si la passion qu'ils partageaient était en jeu. Connor était enfin prêt à admettre qu'il avait trouvé le bonheur dans les bras de Gillyanne, et puisque ses comparses n'y voyaient qu'un excès de désir, il pouvait s'y livrer entièrement sans paraître faible. *Pas question de perdre un tel don du ciel.*

Connor songea alors au fou rire qui s'était emparé de lui. Une telle manifestation de joie avait tout d'abord choqué ses hommes, mais ils l'avaient très vite acceptée… et même accueillie avec enthousiasme, ce qui n'avait pas manqué de le surprendre. Ils ne l'avaient pas non plus traité, lui, leur laird, avec moins de respect. Connor n'avait certes pas l'intention de devenir un joyeux drille, mais il admettait que rire de temps à autre ne pouvait pas lui faire de mal. Pour être honnête, maintenant qu'il avait de nouveau goûté à ce plaisir, il n'était pas sûr de pouvoir y résister.

Il entra dans sa chambre et trouva avec soulagement Gillyanne dans son lit. Au moins n'essayait-elle pas de se cacher – même si elle était pratiquement enfouie sous les couvertures. Connor se déshabilla, fit une rapide toilette et se glissa sous les draps. Si Gillyanne faisait mine de dormir, elle s'y prenait très mal.

— Tu boudes ? demanda-t-il en lui caressant le dos… et en sentant une chemise de nuit sous ses doigts, au lieu de sa peau nue.

— Pourquoi ferais-je une telle chose ? Une honte pareille ne mérite tout au plus qu'une petite grimace ou deux. Après tout, j'avais seulement envie de me terrer dans le plus profond des trous et de le refermer sur ma tête.

Connor pressa les lèvres au creux du cou de la jeune femme pour cacher son visage. Ce n'était certainement pas le moment de tenir sa nouvelle résolution et d'afficher son amusement. Pourtant, il trouvait Gillyanne extrêmement drôle, et ce depuis leur première rencontre. Connor se rendit compte qu'il était impatient de rire avec elle dès que l'occasion se présenterait.

— Personne ne voulait t'humilier.

— Je ne me sens pas humiliée, mais terriblement embarrassée. Ces histoires ne regardent que nous !

— Gilly, nous sommes mariés. Tous savent ce que nous avons en tête dès que nous cherchons un peu d'intimité. Ils aimeraient d'ailleurs en faire autant.

— J'en suis bien consciente, mais doux Jésus, ils ne devraient pas en parler ! Les hommes adorent peut-être se vanter et échanger de grandes tapes dans le dos mais nous les femmes, nous préférons discuter entre nous, et en faisant moins de tapage.

Connor ne savait que répondre. Pour lui, les taquineries de ses compagnons étaient bon enfant. Ravi que son clan sache qu'il faisait hurler sa femme de plaisir et d'avoir autant ri, Connor n'avait que peu de commisération pour son orgueil blessé.

— J'ai donc pris une décision, annonça Gillyanne.

— Laquelle ? s'enquit avec méfiance le laird.

— Dorénavant, je ferai preuve de plus de retenue. Les tiens sauront toujours ce que nous faisons ici, mais je ne les divertirai plus de mes cris. Non, plus question de les appeler pour le souper.

Gillyanne ne fut pas étonnée de voir Connor plisser les yeux. Comme elle l'avait prévu, sa fierté virile avait flairé un défi. Elle serait certes forcée de se contenir le temps d'accepter que tous les pensionnaires de Deilcladach puissent l'entendre, mais elle n'avait pas l'intention de poursuivre cette mascarade bien longtemps. Ce n'était que lors de leurs étreintes qu'elle avait vraiment l'impression de traverser la cuirasse de Connor, et elle ne laisserait pas quelques plaisanteries grivoises lui ôter cela.

Connor poussa la jeune femme sur le dos. Il crut tout d'abord qu'elle avait enfilé cette chaste chemise de nuit car elle avait froid, seule dans ce grand lit, mais comprenait à présent que cela faisait partie de son plan. Elle avait peut-être même en tête de se comporter comme la vision qu'avait oncle Neil d'une femme bien née. C'était parfaitement inacceptable : il avait fallu à Connor de longues et difficiles journées pour consentir à s'abandonner à la passion, et il attendait désormais avec impatience de tels moments. Pas question de laisser un soudain accès de pudeur l'en priver.

— Quel est donc cet accoutrement ? demanda-t-il en défaisant les lacets de la chemise de nuit de Gillyanne.

— Le genre de choses que porte une épouse comme il faut.

— Vraiment ? Et je suis censé me débattre avec ça ?

Connor tira d'un coup sec sur les épaules du vêtement et les abaissa jusqu'à dénuder la poitrine de Gillyanne. La jeune femme se retrouva les bras emprisonnés le long du corps, et ne pourrait se libérer qu'au prix de force gesticulations. Pourtant, elle n'avait pas peur, car elle savait bien que Connor ne lui ferait jamais de mal. Son mari était devenu bien dévergondé, songea-t-elle avec un petit sourire.

Il l'embrassa à pleine bouche et Gillyanne laissa la magie sensuelle de ce baiser se diffuser en elle. Sentir son torse puissant contre ses seins suffit à les faire durcir. Gillyanne voulut le caresser, mais s'aperçut que Connor avait resserré les lacets de sa chemise de nuit, l'immobilisant pour de bon. Il lui embrassa le cou et elle gémit, partagée entre la frustration et le plaisir.

— Connor, je ne peux plus bouger, se plaignit-elle, surprise de pouvoir encore parler, car il lui embrassait maintenant les seins.

— Les épouses bien comme il faut ne bougent pas. Elles restent immobiles et souffrent le martyre en silence pendant que leurs époux profitent de leur corps à leur guise.

— Je trouve ça plutôt injuste…

Elle aurait voulu protester davantage, mais Connor suça son téton, lui coupant définitivement la parole.

Comment cet homme parvenait-il à éveiller si vite son désir ? Il faisait naître une coulée de flammes qui se déversait dans ses veines et dont elle ne pourrait plus jamais se passer... une pensée effrayante, car leur mariage pouvait très bien se révéler un échec cuisant.

Connor embrassa alors l'intérieur de ses cuisses, chassant ces tristes pensées. Il remonta lentement et toucha des lèvres le doux havre de son entrejambe. Gillyanne poussa un petit cri choqué, mais il la prit par les hanches et la maintint fermement. Bientôt, elle ne voulut plus se dérober, chaque coup de langue déversant dans son corps un plaisir aveuglant.

Gillyanne devait le toucher coûte que coûte. Avec un bruit d'étoffe qu'on déchire, elle se libéra. Elle enfouit les doigts dans les cheveux de Connor et l'entendit rire.

— Connor, viens, maintenant ! ordonna-t-elle, sentant les premiers signes de jouissance.

— Non, laisse-moi faire.

Gillyanne n'y tint plus. Son orgasme la traversa de part en part, et elle tremblait encore quand Connor l'envoya une seconde fois vers les sommets.

Cette fois, il n'hésita pas quand elle l'appela et la rejoignit dans son ascension.

Gillyanne n'aurait su dire combien de temps passa avant qu'elle puisse de nouveau bouger ou parler. Elle se contentait de caresser doucement la hanche de Connor, savourant la chaleur de son souffle sur son cou. Elle était un peu affolée d'avoir réagi avec tant de ferveur à un acte si intime... mais après tout

Connor était son mari, et si ce qu'ils partageaient était agréable pour l'un comme pour l'autre, il n'y avait vraiment pas de quoi s'en faire.

— J'ai encore crié.

— Oui, deux fois, répondit Connor, très content de lui. Mes oreilles en bourdonnent encore.

— Quelle brute arrogante !

— Je devrais peut-être descendre pour voir si l'un de ces idiots a quitté son lit en croyant que le dîner serait servi.

— Je ne te retiens pas, ricana Gillyanne.

— Non, je ne peux plus bouger. Tu m'as vidé de mes forces.

— Je me sens un peu faible, moi aussi.

— Excellent ! Ça signifie que j'ai accompli mon devoir de mari, et que je peux me reposer.

Gillyanne sourit, même si elle était un peu déçue. Après une union aussi intense, elle aurait préféré des mots d'amour au lieu de taquineries, mais renonça à arracher ceux-ci à son mari ; de telles paroles devaient venir d'elles-mêmes, ou pas du tout. Gillyanne redoutait hélas de ne jamais les entendre. Elle embrassa le sommet du crâne de Connor en se demandant combien de temps encore elle pouvait attendre avant de passer pour une idiote.

Chapitre 14

*M*ais que fais-tu?

— Gillyanne poussa un soupir résigné et se redressa. Comment Connor s'y prenait-il pour toujours la surprendre dans des états aussi déplorables? Certes, son jardin d'herbes aromatiques avait fière allure, mais on aurait juré qu'elle venait de se rouler dans la boue. Il vint se planter devant elle en souriant, signe qu'il avait quelque peu baissé sa garde. De toute évidence, le fou rire partagé deux jours plus tôt avec ses hommes avait libéré son sens de l'humour. Gillyanne aurait simplement voulu que ce dernier ne soit pas si souvent employé à ses dépens.

— Je ressuscite ton jardin de plantes aromatiques.

— Nous en avions un? demanda Connor, les sourcils froncés.

C'était beaucoup de travail pour sa délicate épouse.

— Oui, même s'il n'en restait plus grand-chose. Ce sont les quelques herbes que j'ai trouvées et les vestiges de ce chemin pavé qui m'ont permis de m'en rendre compte. J'ai également déniché quelques graines au fond d'un petit coffre, dans les cuisines. (Elle désigna

un enchevêtrement de mauvaises herbes et de lierre, près du mur.) Je crois qu'il y avait un potager là-bas. Avec Fiona, nous avons décidé d'en percer les mystères demain, si le temps le permet.

— Je ne saurais te dire… mais j'étais très jeune quand tout a été détruit. Les garçons n'ont que faire des potagers.

— Et la plus grande partie des vieilles femmes a péri, emportant son savoir dans la tombe. (Gillyanne remarqua la mine grave de Connor.) Qu'y a-t-il ?

— Ton père est là.

— Ici ? Au château ?

Elle se releva d'un bond, son enthousiasme ravivé, quand elle se rendit compte à quel point elle était sale.

— Non, il est devant nos portes avec une douzaine d'hommes armés.

— Doux Jésus…

— Il demande à te parler.

— Et pas à toi ?

— Non, pas encore en tout cas. Je lui ai fait promettre de ne pas te retenir ni t'emmener.

Son père n'avait sûrement pas donné sa parole de bon cœur.

— Je dois donc y aller ?

— Oui, quand tu m'auras promis que tu n'essaieras pas de t'enfuir avec lui.

— Je te le promets.

Gillyanne affronta calmement le regard inquisiteur de son mari. Connor n'avait pas besoin de savoir pourquoi elle avait accepté si promptement. Le temps

n'était pas venu, tout simplement. Elle était toujours sa femme, désireuse de faire réussir ce mariage, et il était beaucoup trop tôt pour rendre les armes. De plus, partir avec son clan causerait plus de problèmes que nécessaire : on n'enfreignait pas les lois de l'Église et du royaume d'Écosse sans provoquer quelque tumulte.

Connor lui tendit la main, mais elle recula d'un pas.

— Dis à mon père que je viendrai lui parler dans un instant. Je dois d'abord me nettoyer. Il vaut mieux que j'aie l'air aussi présentable que possible pour cette conversation.

Connor la regarda s'engouffrer dans le château, puis repartit en direction des remparts. Il n'avait pas oublié que James avait évoqué un moyen d'annuler leur mariage – et si le jeune homme savait une telle chose, il en allait forcément de même pour sir Eric Murray, raison pour laquelle Connor ne l'avait pas laissé entrer dans le fort. Malheureusement, l'homme n'avait pas rebroussé chemin pour autant, et refusait de partir tant qu'il n'aurait pas parlé à sa fille. James avait bien tenté de le rassurer quant au sort de sa progéniture, mais rien n'y faisait. En fin de compte, Connor avait fait promettre au père et à la fille que cette dernière resterait à Deilcladach, mais ce compromis était loin de le satisfaire.

— Je crois que cet homme vous étriperait avec joie, chuchota Cagneux après que Connor eut crié du haut des remparts le message de Gillyanne.

— Nous savons maintenant de qui Gillyanne tient son tempérament, répondit Connor en regardant sir Eric Murray faire les cent pas devant sa troupe.

— Je l'aurais cru plus grand.

— Gillyanne clame tellement son nom qu'on a tôt fait d'imaginer un géant. Il est peut-être plus impressionnant de près.

— Vous n'allez tout de même pas descendre ?

Malgré ses protestations, Cagneux emboîta le pas à son laird qui s'était déjà élancé dans l'escalier.

— Je ne m'approcherai pas trop : il vaut mieux qu'ils discutent en tête à tête. Je ne veux être qu'une simple présence.

Gillyanne franchit les portes en courant et se jeta au cou de son père. La jeune femme n'avait pas réellement besoin d'être réconfortée, mais savoura néanmoins son étreinte. Elle attendit patiemment, quand il l'écarta à bout de bras et l'inspecta des pieds à la tête. La conversation qu'ils s'apprêtaient à avoir promettait d'être embarrassante, et Gillyanne n'était pas pressée qu'elle débute.

— Tu n'as rien.

— Non, père, Connor ne me ferait jamais de mal.

— Raconte-moi tout.

— Tu ne t'es pas arrêté à Dubhlinn ? Mère t'aurait expliqué la situation.

— C'est ce qu'elle a fait, mais je veux entendre ta version.

Gillyanne obéit en grimaçant. Elle insista tout particulièrement sur la façon dont elle avait repoussé les trois lairds, et vit avec plaisir son père sourire. Il serait moins furieux contre Connor si l'histoire lui semblait amusante. Elle passa en revanche très vite sur le mariage et le voyage jusqu'à Deilcladach, mais elle comprit à son regard perçant que l'homme n'était pas dupe.

—Ce mariage a-t-il été consommé?

—Oui, père, répondit Gillyanne en regardant le bout de ses bottes.

—C'est cet homme, là-bas, près des portes?

Gillyanne se retourna, surprise que Connor ait quitté l'enceinte de son château.

—Oui, le plus grand.

—Et qui sont ceux qui se cachent derrière lui?

—Ses frères Diarmot, Drew, Nanty et Angus, sa sœur Fiona, et son bras droit, Cagneux – qui s'appelle Iain, en réalité.

—Il y a une fille dans ce tas?

—Oui, c'est la plus petite. Elle a tout juste treize ans.

—Et pourquoi est-elle habillée comme un homme?

—Elle a été élevée par ses frères.

Eric se frotta le menton, et observa tour à tour Connor et Gillyanne.

—Tu es sûre qu'il ne t'a pas fait de mal? C'est un grand gaillard.

—Oh oui! fit Gillyanne avant de rougir furieusement, consciente d'avoir avec ces deux mots dévoilé toute l'ampleur de son désir. Père, je t'assure qu'il ne m'aurait jamais rien fait.

—J'ai parlé au roi, annonça Eric avec un petit sourire. Je me suis montré parfaitement charmant, et il a même eu l'air un peu contrit. Tout dépend de moi, à présent. Il ne retirera pas ce que tout le monde a considéré comme un assentiment, mais si je décide de mettre un terme à cette affaire, il acceptera ma décision, et me soutiendra, même. Dis-moi, Gillyanne, veux-tu annuler ce mariage?

—Non, répondit Gillyanne, un peu surprise d'avoir réagi aussi vite. Pas encore. Nous avons été mariés par un prêtre, et notre union a été consommée… ne devrais-je pas au moins lui donner une chance?

—Si, bien sûr. Tu aimes cette brute?

—Oui, très probablement… j'en suis parfois certaine, et parfois, plus du tout.

—Mais pourquoi ces doutes? Tu sens qu'il te cache quelque chose?

—Non. Pour tout dire, je n'arrive pas à lire en lui: chaque fois que j'essaie, j'ai l'impression de me heurter à un mur. Pourtant, j'ai pu l'observer à loisir au cours des dernières semaines, et je suis certaine qu'il n'y a rien de faux sous cette grande cuirasse. C'est un homme dur, et il maîtrise la moindre de ses émotions.

—Qu'as-tu découvert à son sujet?

Gillyanne raconta à son père l'histoire du laird de Deilcladach. Elle le sentit s'adoucir, et lut même un certain respect dans son regard. Si ce mariage fonctionnait, Eric accueillerait sans hésiter Connor au sein de sa famille, et pas seulement parce qu'il était son époux. Par bonheur, il pouvait également comprendre qu'un homme apprécié de tous ne faisait pas forcément un bon mari.

— Je crois que je comprends, murmura Eric en regardant Connor, qui se renfrognait davantage à chaque minute. Une vie comme la sienne, et de telles responsabilités à un si jeune âge peuvent vraiment étouffer toute trace de douceur chez un homme.

— Il est honorable, fort, courageux, il a un grand sens des responsabilités… (Gillyanne rougit.) Et nous vivons une véritable passion. Son oncle lui a mis dans le crâne de drôles d'idées sur la façon dont doivent se comporter les nobles dames, mais il a eu le bon sens d'écouter un autre avis. Je lui ai aussi fait admettre qu'il n'était pas nécessaire d'avoir une maîtresse.

— Oh, je te crois sur parole, répondit Eric avec un petit rire. Jeune fille, tu ne m'as encore rien dit de mal à son sujet.

— Comme tu l'as fait remarquer, il n'y a plus une once de douceur chez lui. Je ne veux pas qu'il devienne un galant, débitant poésies et compliments, mais seulement… savoir qu'il ressent quelque chose pour moi, outre du désir.

— Tu veux qu'il t'aime.

— Oui. Pour l'instant, je me satisferai de sentir que j'ai su toucher son cœur. Père, il a ri aux éclats il y a deux jours de cela, et ça a surpris tout son clan. Une des femmes était au bord des larmes tant elle était émue. Heureusement, ses compagnons ont eu tôt fait de cacher leur stupeur pour ne pas le mettre mal à l'aise.

—Inutile de le brusquer.

—Je ne veux pas être mariée à un homme qui refuse d'offrir un peu de lui. Mais je suis prête à attendre qu'il me donne une raison de rester… ou à patienter jusqu'à ce que je comprenne que ça n'arrivera jamais.

Eric passa un bras autour des épaules de sa fille et l'embrassa sur le front.

—Tu souhaites essayer de faire de ce mariage une réussite… mais tu ne veux pas pour autant te retrouver piégée avec un homme sans cœur.

—Oui, père. Je sais que partir sera un déchirement, mais si je ne peux pas le pousser à m'aimer, je serai bien plus malheureuse ici.

—C'est une sage pensée, ma Gilly. Ta mère m'a apporté beaucoup de douceur quand nous nous sommes mariés, mais cela ne suffisait pas. J'ai souffert pendant des mois, jusqu'au jour où nous avons enfin partagé ce que nous avions vraiment dans nos cœurs. Je n'aurais jamais pu vivre des années dans le doute, en gagnant son affection par petits morceaux, et je ne veux pas t'abandonner à ce sort. Tu as toujours une issue, ma fille.

—Clamer que j'ai dû l'épouser sous la contrainte ? (Eric acquiesça.) Je n'étais pas exactement consentante. Certes, je l'ai choisi parmi trois prétendants, et j'ai prêté serment, mais seulement après avoir été attaquée à trois reprises, et menacée de l'être une quatrième. Est-ce que ça jouera en ma faveur?

—Oui, évidemment. (Eric lança un nouveau regard en direction de Connor.) Il s'impatiente.

En effet, ce dernier semblait plus près qu'un instant auparavant.

—J'ai promis de retourner au château.

—James, mon garçon, vas-tu rester ici, toi aussi? demanda Eric au jeune homme qui s'approcha de quelques pas.

—Oui, à moins que tu n'aies besoin de moi. (James regarda Gillyanne rejoindre son mari.) Il n'a pas l'air très tranquille.

—Nous avons tous les deux promis que Gillyanne ne partirait pas. Peut-être n'est-il pas aussi détaché qu'il le pense.

—C'est difficile à dire, mais je crois en effet qu'elle a su toucher son cœur. Reste à savoir s'il l'avouera jamais à Gillyanne… et à lui-même. Il peut même, Dieu nous en garde, décider d'étouffer ses sentiments. Il me semble qu'il voit de telles émotions comme des faiblesses.

—Tu crois qu'elle a raison de vouloir le conquérir?

—En tout cas, c'est parfois très amusant à regarder, répondit James en souriant. Oui, elle a raison. Quand bien même leur mariage serait voué à l'échec, elle aura besoin de savoir qu'elle a fait tout son possible. Mais j'ignore à quel point cet homme a enfoui ses sentiments, et s'il est prêt à les laisser remonter à la surface.

—Gillyanne a du temps devant elle. Même avec de bonnes raisons, il faut un certain temps pour annuler un mariage. (Eric croisa les bras.) On dirait que je suis sur le point de rencontrer mon beau-fils.

—Connor, que fais-tu ici ? demanda sèchement Gillyanne.

—Je voulais voir ton père de près. Il n'est pas très grand, dis-moi !

—Pas besoin d'être un géant pour savoir manier une épée. Le voir, c'est ça ? Je serais sotte de croire que tu avais peur que nous ne respections pas notre promesse, n'est-ce pas ?

—Parfaitement sotte. Tu lui as parlé très longtemps.

—Nous avions beaucoup à nous dire. Après tout, quand il m'a laissée pour aller trouver le roi, j'étais confortablement couchée dans mon lit de jeune fille, et soudain me voilà qui deviens laird d'Ald-dabhach, repousse trois assauts, me retrouve traînée devant un prêtre…

—Je ne t'ai pas traînée.

—Jetée la tête la première dans les eaux tumultueuses du mariage, et enfermée dans ce château. Père était tout naturellement un peu curieux.

—Tu as fini ?

—Je crois, oui.

—Parfait, dans ce cas, tu vas faire les présentations.

—Je ne pense pas que ce soit une bonne idée…, murmura Gillyanne alors que Connor se dirigeait vers son père en la tenant par le bras. Ce que tu as fait ne lui a pas beaucoup plu.

— Peut-être, mais il ne va tout de même pas tirer son épée.

Connor fut surpris de constater à quel point sir Eric était svelte et petit… mais si sa stature n'avait rien de menaçant, on lisait dans ses yeux qu'il pouvait se révéler un redoutable adversaire. C'était un être auprès duquel il pourrait apprendre le genre de talents qu'il avait vu James démontrer.

— Père, voici sir Connor MacEnroy, laird de Deilcladach, mon époux, annonça Gillyanne, que les regards échangés par les deux hommes rendaient fébrile. Connor, je te présente mon père, sir Eric Murray, laird de Dubhlinn.

Ils échangèrent une révérence sèche mais relativement courtoise, et Gillyanne soupira de soulagement.

— Je crains que mes compagnons ne deviennent un peu nerveux si le petit groupe qui vous suit s'approche davantage.

— Reculez ! ordonna Connor sans même se retourner.

Eric réprima un sourire en voyant l'escorte du laird reculer en trébuchant.

— Vous auriez dû venir me voir avant toute chose.

— Je pensais qu'une jeune femme de vingt ans avec ses propres terres n'avait pas besoin de la permission de son père pour se marier.

— Non, mais vous, oui.

— Père…, murmura Gillyanne.

— Et me la donnerez-vous aujourd'hui ? demanda Connor en prenant la main de la jeune femme.

— Non, pas encore, mon garçon. (Eric se tourna vers Gillyanne.) Je reviendrai dès que possible.

— Retournes-tu à Dubhlinn ? s'enquit Gillyanne.

Elle voulut s'approcher de son père, mais Connor la maintint fermement.

— Oui. Ta mère brûle d'avoir de tes nouvelles. Elle m'accompagnera peut-être la prochaine fois.

— Si vous venez en membres de ma famille, je vous accueillerai volontiers dans ma demeure, déclara Connor en ignorant le coup de pied que Gillyanne lui décocha.

Eric s'avança pour embrasser sa fille, qui dut tirer sur le bras de Connor pour recevoir son baiser. Le laird l'attira ensuite brutalement à lui, comme si cet homme était son amant et non son père, et repartit d'un pas vif vers Deilcladach.

Gillyanne remarqua que James n'avait pas bougé.

— James ? Tu pars avec père ? cria-t-elle.

— Non, je vous rejoins dans un instant, répondit le jeune homme en riant, amusé par les regards noirs que Gillyanne lançait à son mari. Tout ira bien, père.

— Je sais, dit Eric. Elle est beaucoup plus près du but qu'elle ne le pense. Cela dit, ce sot pourrait bien, comme elle le craint, vouloir lutter contre ses sentiments. Gillyanne risque d'y voir la preuve qu'il ne s'intéresse qu'à ses terres. Il est au courant qu'elle a un don ?

— Puisqu'elle n'arrive pas à s'en servir avec lui, je ne crois pas. Je l'ai évoqué sans créer de gêne.

— Sais-tu s'il est de la même famille qu'un certain sir Neil MacEnroy ?

— Oui, c'est son oncle, répondit James en plissant les yeux. Gillyanne ne l'aime pas, mais il faut dire qu'il n'est pas très sympathique, et ne semble pas porter les femmes dans son cœur.

— Garde un œil sur lui. Je ne l'ai pas souvent rencontré et je n'ai pas le don de Gillyanne, mais il m'a laissé une très mauvaise impression. Ça ne te gêne pas de rester ici jusqu'à mon retour ?

— Non, je pourrais montrer deux ou trois choses à ces hommes. Ne te méprends pas, ils sont très doués, mais ce sont pour la plupart des garçons qui se sont formés eux-mêmes.

— Dans ce cas, tu pourrais aussi apprendre à leur contact.

— J'en suis persuadé. Si l'on passe outre à cet oncle et aux catins du château, tous ici veulent que Gillyanne devienne leur dame – or les catins ont très récemment été priées de s'installer dans le village, et je m'apprête à surveiller sir Neil de près. Puisque j'ai également l'intention de guider cette grande brute de Connor dans la bonne direction, crois-moi, je ne risque pas de m'ennuyer. Bon voyage, père.

Eric et sa troupe se mirent en route, et tirèrent tous leur épée pour dire « au revoir » à Gillyanne, qui leur faisait signe du haut des remparts.

—Ils la saluent comme un guerrier! marmonna Neil, qui s'éloigna d'un pas bruyant avant que quiconque puisse lui répondre.

Connor regarda son oncle descendre les remparts d'un air perplexe. L'homme ne s'était certainement pas adouci vis-à-vis de Gillyanne. Il devenait chaque jour plus amer et plus moqueur. Le jeune laird, qui ne savait pas trop quoi y faire, se concentra sur son épouse qui, penchée au-dessus du parapet, agitait frénétiquement la main.

—Cette folle va finir par tomber du mur! grommela-t-il en se dirigeant vers elle.

—Pourquoi ce salut a-t-il tellement énervé votre oncle? demanda Cagneux, qui l'avait suivi. Gillyanne a repoussé trois assauts, et elle ne s'est rendue que pour protéger ses gens. Ça méritait bien un hommage de son clan.

—Mon mariage ne lui fait pas plaisir, mais je ne sais pas vraiment pourquoi il n'aime pas Gillyanne. Peut-être parce qu'il est ainsi avec toutes les femmes, et que pour lui, elles ne sont bonnes qu'à une chose. Il n'a jamais été très tendre avec les filles de bonne famille, ce qui pourrait expliquer son attitude. Je vais devoir lui parler. Gillyanne n'a rien fait pour mériter tant de fiel.

—Quelle mouche l'a piqué?

—Je l'ignore. Je ne l'ai jamais vu ainsi.

—Jusque-là, il n'y avait que nous, et les filles. Une femme change beaucoup de choses.

— Peut-être… à moins qu'elle ne tombe du haut de mes remparts! repartit Connor en pressant le pas.

Il prit Gillyanne par la taille et la tira en arrière.

— Un coup de vent, et tu te retrouvais en bas, complètement aplatie! Ton père ne peut plus te voir depuis longtemps!

— Je sais, répondit Gillyanne en époussetant sa robe. Pourquoi ton oncle est-il si furieux?

Connor songea tout d'abord à mentir, mais il comprit aussitôt que son épouse ne serait pas dupe.

— Il n'a pas apprécié que tu reçoives un salut d'ordinaire destiné aux grands guerriers.

Gillyanne leva les yeux au ciel et partit vers l'escalier qui descendait dans la cour intérieure.

— Cet homme pense qu'une femme n'a droit à rien, si ce n'est à être troussée de temps à autre, ou à recevoir un bon coup sur le crâne. (Cagneux éclata de rire, et elle lui sourit.) Je n'avais jamais vu un caractère pareil.

À vrai dire, elle pensait que Neil cachait bien plus qu'un tempérament détestable, mais elle n'avait toujours pas envie d'en faire part à Connor. Il était trop proche de son oncle pour se fier aux intuitions de sa femme. Puisque cet homme avait décidé de faire de sa vie un enfer, l'accuser serait considéré comme une tentative maladroite de se débarrasser de lui. Gillyanne devait obtenir la preuve irréfutable qu'il n'était pas le vieil oncle bienveillant que Connor connaissait.

Tout vient à point à qui sait attendre, songea Gillyanne, à la fois navrée pour son mari, et impatiente qu'un autre de ses pressentiments se vérifie. Que ce soit à cause des quantités de vin et de bière qu'il ingurgitait ou de la présence de la jeune femme, les secrets de Neil tourbillonnaient en lui comme un torrent déchaîné. Était-ce parce qu'il savait qu'elle pouvait lire en lui qu'il se montrait si odieux à son égard ? Voilà qui pouvait le rendre dangereux : un être qui cachait sa vraie nature depuis si longtemps était sans doute prêt à tout pour qu'elle ne soit pas dévoilée.

La peur qu'elle avait tout d'abord sentie chez Neil avait cédé la place à la haine et à la colère. Connor n'était pas encore préparé à l'écouter, mais Gillyanne savait qu'il serait sage de confier ses soupçons à quelqu'un. Elle était disposée à faire beaucoup de sacrifices pour ne pas blesser son époux, mais se retrouver enterrée aux côtés des secrets de sir Neil n'en faisait pas partie.

Repartie s'activer dans le jardin d'herbes, elle fut ravie quand James la rejoignit.

— Père t'a demandé de rester avec moi ?

— Pas directement, mais il était très content que je décide de le faire.

— Connor ne me fera aucun mal. Je pensais qu'il l'aurait compris.

— Et c'est le cas, mais il ne voulait pas que tu te retrouves seule, sans autres membres de ton clan que deux gros paresseux de chats. Plus sérieusement, je suis censé surveiller sir Neil de près.

— Père le connaît, je me trompe ? Il l'a déjà rencontré ?

Cela n'avait sans doute pas duré bien longtemps, car elle n'imaginait pas son père avoir la patience de traiter avec un tel individu.

—Brièvement, à la cour. Il dit qu'il faut garder un œil sur lui, et je suppose que c'est aussi ton avis.

—Oui. Cet homme empeste la culpabilité, la colère… et cette dernière est entièrement dirigée contre moi. Il sait probablement que je peux voir à quel point son âme est noire et torturée.

—Et tu crois qu'il essaiera de te faire taire ?

—Oui, et même définitivement.

Chapitre 15

— *V*ous êtes vraiment sûre que Fiona doit apprendre à danser ? demanda Joan en s'asseyant à la table du laird, dans la grande salle.

—C'est l'une des choses qu'une fille de bonne famille est censée savoir, répondit Gillyanne.

Au cours des deux mois que cette dernière avait passé à Deilcladach, Fiona s'était progressivement mise à ressembler à une vraie demoiselle. Elle ne s'était certes pas encore aventurée hors de sa chambre en robe, trop gênée pour cela, mais maintenant que son épaisse chevelure blonde n'était qu'à peine retenue par un lacet de cuir et qu'elle portait des chemises brodées, la jeune MacEnroy ne ressemblait plus autant à un garçon. Gillyanne avait remarqué nombre de regards surpris et intéressés chez les jeunes hommes de Deilcladach. Cela n'avait d'ailleurs rien d'étonnant : Fiona était une enfant charmante, et deviendrait assurément une femme d'une grande beauté.

—Je crois que je vais aimer ça, déclara Fiona. Malheureusement, beaucoup des choses qu'une dame doit savoir sont loin d'être aussi amusantes. La couture, par exemple. (Elle toucha les fleurs brodées qui ornaient sa chemise.) Mais j'avoue que c'est joli. Et puis apprendre à soigner, préparer des potions, c'est très intéressant.

— Tu as un vrai don pour ça, un instinct précieux, dit Gillyanne. Si tu continues dans cette voie, tu pourras peut-être un jour rencontrer ma tante Maldie ou ma cousine Elspeth, de grandes guérisseuses.

La jeune femme était sûre qu'une telle chose serait possible, même si en fin de compte elle quittait Connor.

— Ça me plairait beaucoup.

— Deilcladach a sans aucun doute besoin d'une bonne guérisseuse, approuva Joan, tandis que Mairi acquiesçait vigoureusement.

— Et je crois que Fiona sera excellente.

— Tu es très forte, dit la jeune MacEnroy, le rouge aux joues.

— Je connais deux ou trois choses, c'est tout. Comme je te l'ai dit, toutes les Murray apprennent auprès de tante Maldie – une femme si réputée que même les puissants Douglas s'en remettent à elle à l'occasion. Pour être une guérisseuse vraiment douée, il faut trouver immédiatement de quoi souffre un malade, quelle herbe ou potion sera la plus appropriée, et même ne pas hésiter à sortir des sentiers battus. Je suis persuadée que tu as ça en toi, Fiona. J'arrive souvent à percevoir d'où vient la douleur, et parfois, hélas, à sentir l'empreinte de la mort, mais tante Maldie peut entrer dans une pièce, renifler, vous regarder dans les yeux un instant et savoir aussitôt de quoi vous avez besoin. Mes sens sont loin d'être aussi affûtés, mais je suis certaine que ceux de Fiona pourraient l'être avec un peu d'entraînement.

— Tu sais vraiment quand une personne souffre ou va mourir ? demanda Fiona.

Gillyanne fit la grimace ; elle en avait trop dit. Elle ne perçut cependant aucune peur chez ses trois interlocutrices, et décida donc d'être honnête. Il valait somme toute mieux que James ne soit pas le seul pensionnaire de Deilcladach à connaître l'existence de cette faculté, car le moment viendrait peut-être où elle aurait besoin d'un MacEnroy pour la soutenir.

— Oui. Même si je ne suis pas vraiment une Murray par le sang, il semble que je possède l'un des… talents qui courent dans la famille. Tante Maldie sait beaucoup de choses, et a le don de guérison. Elle peut deviner ce que son mari ressent… surtout son désir. Ma cousine Elspeth est comme ça elle aussi : elle a su dès le premier regard que Cormac Armstrong était son âme sœur, et pourtant elle n'avait que neuf ans. Les animaux l'apprécient, même les plus sauvages, et ils la laissent toujours soigner leurs blessures. Mon oncle Nigel peut sentir le danger – il dit que pour lui, ça a presque une odeur – et sa fille Avery a hérité de ce trait. Il y en a encore bien d'autres. Pour ma part, je sais ce qu'éprouvent les gens – pas tous, cela dit. Il m'est parfois insupportable de rester près de certaines personnes, tant je perçois de choses… comme si elles étaient des livres grands ouverts.

— Vous y arrivez avec nous ? s'enquit Joan.

— Un peu… Quand je t'ai rencontrée, j'ai tout de suite senti que ton cœur souffrait. J'ai aussi compris que celui de Mairi battait pour quelqu'un… Quant à toi, Fiona, c'est ta curiosité qui m'a frappée. Sur le moment, je n'ai perçu de votre part aucune émotion néfaste – colère, jalousie, méfiance –, je n'ai donc pas creusé plus loin.

— Tu réussis à savoir ce que ressent Connor ? demanda Fiona.

— Non, pratiquement pas. Comme je l'ai expliqué à mon père, j'ai l'impression de me heurter à un mur. À vrai dire, je perçois mieux les « sombres » émotions : la peur, la haine…

— Sans doute parce qu'elles sont plus fortes.

— Oui, et qu'elles ont davantage d'emprise sur ceux qui les ressentent qu'une simple satisfaction, par exemple, répondit Gillyanne.

Fiona la regardait fixement, et elle se demanda si elle avait eu raison de se montrer si honnête.

— Que sens-tu chez mon oncle ? questionna brusquement l'enfant.

— J'essaie de ne pas trop m'approcher de lui. Ne devions-nous pas t'apprendre à danser ?

— Gillyanne, je veux vraiment savoir. N'aie pas peur que je le prenne mal : je n'aime pas beaucoup mon oncle, et il me le rend bien. Je crois que la plupart du temps, il oublie mon existence. Je suis une fille, tu comprends, je ne sers à rien. Je déteste voir Connor l'écouter aveuglément… même s'il le fait un peu moins aujourd'hui. Souvent, je me dis que je suis seulement jalouse, mais j'aimerais vraiment découvrir qu'il n'y a pas que ça. Fais-nous confiance : nous ne dirons rien.

— Très bien, allons-y. Pour commencer, il déteste les femmes. (Fiona, Joan et Mairi roulèrent des yeux.) Je sais, pas besoin de don pour s'en rendre compte. Il émane en permanence de lui peur et colère, c'est pourquoi je n'aime pas être en sa présence. Il a de noirs secrets, qu'il tente de noyer dans la boisson, et il vous ment à tous.

— Tu le sens, ça aussi ?

— On dit dans mon clan que personne ne peut mentir à ma cousine Elspeth. Ce n'est pas tant le mensonge qui importe que ce qu'on ressent chez celui qui le prononce. La plupart du temps, pas besoin de don pour démasquer un menteur : il va rougir légèrement, éviter de croiser ton regard, ou jouer avec ses cheveux. Quand tu connais vraiment bien quelqu'un, que tu as eu le temps de l'observer de près, tu peux le plus souvent deviner quand il te cache la vérité. Mon cousin Payton ne ment pas souvent, mais quand c'est le cas, il se tripote l'oreille. Il n'a jamais compris comment nous faisions, mes cousines et moi, pour le confondre systématiquement… et bien entendu, nous ne lui révélerons jamais.

Fiona ricana, puis redevint grave.

— Je suis malheureusement d'accord avec tout ce que tu as dit sur mon oncle. Il y a vraiment quelque chose de bizarre chez lui. Je ne crois pas que Diarmot l'aime beaucoup, lui non plus, et je n'ai jamais entendu dire qu'il ait fait quoi que ce soit à part venir de temps en temps abrutir Connor de ses conseils. Il a son propre domaine, et pourtant il ne nous a jamais donné de quoi manger, et il n'a accueilli aucun d'entre nous après les massacres.

Gillyanne était abasourdie. Sir Neil aurait au moins dû offrir l'asile aux plus jeunes enfants du clan, le temps que Deilcladach redevienne habitable.

— Tu en es sûre ?

— Autant qu'on peut l'être sans poser directement la question. (Mairi et Joan acquiescèrent.) J'ai donc vu juste. Il arrive, boit et mange copieusement, nous assomme de ses préceptes et s'en va. On s'attendrait à ce que notre oncle, le frère de notre père, fasse un petit effort pour aider six orphelins, tu ne crois pas ?

— Si, bien sûr. Fiona, j'ai besoin de réfléchir longue-ment à tout ça, mais pas maintenant. Pour l'instant, nous dansons.

— Sans musique ?

— Je vais chanter… doucement.

— Tu peux chanter aussi fort que tu le veux, ça ne nous dérange pas.

— Je n'ai pas envie d'attirer l'attention.

Gillyanne choisit un air lent, qui lui permettrait de montrer à Fiona une danse sobre et digne. Elle essaya tout d'abord de lui en enseigner les pas, mais son élève semblait plus distraite à chaque seconde. Joan et Mairi, qui avaient pourtant déclaré vouloir enrichir un répertoire qui se limitait pour l'instant à la gigue et au *reel*, n'essayaient même pas de la suivre, et leurs regards insistants l'embarrassaient. Fiona s'arrêta bientôt complètement, se laissant mollement traîner, et Gillyanne cessa de chanter.

— Tu n'es pas concentrée…

— Mais si, je le suis ! Enfin… sur ta voix.

— C'est très gentil, mais…

— Tu chantes comme un ange !

— Exactement ce qu'a dit le vieux Nigel, murmura Joan.

— Ça ne va pas marcher, soupira Gillyanne. Peut-être que sans ma voix…

— Nous ne pouvons pas danser sans musique !

— J'étais la seule à danser, il me semble.

— C'est vrai. Je te promets que cette fois, je vais m'appliquer ! J'étais seulement sous le choc. Maintenant que je sais à quoi ta voix ressemble, je peux l'apprécier et te suivre en même temps.

Gillyanne regarda longuement le petit visage sérieux de Fiona, puis se tourna vers les deux servantes, qui hochèrent vigoureusement la tête.

— Très bien, essayons de nouveau… mais plus question de tout faire à ta place.

— D'accord. S'il te plaît, j'ai vraiment envie d'apprendre.

Ainsi, Gillyanne chanta de nouveau. La leçon commença de façon assez approximative, au point que la jeune femme en vint à douter de la bonne volonté de ses élèves, mais les trois femmes, comme si elles venaient de se souvenir de leur promesse, firent bientôt plus attention. Au terme d'une première danse certes un peu hésitante, Gillyanne estima qu'elle avait plutôt bon espoir. Elle entendit soudain un bruit dans son dos, se retourna… et découvrit les portes de la grande salle ouverte, et le couloir rempli de monde.

— Que faites-vous tous là ? tonna une voix bien reconnaissable.

— On l'écoutait chanter, bredouilla un colosse roux avant de détaler.

Connor joua des coudes pour gagner le seuil alors que la plupart de ses hommes se dispersaient fébrilement – *pour regagner le terrain d'entraînement*, espéra-t-il. Alors qu'un instant plus tôt, tous croisaient allégrement le fer, il s'était brusquement retrouvé seul au milieu du pré avec Cagneux. Les derniers échos du tintement de leurs épées dissipés, il avait entendu la voix de Gillyanne. Tout en se dirigeant vers le château, le laird avait lutté pour ne pas se laisser envoûter – avec succès, même s'il avait dû gratifier Cagneux de quelques tapes sur le crâne pour le ramener à la raison.

Connor comprenait sans mal pourquoi ses hommes étaient ainsi charmés : la voix de Gillyanne était à la fois pure et incroyablement douce, et elle portait très loin – ce qui était très étonnant, quand on considérait la taille de sa propriétaire. Pourtant, en faisant preuve de volonté, on pouvait en savourer la beauté sans pour autant perdre l'esprit. Cela aurait été un péché de faire taire sa femme, mais Connor avait l'intention d'enseigner à ses gens comment l'écouter de façon sensée.

— Que faites-vous ? demanda-t-il aux quatre femmes rassemblées dans la grande salle.

— J'apprends à danser à ces dames, répondit Gillyanne.

— Et quel besoin a Fiona de savoir une telle chose ?

— C'est un des talents qu'une lady se doit de maîtriser.

— Si tu veux mon avis, c'est surtout une perte de temps.

— Ma foi… oui, souvent, approuva Gillyanne. Pour être honnête, je dois reconnaître qu'elle n'en aura peut-être jamais l'utilité. Cela dit, si elle se retrouve dans une grande maison, ou à la cour, ce savoir lui sera bien utile… elle pourrait même avoir l'air ridicule si elle ne sait pas danser.

Connor s'apprêta à répondre qu'il y avait peu de chances qu'une MacEnroy soit invitée dans une grande famille, mais il se ravisa. Maintenant que Gillyanne était son épouse, il n'était plus l'un de ces trois petits lairds qui vivaient suffisamment loin de tout pour ne pas attirer l'attention de leurs pairs. Il ne connaissait pas toutes les relations de sa femme, mais chaque nouvelle anecdote lui faisait prendre conscience que les Murray étaient un clan important dans la société écossaise. Fiona pourrait très bien se retrouver projetée dans un monde dont il ne savait presque rien.

— Et vous devez vraiment faire ces leçons ici ? interrogea-t-il, redoutant de devoir constamment rappeler ses hommes à l'ordre.

— Nous pensions être tranquilles. Peut-être pourrions-nous aller dans ce pré, hors de l'enceinte ? Personne ne nous dérangerait, mais nous serions quand même en vue.

Connor voulut tout d'abord refuser, mais il mesura que seule la peur lui dictait une telle réponse. Robert n'essaierait pas de l'enlever de nouveau, et il lui avait assuré que David n'en avait aucunement l'intention. On n'avait pas rapporté la présence d'inconnus ni de brigands dans les environs. Puisqu'on lui demanderait pourquoi il s'était opposé à son épouse quand tout semblait parfaitement sûr, il décida de la laisser faire malgré son mauvais pressentiment – cependant, elle ne sortirait pas seule.

— Entendu, mais Cagneux et Diarmot vous escorteront – et ton cousin aussi, s'il le désire.

— Nous ne serons donc plus très tranquilles, protesta Gillyanne, mais sans insister davantage, car elle savait qu'il était de coutume pour les dames de sortir ainsi accompagnées.

— Vous le serez bien assez.

Gillyanne et ses trois élèves se retrouvèrent donc bientôt en route vers un pré à l'herbe moelleuse avec Cagneux, Diarmot et James dans leur sillage. La jeune femme s'en voulait un peu d'avoir si facilement accepté les exigences de Connor, mais le bon sens l'emporta. Chez les Murray, aucun homme n'aurait laissé sa dame quitter leur château sans protection. Elle ne pouvait pas en vouloir à Connor de faire une chose que sa propre famille approuverait.

— Ici, c'est parfait, annonça Gillyanne en s'arrêtant au milieu du petit pré.

— Nous ne devrions pas avoir de mal à garder un œil sur vous ici, répondit James. Avec Diarmot, nous allons faire le tour de cet endroit.

— À vrai dire, James, j'espérais que tu chanterais.

— Gillyanne, tu ne dois pas laisser les émotions qu'elle éveille chez les autres réduire au silence cette superbe voix.

— Tu as raison, je trouve ça un peu embarrassant, mais ce n'est pas le problème : il n'est pas facile d'enseigner une danse et d'en chanter l'air en même temps. Une fois que mes élèves auront compris les pas, je pourrai recommencer.

— J'inspecterai les environs avec Diarmot, intervint Cagneux. Tâchez de ne pas brailler trop fort, dit-il à James. (Il esquiva le coup assez nonchalant de James.) Nous ne serons pas longs.

Tandis que les deux hommes s'éloignaient en riant, Gillyanne regarda son cousin qui souriait de toutes ses dents, et comprit qu'il s'était fait de bons amis à Deilcladach. Ça n'avait somme toute rien de surprenant, car James était un garçon particulièrement attachant. Elle espérait vraiment, si elle fuyait ce mariage, que James resterait en bons termes avec ses nouvelles connaissances. Il serait bientôt laird lui aussi, et aurait besoin de tous les alliés qu'il pourrait trouver.

Gillyanne et James décidèrent quels airs chanter, et tandis que le jeune homme entonnait le premier, Gillyanne entreprit d'enseigner à ses trois élèves les pas qui l'accompagnaient. Les choses se passèrent bien mieux : James avait une belle voix, mais dépourvue du pouvoir d'attraction de la sienne ; ainsi, les danseuses, après l'avoir écouté un instant, accordèrent toute leur attention à leur professeur. Gillyanne constata avec plaisir qu'elles possédaient toutes une grâce naturelle, ce qui rendrait sa tâche d'autant plus facile.

Avec force rires, la jeune femme convainquit à leur retour Diarmot et Cagneux de se joindre à elles. Elle veilla à ce que Cagneux danse avec Mairi, puis échangea un clin d'œil avec Joan quand les deux jeunes gens entamèrent leur danse d'un pas hésitant et les joues un peu rouges. Elle espérait que cette proximité forcée permettrait à la timide Mairi de montrer ses sentiments à Cagneux.

— Je crois que je ne suis pas très doué, observa Cagneux.

— Personne ne l'est au début, le rassura Gillyanne. Quand James a appris à danser, il tombait si souvent qu'on avait fini par lui proposer de lui attacher un oreiller au derrière.

— Femme sans cœur ! s'écria l'intéressé, hilare. Ce qui m'a sauvé de la honte, Cagneux, c'est de voir tout ceci comme un combat à l'épée. Je me suis dit que je n'apprenais pas des pas étranges destinés à impressionner une demoiselle, mais une nouvelle façon de tuer.

Gillyanne s'apprêtait à rétorquer à James que c'était sans doute la chose la plus idiote qu'elle ait jamais entendue quand elle vit le regard de Cagneux.

Pour lui, cette image était parfaitement sensée. Soit, si cela leur permettait d'apprendre à danser, quel mal y avait-il? Elle espérait seulement que les jeunes hommes n'adoptaient pas le visage dur et fermé des combattants, une expression peu adaptée pour qui voulait séduire sa partenaire. La danse reprit, et Gillyanne comprit au regard de Joan que la femme luttait autant qu'elle pour ne pas éclater de rire.

— Mais que fait donc Diarmot? demanda Angus en rejoignant Connor sur les remparts.

— Je crois qu'il apprend à danser, répondit celui-ci en regardant le petit groupe réuni dans le pré.

— Pourquoi, grands dieux?

— Selon ma chère épouse, c'est une chose que se doivent de savoir les gens de bonne famille. Il semblerait que l'on danse, dans les meilleurs châteaux, et à la cour.

— Je n'ai jamais vu personne danser chez le comte de Dinnock.

— Peut-être, mais nous n'y sommes allés que deux fois, et jamais pour un festin. Gillyanne et James se sont déjà rendus à la cour, et ont vu des banquets bien plus prestigieux que nous.

— Oh… tu crois que nous devrions tous apprendre?

— Peut-être. Je me disais que le jour venu, vous vous marierez, et si j'ai maintenant, avec Ald-dabhach, quelque chose à offrir à Diarmot, je n'ai rien pour vous autres.

— Nous n'avons besoin de rien, Connor.

— Tant mieux si vous vous satisfaites de vivre ici ou à Ald-dabhach, mais j'ai compris que Drew, Nanty ou toi vous pourriez gagner votre propre domaine en vous mariant comme je l'ai fait. Pour trouver des jeunes filles avec des terres ou des richesses, vous devrez vous rendre dans des châteaux comme celui du comte, ou même à la cour du roi. Vous devrez aussi vous mesurer à des gaillards qui auront davantage à offrir qu'un beau visage et un bon sang.

— Tu t'es dit que nous aurions besoin d'être un peu plus raffinés…

— Exactement. Vous avez tous la chance d'être forts comme des bœufs et de plaire à ces dames. Ajoutez à ça quelques manières de cour – ce que les femmes semblent également apprécier – et vous ferez de beaux mariages.

— Et c'est aussi ce que tu veux pour Fiona ? Tu as déjà un mari en tête pour elle ?

— Je crois que je n'avais pas mesuré qu'elle est sur le point de devenir une femme, donc non, je n'ai personne. En la regardant, j'ai songé à beaucoup de choses que m'a dites Gillyanne… je crois que je laisserai Fiona libre de choisir son époux.

— Vraiment ?

— Oui. Je surveillerai de près ses prétendants, et je me donnerai le droit d'empêcher ce que je considérerai comme une mauvaise union, mais c'est elle qui décidera. Je veux plus son bonheur que les richesses que m'apporterait son mariage. En acquérant les manières d'une fille de bonne famille, elle aura un plus grand choix de prétendants. Je suis presque persuadé que quand elle sera en âge de se marier, la famille de Gillyanne l'aidera à se rendre dans les meilleures maisons, où se trouvent les meilleurs partis.

— Je me disais qu'on pourrait aussi trouver dans le clan de ton épouse un grand choix de jolies filles à courtiser, observa Angus avec un clin d'œil.

— Quand elle fait l'inventaire de toute sa famille, on a l'impression qu'elle a la moitié de l'Écosse pour cousins. J'ai voulu l'épouser pour Ald-dabhach, mais je me rends compte à présent que j'ai gagné beaucoup plus que ces terres. Aujourd'hui, Angus, nous avons beaucoup de nouveaux alliés. D'accord, les Murray ne sont pas aussi puissants que les Campbell ou les Douglas, mais nous ne sommes plus seuls. Je vais sans doute devoir apaiser quelques esprits à mon sujet, mais ce lien est là, et il nous rend plus forts.

— Apaiser ? C'est le moins qu'on puisse dire, quand on voit à quel point son père était fâché. Après tout, si James dit vrai, ton mariage pourrait simplement être annulé.

— Gillyanne ne ferait jamais ça, répondit Connor avec bien plus d'assurance qu'il n'en ressentait vraiment.

— Tu veux que j'apprenne à me comporter en gentilhomme pour séduire des jeunes filles bien nées, mais tu ne prêches pas vraiment par l'exemple.

— Qu'entends-tu par là ?

— Tu pourrais essayer de faire davantage la cour à ta femme, autrement qu'en la faisant hurler de plaisir. Connor, je sais que tu n'es pas un joyeux drille, mais

Gillyanne est pleine de vie. Elle a toujours pu danser, plaisanter avec les siens, toutes ces choses que nous n'avons jamais eues. Elle a besoin de chaleur.

— Tu voudrais que je la flatte à longueur de journée ?

— Même si tu le voulais, tu n'en serais sans doute pas capable. Je te rappelle seulement qu'elle peut t'échapper, et que tu ferais bien de trouver comment faire pour la convaincre de rester. Gillyanne ne voudrait pas que tu deviennes quelqu'un d'autre, mais serait-ce si difficile de la complimenter de temps à autre, de lui parler ailleurs que dans votre chambre, de lui dire qu'elle est jolie ? Elle mérite que tu fasses un petit effort !

Connor contempla les danseurs en songeant aux paroles de son frère. Visiblement, sa famille tout entière avait conscience que son mariage était potentiellement en péril. Gillyanne disposait d'une issue, et les MacEnroy redoutaient qu'il ne la pousse à s'y jeter.

Hélas, il n'était pas sûr de savoir comment courtiser sa femme. Selon son oncle, il lui offrait tout ce dont un homme était capable : un toit, des habits, de la nourriture, et il accomplissait son devoir conjugal sous les draps. Cependant – et il en éprouvait une certaine honte – Connor commençait à penser que Neil n'avait rien du grand sage qu'il prétendait être. La dernière fois que son oncle lui avait expliqué ce qu'une femme attendait de son mari, il avait eu l'impression que son parent lui parlait d'un cheval.

Avant tout, Connor ne voulait pas se laisser emporter par ses sentiments. S'il ouvrait ne serait-ce qu'un peu son cœur à Gillyanne, elle risquerait de s'y engouffrer – il craignait d'ailleurs que ce ne soit déjà le cas. Au moins, en gardant ses distances, il parvenait pendant la journée à consolider sa cuirasse.

Cependant, la menace qui pesait sur son mariage était bien réelle, et Angus n'avait été que le dernier à le mettre en garde. S'il restait prudent, Connor pourrait sans doute se montrer plus agréable avec son épouse, sans pour autant trop s'exposer. Il avait constaté que son château était devenu beaucoup plus propre et plus confortable, et il ne lui en coûterait pas beaucoup de complimenter et de remercier Gillyanne pour cela. Il félicitait bien ses hommes quand ils faisaient du bon travail ; il ne paraîtrait pas faible en agissant de même avec sa femme. À la réflexion, le laird songeait même à plusieurs autres louanges qu'il pourrait lui adresser sans pour autant avoir l'air d'un idiot enamouré.

Il était sur le point de faire part à Angus de ses nouvelles résolutions quand il remarqua que, dans le pré, les danseurs s'étaient arrêtés et regardaient tous Gillyanne. La jeune femme s'écroula, et Connor s'entendit pousser un rugissement terrorisé avant de se ruer vers l'escalier.

Chapitre 16

*L*a flèche semblait venue de nulle part. Gillyanne sentit quelque chose la frapper en plein dos et la pousser vers Diarmot. Elle se redressa, et vit l'homme devenir livide. James ne chantait plus ; les autres paraissaient changés en pierre et la regardaient, abasourdis. Puis, alors que la douleur envahissait Gillyanne, tous se mirent à bouger. Cagneux projeta Mairi à terre et la protégea de son corps. Joan en fit de même avec Fiona. Ses jambes se dérobèrent sous elle, et un cri d'animal blessé lui parvint du château. Diarmot l'allongea sur le ventre et, à son tour, se coucha sur elle. James, toujours debout, balayait les bois du regard.

— Je crois que j'ai quelque chose dans le dos, lui dit-elle.

— Oui, une flèche.

— Où est-elle ?

— Assez haut, dans ton omoplate gauche.

— Je ne vais sans doute pas mourir. Tu as entendu ce bruit ?

— Quel bruit ?

— Un drôle de rugissement. On aurait dit un taureau à l'agonie.

— Je crois que c'était ton mari. Le voilà qui arrive avec la moitié du château.

— Oh, mon Dieu, il ne va pas aimer ça.

Sur ce, Gillyanne se laissa happer par les ténèbres.

Connor se jeta à genoux devant sa femme tandis que ses hommes inspectaient les environs. Il en avait vu assez en accourant pour comprendre qu'ils ne trouveraient aucune armée, mais il était incapable de réfléchir pour l'instant, obnubilé par la flèche qui saillait du dos de Gillyanne. Il tendit la main pour l'arracher…

— Non ! s'écria Fiona, qui se dégagea de l'étreinte de Joan et lui attrapa le poignet juste à temps.

— Il faut l'enlever, protesta Connor.

— Oui, mais pas comme ça ! Nous devons l'enfoncer jusqu'à ce qu'elle sorte de l'autre côté, couper la pointe, puis l'arracher.

— Elle va souffrir le martyre !

— Je sais, mais en tirant comme tu t'y apprêtais, tu aurais fait beaucoup plus de dégâts. (Fiona toucha la joue de Gillyanne d'une main tremblante.) C'est elle qui m'a expliqué ça. Il faut la ramener au château, nous allons avoir besoin d'herbes, d'eau et de linges propres.

Si la voix de sa sœur chevrotait, Connor sentit toute son assurance et décida de l'écouter. James ne protesta pas lui non plus. Avec une infinie délicatesse, le laird prit Gillyanne dans ses bras et se leva.

— Connor, sois prudent ! s'écria Diarmot.

— Je n'ai rien à craindre, répondit le laird en se dirigeant vers le château aussi vite qu'il l'osait, craignant de faire souffrir davantage Gillyanne en courant. Il n'y a pas d'armée dans ces bois.

— Doux Jésus, c'est un assassinat.

— Une tentative, c'est tout ! rétorqua Connor d'un ton sec, refusant catégoriquement d'envisager que la jeune femme puisse périr.

Le petit groupe acheva le trajet sans prononcer un seul mot et Connor monta installer Gillyanne dans leur chambre. Fiona était pâle comme un linge, mais elle distribuait ses consignes d'une voix assurée. Le laird tint sa femme quand on arracha le projectile et sentit son ventre se contracter quand la malheureuse, pourtant inconsciente, poussa un hurlement.

— Gardez-moi la pointe de la flèche, ordonna-t-il en quittant la pièce pour parler à l'un des gardes qui venaient de fouiller les bois.

Connor ne fut pas surpris d'apprendre qu'ils n'avaient trouvé la piste que d'un homme, et n'avaient pas réussi à la suivre bien longtemps. Il contempla longuement l'arbalète que le soldat lui tendit, et résista à l'envie de la jeter au feu. Cette arme assez peu courante l'aiderait peut-être à retrouver celui qui avait essayé de tuer son épouse. Connor congédia le soldat, regagna sa chambre et déposa l'arme à côté de la flèche.

Le spectacle que lui offrit sa petite sœur le laissa stupéfait. Joan, Mairi et même James obéissaient sans hésiter aux ordres de la jeune fille. Fiona avait non seulement bien retenu les leçons de Gillyanne, mais elle avait aussi un vrai don. Malgré son inquiétude,

Connor ressentait une grande fierté en observant la femme que Fiona était en train de devenir.

Quand l'enfant eut fait tout ce qu'elle pouvait, elle libéra Joan et Mairi, se nettoya et s'effondra dans un fauteuil que James avait installé près du lit. Après avoir longuement contemplé Gillyanne, elle se prit le visage dans les mains et Connor vint lui caresser les cheveux.

— Tu t'en es très bien tirée, jeune fille. Je suis fier de toi.

— Je savais comment faire, répondit Fiona en essuyant ses larmes. Je prie pour que sa blessure ne s'infecte pas, nous venons à peine de commencer les leçons là-dessus.

— Ne t'en fais pas, nous pouvons toujours demander à ma tante Maldie ou à Elspeth de venir, dit James. Et puis Gillyanne est plus forte qu'elle n'en a l'air : elle a toujours guéri très vite.

Fiona hocha la tête, visiblement rassurée par les paroles du jeune homme.

— Oh, Connor, qui voudrait tuer notre Gilly ? demanda-t-elle.

— Je donnerais cher pour le savoir, grogna James.

— Et moi donc, renchérit Connor. Nous avons l'arme de ce scélérat ; elle devrait nous aider à le retrouver.

— Tu crois que c'était un Goudie ou un Dalglish ? interrogea Fiona.

— Non, mais je chercherai tout de même de ce côté.

— Robert l'a déjà enlevée…

— Peut-être, mais il ne lui a pas fait de mal, et pourtant Gillyanne n'a pas été tendre avec lui. Il l'a aussi laissée partir sans résister. Robert voulait la pousser à changer d'avis, rien de plus. Il m'a aussi assuré que David ne me poserait pas de problèmes. Non, ils n'y sont pour rien ni l'un ni l'autre, mais ça ne signifie pas qu'ils n'ont pas dans leurs clans un renégat qui a pris le choix de Gillyanne comme une insulte personnelle.

— Je penserais plutôt à quelqu'un de plus proche de vous… qui aurait pu nous observer, et attendre le moment idéal pour frapper, dit James.

— Un des nôtres.

— Oui ; vos gens auraient immédiatement remarqué un inconnu qui erre dans les bois.

— Mais pourquoi vouloir se débarrasser de Gilly ? demanda Fiona.

— C'est une très bonne question, répondit Connor en lui caressant la joue, conscient qu'elle était devenue très proche de sa femme. Je suis sûr que la réponse me permettrait de trouver cette charogne. Pourtant, j'ai beau chercher, je ne vois pas. Ça ne m'empêcherait pas d'avoir un héritier : j'en ai déjà quatre avec nos frères, et personne n'a jamais essayé de les tuer. Si Gillyanne mourait, ses terres me reviendraient, ou retourneraient dans son clan. Elle n'a pas éconduit quelque amant… (James secoua vigoureusement la tête.) Donc ce n'est pas une question de jalousie. Tout ça n'a pas de sens.

— Toi, tu as rejeté une maîtresse, et elle a déjà essayé de vous faire du mal, observa doucement Fiona.

— Meg ? Elle est en colère, d'accord, mais au point de rôder dans les bois, arbalète à la main ? Et puis où aurait-elle trouvé une arme pareille ? Qu'aurait-elle eu à y gagner ?

— Votre lit aurait été de nouveau vide, dit James, qui semblait toutefois hésitant.

— Je n'y aurais pas mis une catin qui m'a trahi, et Meg le sait bien.

— La haine et la colère, reprit Fiona. Meg avait une belle vie ici : elle ne travaillait jamais et elle était la maîtresse du laird. Elle avait aussi du pouvoir sur les autres femmes. Aujourd'hui, elle n'a plus rien. Elle n'a jamais aimé Gillyanne, et je ne serais pas étonnée qu'elle la déteste maintenant… et toi aussi, Connor. Pourquoi vous me regardez comme ça ? Vous ne pensez pas qu'une femme puisse haïr au point de vouloir tuer ? Ce n'est peut-être pas elle qui a tiré, mais elle est capable d'avoir séduit un homme pour qu'il le fasse à sa place.

— Je te promets de ne pas écarter cette possibilité. J'ai déjà fait l'erreur d'oublier Meg, et une fois m'a suffi. Je vais tout de même aller voir Robert et David. Robert m'a conseillé de rester sur mes gardes, car selon lui Meg n'est pas le seul traître à Deilcladach, mais il a refusé de me révéler de qui il parlait. Il va peut-être changer d'avis. On dirait bien que parfois, vos alliés en savent plus que vous.

— Va, dit Fiona. Je veillerai sur Gilly avec Joan et Mairi. Que pourrais-tu faire ici, à part attendre ?

— Je vais rester, ajouta James. S'il arrive quoi que ce soit que Fiona ne puisse pas régler, j'irai chercher de l'aide auprès de mon clan.

Connor ne voulait pas partir, mais il le devait. Il faudrait peut-être encore longtemps avant de savoir si l'état de Gillyanne allait empirer ou s'améliorer, et le tireur aurait alors tout le loisir de s'enfuir. Si la nouvelle ne se répandait pas vite, les gens oublieraient ce qu'ils avaient vu ou entendu. Connor avait des dizaines de raisons de se lancer sur la piste du scélérat, mais il brûlait de rester aux côtés de son épouse.

— Envoyez quelqu'un me chercher s'il lui arrive quoi que ce soit, ordonna-t-il avant de mettre dans un sac l'arbalète et la flèche.

— Comment va-t-elle ? s'enquit Diarmot, qui croisa Connor et Cagneux au pied de l'escalier.

— Elle se repose. La flèche a été enlevée, et sa blessure cousue et pansée. Fiona veille sur elle.

— Fiona ? demanda Diarmot, incrédule.

— Tu aurais dû voir tout le monde lui obéir au doigt et à l'œil – même sir James –, son calme, son efficacité ! Notre petite sœur promet de devenir une excellente guérisseuse. Sa seule crainte, à présent, est que la plaie ne s'infecte, ce qu'elle ne sait pas encore soigner. James vient d'un clan célèbre pour ses guérisseuses, et il semble lui faire entièrement confiance ; de plus, Joan et Mairi sont là pour l'aider.

— Tu ne vas pas rester au chevet de ta femme ?

Il n'y avait aucun reproche dans la voix de Diarmot, seulement de la curiosité.

— Si j'attends trop longtemps, la crapule qui a fait ça m'échappera à jamais ; l'heure est donc venue pour moi de me mettre en chasse. Nous allons commencer par rendre visite à nos alliés.

Il partit aussitôt en direction des écuries, Diarmot et Cagneux sur les talons.

— Ça ne peut pas être eux ! protesta ce dernier. Ils n'y gagneraient rien, et relanceraient une guerre que nous avons tout fait pour oublier !

— Je suis d'accord, mais ils savent des choses qui pourraient nous aider… Pour ce qui est de Robert, en tout cas. Quand je l'ai tiré des griffes de Gillyanne… (Les hommes sourirent.)… il a cherché à me prévenir de la présence d'un traître parmi nous. Il n'a pas été plus précis, car il ne s'agissait selon lui que de rumeurs et de soupçons… faute de mieux, il va peut-être pouvoir enfin m'expliquer de quoi il retourne.

— Navré, je ne te donnerai pas de nom, dit Robert en regardant un peu craintivement Connor faire les cent pas devant son fauteuil. Tu es parti pour tuer, et il n'est pas question que je condamne un malheureux à mort si je n'ai pas la preuve de sa culpabilité.

— Bon sang, Robbie, si je n'attrape pas la charogne qui a fait ça, elle va recommencer, et peut-être réussir, cette fois ! répondit Connor en abattant son poing sur la table.

— Tu penses que ton épouse va s'en tirer ?

— Oui. Elle a été blessée près de l'épaule, et vite soignée. Si la gangrène ne s'en mêle pas, Gillyanne devrait se remettre. Son cousin la dit plus forte qu'elle n'en a l'air.

—Cette fille est en acier trempé, et sa langue plus tranchante que n'importe quelle lame. Allons, tu souris ? S'il y a bien une chose que je ne t'avais jamais vu faire… Enfin, je suppose que certains hommes préfèrent les femmes impétueuses.

—Même si c'est parfois très énervant, c'est un trait que j'aimerais bien retrouver chez mes enfants. (La mine abasourdie de Robert fit de nouveau sourire Connor.) Je veux qu'elle vive assez longtemps pour m'en donner.

—Moi aussi, figure-toi. J'ai appris quelque chose au sujet de son clan, mais je ne pourrai en tirer bénéfice que si l'un de mes alliés est lié à lui. Je ne hurle pas de joie à l'idée de rester dans ton sillage pour en profiter, mais je ne suis pas assez idiot pour laisser la fierté m'arrêter.

—Je me soucie peu de l'influence de son clan.

—Allons donc…

—Robbie, je veux un nom !

—Et tu ne l'auras pas. Je ne peux te dire qu'une chose : cherche du côté de ta catin.

—Je n'ai pas de catin. Je n'en ai plus besoin. Je suis marié à présent.

Connor fut aussi surpris que Robert par sa propre déclaration, car il était parfaitement sincère. Il ne voulait pas d'autre femme.

— Meg t'a déjà trahi, reprit Robert. Tu crois vraiment qu'elle t'en veut moins maintenant que tu l'as chassée de Deilcladach ?

Connor laissa tomber son sac sur la table.

— C'était une arbalète, Robbie. Une arme d'homme. Je connais assez Meg pour savoir qu'elle n'a ni la force ni les connaissances nécessaires pour s'en servir – et puis ce n'est pas le genre de chose qu'on trouve très facilement.

Au grand dépit du laird de Deilcladach, l'arbalète n'avait provoqué aucune réaction chez Robert.

— Je n'ai pas dit qu'elle avait tiré, Connor. On prétend que ta femme peut voir l'âme des gens, lire en eux comme dans un livre. Qu'il lui suffit de regarder quelqu'un dans les yeux pour aussitôt connaître tous ses secrets. J'ai tout d'abord ignoré ces racontars : même si tu l'as épousée, elle reste une étrangère, une intruse, ce qui attire toujours ce genre de rumeurs. Mais quand elle était ici…

— Que s'est-il passé ?

— Elle a vu quelque chose en moi que ni mes paroles ni mon visage ne laissaient deviner, et j'ai alors su que c'était vrai.

— Quoi donc ?

— Tu ne nies pas qu'elle a un don.

— Son cousin m'a confié qu'elle… sent certaines choses, et m'a conseillé de prêter attention à ses mises en garde. Il n'a pourtant pas dû le crier sur les toits… Comment naissent de tels ragots ?

—Ils sont lancés par ceux que tu t'es mis à dos… et qui ont des choses à cacher. Quand on sait que Gillyanne peut flairer les secrets, il n'en faut pas beaucoup pour se persuader qu'elle voit au fond de votre cœur. C'est bien ce qu'elle a fait avec moi : j'étais parfaitement charmant, mais elle a senti que je jouais la comédie, que mes flatteries dissimulaient une vérité peu reluisante : je ne pouvais supporter l'idée de faire l'amour à une femme que tu avais auparavant mise dans ton lit. Oh, ne fais pas cette tête. Je n'ai pas peur que tu aies une maladie, ou je ne sais quoi. Non, c'est seulement par orgueil… ou vanité. Je ne voulais peut-être pas qu'on me compare à toi… même si je n'ai jamais entendu dire que tu es un grand amant.

—Je la fais hurler de plaisir, répondit Connor avec un petit sourire.

—C'est vrai, renchérit Cagneux. À en faire trembler les murs.

—Quelle indiscrétion, mon ami ! ricana Robert. Connor, quelqu'un craint les dons de ton épouse et c'est lui que tu dois chercher. Je te l'ai dit, va voir du côté de Meg, car ceux qui partagent un ennemi ont souvent tendance à se serrer les coudes.

—Je le ferai, après avoir discuté avec David.

Connor était furieux, mais il savait que rien ne ferait parler Robert.

—David n'a rien à voir dans cette histoire.

—Je n'en doute pas, mais tu as vu et entendu des choses qui m'ont échappé, et c'est peut-être aussi son cas.

— Par pitié, garde ton calme s'il ne t'aide pas. David n'est pas toujours très malin. Il peut très bien savoir quelque chose, sans se rendre compte que c'est important.

Robert disait vrai. David était un combattant redoutable, un guerrier d'un courage et d'une force incontestables. Hélas, l'orgueil l'aveuglait parfois et sa lenteur d'esprit pouvait être exaspérante. Connor irait tout de même lui parler. Gillyanne était en danger, et il devait suivre toutes les pistes possibles s'il voulait découvrir qui avait l'intention de lui nuire. Connor savait également que si David avait quelques noms à l'esprit, il les donnerait sans hésiter, et sans se préoccuper des conséquences.

La tête encore remplie par les vœux de prompt rétablissement de Robert pour son épouse, Connor partit en direction du château de sir Goudie. Il chevaucha à bride abattue, pressé d'en finir et de retourner à Deilcladach. La blessure de Gillyanne le hantait, et il brûlait de se retrouver à son chevet.

Gillyanne était devenue réellement importante pour lui. Quand elle serait tirée d'affaire, il lui faudrait analyser sérieusement ses propres sentiments, et songer à l'attitude à adopter. Il devait trouver le moyen d'inciter son épouse à rester avec lui, sans pour autant laisser ce qu'il éprouvait l'amollir. Son clan passait avant tout, et Connor se devait d'être fort pour lui – plus important encore, il devait en avoir l'air, dépourvu de toute faiblesse, aussi bien physique qu'émotionnelle. Pourtant, en cet instant précis, tout cela était au-dessus de ses forces. Il avait peur pour Gillyanne et bouillait de rage.

Sir David mordit la poussière par deux fois avant de comprendre que Connor n'appréciait pas qu'on insulte sa femme, même à demi-mot. Le laird d'Aberwellen en voulait vraisemblablement toujours à Gillyanne, et il était grand temps qu'il passe à autre chose.

—Assez, Connor, grommela-t-il en s'attablant pour se servir une chope de bière. Assieds-toi et bois. Je te promets de tenir ma langue, mais Dieu sait que ça ne sera pas facile. Elle m'a couvert de honte !

—Elle nous a humiliés tous les trois, et c'est en grande partie notre faute.

—À la bonne heure ! Et je peux savoir pourquoi ?

—Nous avons été arrogants, sûrs de pouvoir triompher les yeux fermés d'une petite demoiselle comme elle.

—Peut-être, concéda à contrecœur David. Tu ne peux pas m'en vouloir de mal le prendre, même si je n'ai pas envie de la tuer pour autant.

—Je sais, de toute façon je te vois mal te cacher pour tuer quelqu'un à la dérobée – une jeune fille, qui plus est. Non, je veux seulement des renseignements. Robbie a entendu des choses, il a quelques soupçons, mais il refuse de me donner des noms.

—Il m'en a parlé aussi, sans être plus précis. Robbie veut des preuves, encore des preuves. Pour lui, les rumeurs ne suffisent pas, même quand on n'entend qu'elles. Je ne suis pas aussi tatillon, c'est d'ailleurs pour ça qu'il ne m'a rien dit. Il savait que je ne verrais aucun problème à tout te répéter. Je l'admets, il n'a pas complètement tort : elles se révèlent parfois fausses, après tout. J'en ai bien entendu quelques-unes au sujet de ta femme.

— Les mêmes que Robert ?

— Je n'en sais fichtre rien. Elle pourrait lire dans les âmes, savoir quels secrets on cache. Les gens n'aiment pas ce genre d'histoires. Très vite, ils commencent à penser aux sorcières, au Malin… tu ferais bien de faire taire ces bruits… à moins que ce ne soit vrai.

Connor retint de justesse un juron et répondit avec un calme affecté :

— Gillyanne n'a pas de pouvoirs magiques : seulement un bon sens de l'observation et l'ouïe fine. Personne ne peut dissimuler un secret en permanence : on finit toujours par laisser passer quelque chose dans la façon dont on parle, ou dont on se comporte. La plupart d'entre nous ne voit rien, mais Gillyanne est plus sensible. Ni magie ni maléfice ici. Ce ne serait pas la même chose si elle pouvait deviner quels secrets tait un homme, mais elle se contente de sentir qu'ils sont là.

— Je te crois. C'est tout de même un talent bien pratique. (David frotta en grimaçant l'une des ecchymoses laissées par Connor.) Cela dit, ces rumeurs viennent bien de quelque part… à toi de découvrir d'où, et pourquoi.

— Robbie m'a dit de parler à Meg, ma maîtresse.

— Une maîtresse ? Mais pourquoi, grands dieux ? Tu es marié à présent !

Connor masqua à grand-peine sa surprise et se força à ne pas regarder Cagneux ni Diarmot, sûr que leurs mines le feraient éclater de rire. David était bien le dernier homme qu'il aurait imaginé réagir ainsi. Le laird avait troussé la plus grande partie des filles de son domaine et engendré une horde de bâtards.

— Non, je n'ai pas de maîtresse, mais si j'ai chassé Meg de mon lit après mon mariage, j'ai attendu un certain temps – et qu'elle me trahisse – pour la bouter hors de Deilcladach. Elle était furieuse, et a sans doute voulu causer des ennuis à Gillyanne. Mais il lui aura fallu un complice pour essayer de la tuer : Meg est incapable de se servir d'une arbalète, et n'aurait de toute façon jamais pu s'en procurer une.

— Même si ce n'est pas elle qui a tiré, je suis sûr qu'elle serait ravie que ta femme ne soit plus de ce monde. Après tout, c'est bien ce qu'on cherche quand on accuse quelqu'un de sorcellerie, non ?

Les remarques inhabituellement sagaces de David laissèrent Connor songeur pendant tout le trajet du retour. L'homme avait raison : ces rumeurs étaient dangereuses. Une fois de plus, une chose que peu d'habitants de Deilcladach savaient s'était répandue à l'extérieur de son domaine. Pourtant – et c'était bien ce qui le tourmentait le plus – Connor était certain que Meg ignorait tout du don de Gillyanne avant d'être chassée du château. Or, de tous ceux qui connaissaient l'existence de celui-ci, un seul avait rendu visite à la servante dans son cottage.

—Je vais discuter avec Meg – seul, annonça-t-il à Diarmot et Cagneux.

—Mais si elle a un rôle dans cette histoire…, commença son frère.

—Elle paiera. Je peux me défendre, et elle n'est pas assez sotte pour m'attaquer quand tout le village m'aura vu entrer chez elle. Je ne serai pas long.

—Fais vite, et sois prudent.

En chevauchant vers la petite maison, Connor lutta contre les conclusions qui se formaient dans son esprit, toutes plus perfides et plus douloureuses les unes que les autres. Hélas, elles répondaient à bien des questions. Le laird songea à lancer sa monture vers son château, craignant d'être anéanti par ce qu'il trouverait dans ce cottage. Pourtant, il descendit de cheval et, conscient qu'une douloureuse vérité valait mieux que d'autres mensonges et une vie de danger pour Gillyanne, il entra.

Dans la maison flottait l'odeur du sang. Connor tira lentement son épée et inspecta les lieux. Il s'arrêta soudain en jurant, pétrifié par le spectacle qui l'attendait dans la chambre, au sommet de l'étroit escalier. Son oncle gisait sur le lit, une chope à la main, le regard levé vers les poutres du plafond. Il était couvert de sang, et son torse était percé de coups de couteau – vraisemblablement assénés avec la dague de Connor qui saillait de la poitrine de l'homme, plantée dans son cœur.

Connor jeta son épée sur le lit, à côté du corps. Son oncle emportait ses réponses avec lui, songea-t-il en lui fermant les yeux. Il tira sa dague de la poitrine du défunt… et sentit les pointes de trois épées se presser contre son dos.

— Je n'aurais jamais cru que tu serais assez sot pour revenir chercher ton arme, dit une voix de stentor que Connor reconnut immédiatement.

Peter MacDonal, le sergent d'armes du comte de Dinnock.

— Ce n'est pas moi qui l'ai tué, protesta Connor, ce qui n'empêcha pas les hommes du comte de le désarmer et de lui attacher les mains dans le dos.

— Garde ta version de l'histoire pour le comte.

En sortant du cottage, poussé par les gardes, Connor aperçut la sœur et la mère de Cagneux, qu'il envoya prévenir ses frères. Il se laissa ensuite emmener sans résister, conscient qu'il n'avait pas d'autre choix.

Chapitre 17

$\mathcal{L}$e froid qui régnait dans la salle principale de Dinnock semblait émaner en grande partie de l'homme assis en face de Connor. C'était certes le devoir du comte de faire régner la justice sur ses terres, mais il était de notoriété publique que ce dernier détestait cela. De plus, il tirait une grande fierté de son hygiène et de son apparence soignée, or Connor, qui avait passé la majeure partie de la journée en selle, était sûr d'offusquer son seigneur avec son allure débraillée ainsi que l'odeur de sueur et de cheval qu'il dégageait.

— T'es-tu mis dans un état pareil en cherchant à t'enfuir ? demanda le comte.

— Non, seigneur, je n'ai opposé aucune résistance. Si j'ai aussi piètre allure, c'est parce que j'ai chevauché toute la journée pour trouver le scélérat qui a voulu tuer ma femme.

— Mon Dieu, elle est morte ?

— Non, du moins elle ne l'était pas quand je l'ai laissée pour me mettre en chasse.

— Je préfère ça : nous n'avons vraiment pas besoin que les Murray viennent chez nous pour se venger.

Donc si je comprends bien, tu as tué sir Neil parce qu'il a essayé d'assassiner ton épouse.

Même s'il supportait difficilement qu'on l'accuse d'avoir mis à mort un homme âgé, désarmé et probablement soûl, Connor tâcha de garder son calme.

— Je n'ai pas tué mon oncle – ne serait-ce que parce que j'avais besoin de lui en vie. J'ai des questions auxquelles lui seul pouvait répondre.

— Il avait ta dague plantée en plein cœur.

Le comte contempla longuement l'arme posée devant lui sur la table et passa le doigt sur les motifs celtiques qui ornaient le manche.

— Tu n'es pas venu souvent ici, mais je me souviens d'elle. C'est un objet superbe, et très ancien.

— Nous en héritons de père en fils depuis que le premier MacEnroy s'est proclamé maître de Deilcladach.

— Tu dois sûrement y faire très attention.

— Oui, elle reste dans ma chambre, et je ne l'en sors que pour les grandes occasions – comme quand je viens ici. Elle est bien trop importante pour servir de vulgaire couteau : c'est l'un des rares vestiges de notre famille à avoir survécu aux guerres de clans. C'est sans doute parce que je la montre si rarement que je ne m'étais pas rendu compte de sa disparition.

Lord Dunstan l'observa attentivement sans cesser de jouer avec l'arme.

— Tu veux me faire croire qu'on te l'a volée ?

— C'est le cas, seigneur.

Connor savait que, question après question, le comte voulait le pousser à confesser son crime. Restait à espérer que la vérité suffirait contre les pièges de Dunstan.

— Et le hasard a voulu que tu te trouves dans ce cottage juste après que ton oncle a été assassiné.

— Oui. Je venais de parler à sir Dalglish, puis à sir Goudie, qui m'avaient convaincu d'avoir une petite conversation avec la femme qui y vit. Je comptais aussi en faire de même avec mon oncle, mais je ne pensais certainement pas l'y trouver.

— Chez ta maîtresse ? Ça ne m'étonne pas.

Connor se promit en cet instant d'apprendre à ses fils à faire preuve de plus de discrétion et de retenue que lui dans l'expression de leurs appétits. Quelques moments de plaisir fugace ne valaient certainement pas les problèmes qui l'assaillaient aujourd'hui… et qui risquaient bien de le mener à l'échafaud.

— Meg était ma maîtresse, seigneur. Je l'ai écartée quand je me suis marié avec lady Gillyanne Murray.

— Ta femme ne voulait pas d'elle sous votre toit, et tu l'as envoyée dans ce cottage.

— Gillyanne ne voulait en effet pas que je fraie avec une autre, et elle avait de très bonnes raisons pour ça. Elle m'a aussi montré que je n'avais plus besoin des talents de Meg, mais c'est moi qui ai choisi de l'écarter. Je me suis alors rendu compte que cette femme ne travaillait pas, tyrannisait les autres servantes et se

292

comportait de façon ouvertement irrespectueuse envers mon épouse… elle a d'ailleurs fini par me trahir.

— J'ai appris que tu lui reprochais d'avoir permis à sir Robert d'enlever ta femme. Tu ne nous as d'ailleurs rien dit de cette affaire. C'est pourtant un crime grave.

— Vous avez sans doute appris comment je me suis marié? (Le comte hocha la tête, au grand soulagement de Connor, qui n'avait aucune envie de raconter cette histoire quelque peu embarrassante.) Meg a en partie révélé à sir Robert ce qui se passait dans mon château, le poussant à croire que ma femme pourrait changer d'avis me concernant. Voyez-vous, elle pourrait faire annuler notre mariage si elle le désirait; Robert s'est donc mis en tête de la séduire. Il ne lui a fait aucun mal, et n'a pas résisté quand je suis venu la secourir. J'ai considéré que ce malentendu pouvait rester entre nous.

— J'aimerais que tous les lairds résolvent leurs problèmes aussi raisonnablement que vous.

— Nous ne savons que trop bien quel est le prix à payer quand on s'y prend autrement.

— Bien évidemment. Cette femme a seulement fait circuler une petite rumeur. Ce n'est pas ce que j'appellerais une « trahison ».

— Elle est allée trouver sir Robert dans le but de se débarrasser de Gillyanne. Par chance, Robert est un allié, et cette affaire s'est réglée sans dommage, mais ça ne rend pas ses actes moins graves. Je n'ai vu aucune raison de lui accorder une seconde chance, et je ne voulais surtout pas courir le risque qu'elle révèle d'autres secrets plus importants. J'ai tout d'abord songé à la bannir hors du bourg, mais j'ai finalement opté pour une maison dans le village, ce qui m'a permis d'y envoyer aussi ses complices, deux autres servantes. Elles savaient parfaitement ce que tramait leur amie, mais ne m'en ont rien dit.

—J'aurais été plus sévère que toi. (Le comte se tourna vers son second.) Peter, sers à sir Connor un peu plus de vin, j'ai encore quelques questions à lui poser, et je ne voudrais pas qu'il ait la gorge sèche.

Connor accepta volontiers la coupe que l'homme porta à ses lèvres, puisqu'il avait toujours les mains attachées dans le dos. Il détestait que chacun de ses mots soit mis en doute, mais fit tout son possible pour cacher sa colère. Le comte se retrouvait avec deux versions d'une même histoire, et il ne le connaissait pas assez bien pour savoir qu'il n'aurait jamais menti. Comment déterminerait-il laquelle était vraie ? Il imaginait mal un comte prêter plus de crédit à la parole d'une catin qu'à la sienne, et pourtant ce seigneur semblait considérer très sérieusement le récit de Meg. Si seulement Gillyanne avait été là, à ses côtés ! Connor était certain que Dunstan savait quelque chose qu'il ignorait. Sa petite épouse l'aurait deviné instantanément, alors qu'il se sentait seulement pris au piège, entraîné dans un jeu dont il ignorait une partie des règles.

—Connor, tu me sembles sincère, mais j'ai trois femmes qui racontent cette histoire d'une manière toute différente.

Ainsi, Meg n'était plus sa seule adversaire. Le combat devenait difficile.

— Trois catins que j'ai chassées de Deilcladach, où elles vivaient comme des coqs en pâte, répondit calmement Connor. Trois femmes maintenant obligées de travailler pour manger, ce qui ne leur était jamais arrivé.

— Un facteur à prendre en compte, murmura le comte.

— Puis-je connaître leur version des faits? Je suppose que ces femmes m'accusent du meurtre de mon oncle, mais vous ont-elles dit pourquoi, à leur avis, j'aurais fait une chose pareille?

— Parce que tu as finalement découvert la vérité à son sujet.

— Quelle vérité?

Le malaise avait cédé à la peur, sans que Connor sache vraiment pourquoi.

— Selon elles, tu étais furieux qu'il fraie avec ta maîtresse.

— Il le faisait déjà avant qu'elle le devienne. J'en avais fini avec elle, il pouvait très bien la reprendre s'il le voulait.

— Elles affirment que tu t'es emporté, et que vous avez eu une violente dispute, ton oncle et toi. Sir Neil était soûl, et ne mesurait pas vraiment ses paroles. Il t'a fait part de son aversion pour ton épouse, mais c'est surtout ce qu'il t'a révélé qui t'a poussé à le poignarder. J'avoue que quand j'ai appris ce qu'il avait fait, j'ai trouvé qu'il avait bien mérité son sort. Toutefois c'était mon rôle de juger de sa culpabilité, pas le tien. Je ne peux tolérer qu'on assassine mes sujets. Tu aurais dû le provoquer en duel, au lieu de commettre un meurtre.

—Je ne l'ai pas tué.

—Allons, Connor, je te comprends : c'était un vil traître. Il a tout fait pour que cette guerre de clans ne s'arrête jamais. Je savais qu'il avait courtisé ta mère, mais qu'elle s'était mariée avec ton père. À vrai dire, j'ai toujours pensé qu'elle était d'accord, même si Neil prétendait que ses parents l'y avaient obligée. Je voyais bien qu'il était amer, cependant je n'aurais jamais cru que sa colère avait atteint des proportions aussi meurtrières.

» La guerre n'allait sans doute pas assez vite pour lui. Je ne vois pas comment expliquer autrement qu'il ait pu trahir son propre clan ainsi. Comment a-t-il pu attiser la rage des ennemis de son frère avec de tels mensonges, avant de les aider à contourner les défenses de Deilcladach ? Il devait pourtant savoir que sa perfidie ne ferait pas périr que son frère. Il a condamné sa famille entière. Peut-être en était-il venu à détester ta mère, elle aussi. On dit parfois que les amours déçues deviennent les haines les plus féroces. Je ne pense pas qu'il ait vraiment songé à vous, les enfants, avant de découvrir que vous aviez survécu. Il espérait probablement que vous partiriez ou seriez morts de faim, car il ne vous a certainement pas aidés. Il n'avait manifestement que faire de devenir laird de Deilcladach, sinon tu ne serais pas assis devant moi en ce moment. Quelle aubaine, de voir massacrés en ce jour funeste tous ceux qui savaient ce qu'il avait fait !

Lord Dunstan toisa Connor de son regard froid.

— Tu dois penser que justice est faite, mais les apparences sont contre toi, poursuivit-il. Dis-moi la vérité, mon garçon, et je ferai tout mon possible pour que tu sois libéré. Si ça ne tenait qu'à moi, tu le serais déjà, mais le roi a demandé que les représailles de ce genre cessent. Je ne peux pardonner publiquement un tel meurtre, et je ne me battrai pas pour toi si tu refuses de me dire la vérité.

Connor se demanda comment il n'était pas encore tombé à la renverse. Chaque parole du comte lui avait fait l'effet d'un coup de poing à l'estomac. Il aurait voulu hurler son innocence, mais les mots restaient bloqués. Depuis que Gillyanne était arrivée à Deilcladach, la confiance aveugle qu'il avait en son oncle s'était progressivement effilochée, et il n'aimait pas l'homme qu'il avait découvert. L'horrible histoire du comte répondait à trop de questions pour ne pas être vraie, et l'avait blessé si profondément qu'il s'étonnait de ne pas saigner.

Et derrière cette douleur, il y avait de la honte. Il s'était comporté en parfait imbécile, cramponné à l'aveuglement dont faisaient souvent preuve les jeunes gens envers leurs aînés. Il avait accueilli chez lui l'assassin de ses parents… sous le même toit que ceux que sa perfidie avait laissés veuves ou orphelins. Pendant qu'il œuvrait pour devenir un bon laird et rebâtir son domaine, Connor avait serré contre lui l'être qui avait tout réduit en cendres. Si ce dernier massacre n'avait pas étanché la soif de vengeance de Neil, il aurait eu maintes occasions de tous les tuer. Connor avait échoué dans sa mission, et ne méritait plus de se proclamer laird.

Il était maintenant temps de se défendre, mais comment expliquer qu'il avait ignoré tout cela ? Les quelques phrases éparses qui erraient dans son esprit ressemblaient beaucoup trop aux pathétiques mensonges d'un homme coupable. Le comte n'aurait de toute façon pas la patience d'attendre qu'il surmonte le torrent d'émotions qui l'assaillait.

— Je n'ai pas tué mon oncle, parvint-il tout juste à dire d'une voix froide et distante.

— Mon garçon, j'espérais que tu me ferais confiance.

— C'est le cas, seigneur.

— Pas assez, visiblement. Je vais te laisser le temps de réfléchir. Peter va te conduire dans une cellule, au sommet d'une tour d'où tu ne pourras pas t'échapper, et nous reprendrons cette conversation dans quelques jours.

Connor savait qu'il aurait dû remercier vivement lord Dunstan pour ce répit, mais il réussit tout juste à s'incliner légèrement avant que Peter l'emmène. La pièce dans laquelle on le fit entrer était petite, mais relativement confortable. Des gardes déposèrent un plateau de nourriture et du vin, de l'eau pour se laver, allumèrent un feu, puis tranchèrent ses liens. Connor les regarda partir, incapable de parler.

Et encore moins de réfléchir, se dit-il en s'allongeant sur le lit étonnamment moelleux. Il ne voulait tout simplement pas songer à la terrible trahison de cet homme qu'il avait respecté pendant toutes ces années. Même mort, son oncle parvenait à faire de sa vie un enfer. Il serait peut-être pendu pour avoir tué un scélérat qui méritait de l'être, et dont les terres baignaient dans le sang de son propre clan.

Même si Connor était disculpé ou s'échappait, comment pourrait-il jamais être de nouveau laird de Deilcladach ? Il avait commis une faute trop grande. Il se prit le visage dans les mains, et ne fut pas surpris de sentir des larmes. Après tout, c'était le bon moment pour pleurer ceux qui avaient succombé à la jalousie d'un seul homme. Il faisait certes montre de faiblesse, mais cela lui éclaircirait peut-être les idées. Ainsi, en se retrouvant devant le comte, il aurait tous ses esprits, et un plan d'action bien défini.

— Laird, je ne suis pas sûr que sir Connor soit coupable, annonça Peter en revenant se poster devant le comte.

— Vraiment ? répondit celui-ci en soupesant la dague des MacEnroy. Tu ne tuerais pas l'homme qui a bien failli détruire ton clan et tes terres ?

— Si, et sans doute le plus lentement possible… mais je crois qu'il n'en savait rien, jusqu'à ce que vous lui en parliez. Il n'a rien dit… il s'est contenté de clamer son innocence comme un enfant récite une leçon. En le menant dans la tour, je l'ai senti anéanti… on aurait dit un homme qui vient de recevoir une pierre sur la tête, mais n'a plus la présence d'esprit de tomber. C'est difficile à expliquer.

— Tu t'en sors très bien. Je vais écrire au roi.

— Vous pensez sir Connor coupable ?

— Il a de très bonnes raisons, c'est son arme, et trois femmes, peu importe ce qu'elles sont, l'accusent. Cette affaire devrait être simple, pourtant elle ne l'est pas du tout. Je n'arrive pas à imaginer ce Connor tuer un homme ainsi. À ce que j'ai cru comprendre, il n'est pas du genre à se laisser emporter par la colère. Non, décidément, cette histoire ne tient pas debout, et je dois donc prévenir le roi. Je vais lui annoncer qu'un de ses chevaliers est mort, sans pour autant nommer un coupable.

— Voulez-vous que je lui apporte votre message ?

— Oui, sois prêt à partir dès que j'aurai fini de l'écrire. Je veux aussi qu'un Murray m'apporte sa réponse. On en trouve toujours un à la cour.

— Mais pourquoi ?

— Sir Connor s'est marié avec l'une d'entre eux, et pour l'instant, il fait partie de leur famille. Ils voudront savoir ce qui se passe ici. Si cette Murray ressemble aux autres femmes de son clan, elle risque de se présenter très bientôt pour exiger de récupérer son mari, et je préférerais avoir un des siens pour l'accueillir.

— Qui oserait exiger quoi que ce soit de votre part ?

— Tu n'as visiblement jamais rencontré une Murray.

Diarmot, les mains moites, s'essuya sur son pourpoint et attendit que le garde ouvre la porte de la geôle de Connor. Toute cette histoire lui échappait complètement : il avait quitté son aîné se dirigeant vers le cottage de Meg et l'instant d'après, s'était retrouvé devant la mère de Cagneux qui, à peine cohérente, lui avait annoncé qu'oncle Neil était mort et que les hommes du comte de Dinnock avaient emmené Connor, maintenant accusé de meurtre. Diarmot avait fait les cent pas toute la nuit, l'esprit assailli par mille questions, avant de partir pour Dinnock aux premières lueurs de l'aube. Le comte ne s'était pas montré bien loquace, mais au moins lui avait-il accordé la permission de voir son frère. Diarmot lui avait exprimé toute sa gratitude, puis avait déposé ses armes et suivi les gardes vers la tour.

Sitôt qu'il fut entré dans la cellule, on ferma et verrouilla la porte derrière lui. Il lui fallut un instant pour s'habituer à la pénombre, car la pièce n'était éclairée que par un petit feu. Il aperçut enfin Connor affalé dans un fauteuil près de la cheminée et sentit son malaise s'accroître. Connor n'avait pas le moindre bleu, mais on aurait juré qu'il avait été consciencieusement rossé.

— Mais doux Jésus, que s'est-il passé ? demanda Diarmot, décontenancé par le regard éteint de son frère.

— Je suis accusé du meurtre de sir Neil MacEnroy.

— Tu n'aurais jamais tué notre oncle !

— Si j'avais su ce que je viens d'apprendre, j'aurais étripé ce pourceau sans hésitation. (Connor vida sa coupe et se resservit.) Du vin ?

Diarmot tira un tabouret pour s'asseoir devant Connor et se servit au grand pichet qu'il lui tendit. Il percevait une rage sourde derrière chacun des mots de son frère, comme si toute l'affection qu'il avait pour son oncle avait brusquement péri. Diarmot espérait que malgré son étrange humeur, son frère lui raconterait tout. Le tirer de ce traquenard ne serait pas une mince affaire, et deviendrait tout simplement impossible s'il ne lui disait rien.

— On a retrouvé ta dague plantée dans le cœur d'oncle Neil.

— Elle n'avait pas aussi bien servi depuis des générations. J'aurais beaucoup aimé être celui qui l'a mise là.

— Mais pourquoi, Connor ? Pourquoi vouloir tuer un homme que tu as toujours tant respecté ?

Connor appuya la tête contre le dossier de son fauteuil et ferma les yeux. D'une voix monocorde et dénuée de toute émotion, il dévoila l'horrible vérité au sujet de sir Neil MacEnroy. Le silence qui régna ensuite dans la pièce était si lourd que Connor le sentait peser sur ses épaules. Sans surprise, Diarmot était livide et manifestement très secoué.

— Mon Dieu, et nous avons accueilli cette charogne chez nous, tellement heureux qu'au moins un de nos aînés soit encore en vie… Comment le comte sait-il tout ça ?

—Meg et ses deux comparses lui ont tout révélé, répondit Connor. Elles lui ont également raconté que Meg et moi étions encore amants, que je me suis violemment disputé avec Neil et que celui-ci, complètement soûl, a laissé échapper le secret qu'il gardait depuis toutes ces années. Fou de rage, je l'aurais alors frappé à plusieurs reprises avec ma dague avant de la lui planter en plein cœur et de m'enfuir. Le temps que les trois catins aillent prévenir le comte, je me serais subitement souvenu que j'avais oublié mon arme et me serais empressé d'aller la chercher.

—Parfait, non seulement Meg essaie de te faire pendre pour un crime que tu n'as pas commis, mais elle te fait aussi passer pour un imbécile fini… Pourquoi Neil aurait-il confié à Meg un secret aussi lourd? Il n'a jamais fait confiance aux femmes!

—Non, mais il était porté sur la bouteille. À mon avis, Meg et lui voulaient que Gillyanne s'en aille… puis qu'elle meure, or ils ont compris qu'elle ne partirait pas si facilement. Ils ont probablement eu une discussion animée quand leur tentative d'assassinat a échoué. Neil aura laissé échapper une partie de la vérité, et Meg est assez retorse pour lui avoir arraché le reste.

—Mais elle n'a perdu personne au cours des massacres! Pourquoi aurait-elle tué Neil?

—Sûrement pas à cause de sa trahison. Elle aura même sans doute songé à le faire chanter pour garnir sa bourse. Non, je pense que Neil a fait ou dit quelque chose qui l'a rendue folle de rage. Je suis sûr qu'elle m'a volé ma dague quand je l'ai bannie, pensant la vendre plus tard, et après avoir frappé Neil avec, elle a décidé de me faire accuser du meurtre. Elle seule connaît le fin mot de l'histoire. Mais tout de même, pourquoi Neil lui en aurait-il soudain tant dit ?

— Tout est peut-être la faute de ta femme… Neil l'a détestée dès le départ, et il a toujours été odieux avec elle. Peut-être avait-il compris qu'elle savait ce que les gens ressentent… De quoi faire remonter le souvenir de sa perfidie bien trop près de sa langue. Ce n'était alors qu'une question de temps avant qu'il se trahisse.

— Tu penses qu'il avait peur de Gillyanne ? J'ai beaucoup entendu parler de son don hier. Apparemment, toute la contrée est au courant… et imagine les histoires les plus folles. On raconte qu'elle sait ce que les gens ont dans le cœur. Certes, elle perçoit certaines choses, mais tous ces ragots ne sont que des mensonges lancés pour susciter méfiance et haine. Je parie qu'ils sont l'œuvre de Neil et Meg, avec sans doute l'aide de Peg et Jenny, dans l'espoir que d'autres se débarrasseraient de Gillyanne pour eux. (Connor ricana froidement.) Et dire que c'est David qui nous a mis en garde… même lui y voyait plus clair que moi.

Il se figea soudain.

— Comment va Gillyanne ?

— Bien. Elle se repose encore, ce qui est pour le mieux. Fiona ne craint plus d'infection, et James est du même avis. Il a l'intention d'aller au plus vite à

Dubhlinn pour tout raconter aux siens avant que de sombres ragots leur parviennent.

—Excellent, il va leur expliquer comment j'ai bien failli tuer leur fille.

—Mais de quoi parles-tu ? Tu n'as rien fait !

—Précisément. J'ai accueilli à bras ouverts notre pire ennemi, je l'ai laissé approcher de la femme que j'ai juré de protéger. J'ai beaucoup réfléchi…

—Je dirais plutôt « ruminé ».

—… et j'ai compris que beaucoup de choses auraient dû nous alerter. Neil ne nous a jamais aidés, et pourtant il a eu maintes occasions de le faire.

—Tu pensais qu'il n'en avait pas les moyens, et que c'était ton rôle de nous mener… de nous sauver.

—J'étais orgueilleux, inconscient ! J'aurais dû au moins me demander pourquoi il ne nous a pas proposé de nous abriter dans ses écuries, derrière ses murs, au lieu de nous laisser dormir dans de minuscules masures, à la merci de tous ! J'ai failli à mon devoir.

—Connor, ça suffit ! Tu sais, je n'ai jamais aimé notre oncle. Pour moi, c'était un bon à rien qui venait parfois voir comment nous survivions, manger notre nourriture, boire beaucoup trop de notre vin – et Dieu sait que nous en avions peu – et trousser nos femmes. Il n'a jamais levé le petit doigt, mais il n'hésitait sûrement pas à nous donner des leçons. J'avais parfois envie de te donner un bon coup sur la tête, pour te punir d'écouter aveuglément cet ivrogne.

Et puis cette façon qu'il avait d'ignorer complètement la pauvre Fiona…

— Tu voyais bien plus clair dans son jeu que moi.

— Puisque, contrairement à toi, je n'avais pas à m'occuper de notre bien-être à tous, j'avais tout le loisir d'observer ce genre de choses. Pourtant, je n'aurais jamais cru qu'il était responsable de tout ça. Je le trouvais irascible, égoïste, paresseux et vaniteux, mais cette découverte me choque autant que toi. Par tous les diables, c'était notre oncle ! Comment aurions-nous pu le soupçonner d'avoir ourdi la mort de son propre frère, de sa belle-sœur, et de la plus grande partie de son clan !

— J'étais votre laird ! Ça n'aurait pas dû m'échapper ! Pendant ces douze dernières années, j'aurais au moins pu me rendre compte de quelque chose. Je ne suis plus digne d'être votre laird. Dorénavant, c'est toi qui…

Connor fut interrompu par l'arrivée d'un garde.

— Le comte pense que vous êtes resté assez longtemps, annonça-t-il à Diarmot.

— C'est aussi mon avis, répondit le jeune homme en se levant.

— Diarmot…

— Non, Connor, je ne demeurerai pas ici une seconde de plus. Pendant que tu restes là à te reprocher de ne pas avoir été omniscient, je compte bien trouver le véritable assassin et de te tirer d'ici. Tu es en train de te passer toi-même la corde autour du cou, or j'aimerais que tu sois encore en vie quand je reviendrai te montrer quel brillant gaillard je fais.

J'ai ensuite l'intention de t'apprendre le bon sens à grands coups sur le crâne – et je suis sûr que ta femme m'y aidera.

Chapitre 18

*T*u dois lui dire.

— Diarmot soupira profondément et tenta de poursuivre son repas en ignorant sa sœur. Une fois rentré à Deilcladach, il s'était lavé puis s'était octroyé une légère collation avant de se glisser dans son lit et de dormir jusqu'au matin. Il se sentait toujours fatigué, mais il savait que l'inquiétude y était pour bien plus que le manque de sommeil. Connor était accusé de meurtre et terriblement las, ce qui laissait Diarmot avec le genre de responsabilités dont il se serait bien passé.

Le plus dur serait de révéler à ses frères et sœur l'horrible vérité au sujet de leur oncle – et de leur expliquer que cette découverte donnait au comte d'excellentes raisons de penser que Connor était coupable. S'ils ne pouvaient pas fournir à lord Dunstan le vrai meurtrier, il ne leur resterait plus qu'à prier pour que l'horreur des crimes de Neil suffise à faire gracier leur frère.

— Je suppose qu'elle a demandé où il était passé, s'enquit Diarmot.

— Et encore, je crois qu'elle se retient, répondit Fiona en s'asseyant à côté de lui.

— Comment va-t-elle ?

— Très bien, à la vérité. Comme James l'a dit, elle est bien plus forte qu'elle n'en a l'air. Ce matin, je l'ai trouvée debout. Elle était un peu pâle, mais ses jambes ne tremblaient pas du tout. Diarmot, elle doit savoir ce qui est arrivé à Connor.

— Tu crois que c'est le genre de nouvelle qui va l'aider à se remettre ?

— Il faut qu'elle sache la vérité. Au moins, elle ne pensera plus que Connor est blessé, mort, ou qu'il ne veut pas la voir.

— D'accord, tu as raison. (Diarmot se leva.) Va chercher tes frères, et retrouvez-moi dans la chambre de maître. Je veux que Cagneux soit là lui aussi. Où est James ?

— Il est parti peu de temps après que Gilly s'est réveillée, pour annoncer à ses parents que leur fille va bien – et leur rapporter ce qui est arrivé à Connor. Je croyais que James le pensait coupable, mais il m'a dit qu'il était sûr que notre frère était victime d'un complot. Selon lui, les Murray ont déjà dû faire face à de fausses accusations par le passé, et ils pourraient savoir comment faire libérer Connor – si notre frère ne l'a pas déjà été quand il reviendra. Il faudra que je lui demande de me raconter ça.

— Seulement si je suis avec toi, car je suis certain que c'est une sacrée histoire. Allons, jeune fille, va prévenir la famille.

— Diarmot, tu as de mauvaises nouvelles à nous apprendre ?

— J'en ai bien peur.

Gillyanne regarda avec inquiétude les MacEnroy et Cagneux se rassembler dans la chambre. La jeune femme ne sentait aucune tristesse en eux, et comprit qu'au moins, Connor était en vie. Mairi entra avec un pichet de vin et des chopes, et échangea un timide sourire avec Cagneux. De toute évidence, les deux jeunes gens s'étaient enfin fait part de leurs sentiments. Hélas, une fois la jeune servante sortie, la tension qui régnait dans la pièce oppressa de nouveau Gillyanne.

— Je vais avant tout vous parler de notre oncle, commença Diarmot.

— On sait, il a été tué, répondit Nanty.

— Un peu de patience. Oncle Neil n'était pas l'homme qu'il prétendait être… nous ignorions tous certaines choses à son sujet, et nous n'aurions d'ailleurs jamais pu les deviner.

Diarmot se tourna vers Gillyanne, qui sentit un frisson lui remonter l'échine.

— Par tous les diables, les terribles secrets qu'il dissimulait ont éclaté au grand jour, murmura-t-elle.

— Oui, et « terrible » est un faible mot.

Diarmot inspira profondément, et raconta tout de son entrevue avec Connor.

— Je suis certain qu'il ne nous a jamais aidés parce qu'il n'en avait que faire de nous. Il n'avait pas le courage de nous tuer et, la guerre étant finie, il ne pouvait plus compter dessus pour le faire à sa place, mais il a sûrement été très contrarié que nous survivions à ce dernier assaut.

Diarmot remarqua alors à quel point ses compagnons étaient pâles.

— Je n'aurais peut-être pas dû vous révéler tout ça.

— Non, tu as eu raison, répondit Fiona en essuyant ses larmes. Ces secrets sont restés cachés trop longtemps : maintenant qu'ils ont été révélés, ils vont se répandre très vite. Je préfère les découvrir avec toi, que les entendre murmurés par des inconnus. Ils ne deviendront que plus horribles en passant d'une oreille à l'autre… si c'est vraiment possible.

— Et voilà pourquoi le comte pense que Connor a tué votre oncle, dit Gillyanne en lui prenant la main.

— Oui. Connor et lui se seraient prétendument disputés, Neil aurait laissé échapper son secret, et, de rage, Connor l'aurait frappé avec sa dague.

— C'est Meg qui l'a volée, j'en suis sûre.

— Très probablement. Connor pense que Meg et Neil complotaient pour se débarrasser de vous. Des rumeurs très exagérées se sont mises à circuler à propos de votre don pour sentir ce que pensent les gens. Neil les croyait peut-être, et sa terreur l'aura poussé à se trahir tout seul. Avant que vous arriviez à Deilcladach, il ne songeait sans doute même plus à sa trahison… mais soudain, la peur a fait remonter tous ces noirs souvenirs.

—Meg et lui ont pensé que lancer des rumeurs à mon sujet pousserait les plus crédules à me tuer, ou me forcerait à fuir.

—Nous n'avons aucune preuve, mais peu de gens ici connaissent l'existence de vos talents. Ces ragots viennent forcément de notre oncle.

—Qui a sans doute été bien aidé par Meg, Jenny et Peg. Peu importe : quand tous découvriront la vérité, ces bruits perdront beaucoup de leur force. D'ailleurs, où est passée Meg ?

—Le comte a dit qu'il lui avait ordonné de regagner son cottage et d'y rester, de même qu'à ses deux comparses, mais quand j'y suis passé en revenant de Dinnock, il était vide.

—Ça ne me surprend pas beaucoup. Rassurez-vous, je ne crois pas qu'elles soient parties bien loin : elles n'ont nulle part où aller, pas d'argent, et pas de famille. Meg voudra de toute façon voir le résultat de ses diableries.

—Tu as un plan, Gilly ? demanda Fiona en aidant la jeune femme à se redresser dans son lit pour lui tendre une chope de vin.

—Non, mais je suis certaine que Diarmot a déjà une ou deux idées.

—C'est à peu près ça, même si je n'ai pas encore eu le temps de bien y réfléchir. Je suis au moins sûr d'une chose : nous devons retrouver le vrai meurtrier d'oncle Neil.

—C'est Meg qui l'a tué, n'est-ce pas ? demanda Gillyanne qui craignait que la jalousie n'obscurcisse son jugement.

Diarmot s'assit au pied du lit, le dos appuyé contre l'une des épaisses colonnes de bois sculpté.

— C'est ce que je pense, et Connor aussi, mais pas pour les raisons qui nous auraient poussés à le faire.

— Meg, Peg et Jenny n'ont perdu personne, approuva Angus. Elles ont toujours eu l'air de se moquer de ce qui s'est passé ici.

— Sir Neil leur a peut-être expliqué une fois de trop ce qu'il pensait des femmes, à moins qu'il n'ait raillé une des idées de Meg. Elle est capable de se mettre dans une rage noire quand elle se sent insultée, et votre oncle était très doué pour ça. Pour le savoir, il faut avant toute chose retrouver ces trois femmes.

— Nous nous mettrons dès aujourd'hui à leur recherche, répondit Diarmot.

— Comment Connor supporte-t-il cette situation ? Il est furieux ?

— Non, il est complètement abattu.

— Mon Dieu, j'aurais préféré qu'il fulmine.

— Moi aussi. Il pense avoir manqué à son devoir, et ne plus mériter d'être notre laird. (Diarmot leva la main pour faire taire les protestations des siens.) J'ai fait tout mon possible pour lui faire comprendre que personne n'aurait pu deviner ce que cachait notre oncle au fond de son cœur. Je lui ai même avoué que je n'avais jamais aimé cet homme, pour qu'il comprenne que j'aurais dû être le premier à m'étonner que Neil ait survécu au massacre. Son crime était simplement inconcevable. Il a causé tant de morts, et pas seulement celles des MacEnroy !

—Vous n'avez pas réussi à convaincre Connor, je me trompe ?

—Non, Gilly. Neil était comme un père pour lui, et sa trahison lui a fait beaucoup de mal. Connor repense à ces douze dernières années et se rend compte à quel point notre oncle n'a rien fait pour nous aider. Il songe à toutes les questions qu'il aurait dû poser, et se reproche d'avoir été un imbécile. Notre frère s'en veut d'avoir accueilli un meurtrier parmi nous au moment où nous étions les plus vulnérables. Comme je l'ai déjà dit, je pense que Neil a voulu finir son œuvre en nous laissant périr. Comment expliquer sinon qu'il n'ait pas au moins recueilli Fiona ? Connor se reproche aussi d'avoir laissé cet homme vous approcher, Gilly. Il passe son temps à ruminer. Il est enfermé dans une pièce sans fenêtre au sommet d'une tour, et, s'il est plutôt bien traité, il n'en est pas moins seul dans la pénombre.

—Ce qui lui laisse tout le loisir de broyer du noir. Je dois aller le voir.

—Pas question ! Dinnock est à plusieurs heures de route et vous avez été gravement blessée.

—Douloureusement, oui, mais pas gravement. La flèche a traversé mon épaule, et elle n'a touché que de la chair. Le muscle n'a rien, l'os non plus, et je n'ai pas beaucoup saigné. Oui, ça fait mal, mais pas autant que quand la flèche est entrée, sortie, ou même qu'hier. Tant que je fais attention à ne pas rouvrir la blessure, tout ira bien… et au pire, j'aurai mal, voilà tout.

—Mais pensez à la route…

— Je voyagerai dans un chariot que j'aurai fait spécialement préparer pour rendre le trajet plus confortable.

— Ce sera forcément plus long… Vous ne ferez jamais l'aller-retour dans la journée.

— Dans ce cas, je resterai à Dinnock. Diarmot, vous ne pouvez pas laisser cet homme se morfondre seul dans le noir. Depuis la mort de vos parents, il n'a vécu que pour protéger ce qui restait de son clan. Il ne doit pas continuer à se figurer qu'il a échoué. Nous savons tous que c'est faux, mais Connor a de toute évidence besoin qu'on le lui rappelle – avec quelques bonnes gifles, si nécessaire.

— Vous avez raison, mais il vaut peut-être mieux que je m'en charge.

— Non. Connor est votre laird, l'homme qui vous a élevé. Je suis sûre que vous n'avez aucun problème pour dire ce que vous pensez… mais avec lui, quelque chose vous retiendra tôt ou tard – si vous n'êtes pas déjà parti en claquant la porte, excédé.

— Gilly, Connor est votre époux, donc votre laird à vous aussi… et bien plus encore.

— C'est ce que beaucoup de gens pensent, mais par chance, ce n'est pas notre cas, à nous les Murray. Réfléchissez un peu : je suis sa femme, et j'ai donc quelques moyens… (Gillyanne fit un clin d'œil à Diarmot.)… d'améliorer son humeur. Et puis il ne peut pas me frapper si ce que je dis ne lui plaît pas.

— Un argument très convaincant, ricana Diarmot. Soit, allez-y donc. Cagneux, Fiona et deux de nos

315

soldats vous accompagneront. Mes frères et moi allons traquer Meg et tenter de lui arracher la vérité.

—Si vous n'y arrivez pas, je m'en chargerai à mon retour.

—Sans vouloir vous vexer, je pense être un peu plus menaçant que vous quand il le faut.

—Oui, si vous êtes face à un homme, ou à la rigueur une femme qui ne vous connaît pas aussi bien que Meg. Elle sait vos faiblesses.

—Quelles faiblesses ? demanda Diarmot, un peu vexé.

—Vous ne feriez jamais de mal à une femme.

—C'est vrai, je n'y avais pas pensé… mais je ne crois pas qu'elle vous en imaginera capable non plus.

—Détrompez-vous, Diarmot. Faites tout de même de votre mieux, car je préférerais m'en abstenir, mais je n'hésiterai pas s'il le faut. Une femme aura toujours peur d'une de ses semblables… surtout si elle a déjà mis l'homme de celle-ci dans son lit. Joan m'aidera, afin que Meg se sente encore plus menacée. Une dernière chose : découvrez tout ce que Connor a fait ce jour-là. Où il était, quand il est arrivé au cottage, et qui l'y a vu.

—Pourquoi ?

—Nous pourrons peut-être prouver qu'il n'était pas là au moment du crime.

—Gillyanne, vous avez un esprit admirablement retors.

— Je vous remercie. D'ailleurs, afin que le comte et mon mari puissent en profiter, il est temps d'aller préparer mon chariot.

Connor n'en crut pas ses yeux quand il découvrit qui Peter fit entrer dans sa cellule. À force d'être resté dans la pénombre trop longtemps, il était probablement victime d'une hallucination. Comment Gillyanne pouvait-elle se trouver devant lui, un peu pâle, certes, mais manifestement en bonne santé? Il l'avait pourtant quittée inconsciente, la flèche plantée dans son épaule tout juste extraite. Elle aurait dû être encore dans leur lit à se rétablir et à avaler de temps en temps un bol de gruau ou un peu de bouillon. Connor avait certes un peu perdu la notion du temps, mais il était certain qu'on n'avait tiré sur Gillyanne que trois jours plus tôt.

— Doux Jésus, Connor, on ne t'a même pas donné de bougies? demanda la jeune femme, les poings sur les hanches et les paupières plissées.

— Si, répondit-il en allumant un grand chandelier aux nombreuses branches installé dans un coin de la pièce. Je suis sûr que tu vas disparaître, car tu ne peux être qu'un mirage, que je vois apparaître à force de boire du vin et de trop réfléchir.

— Dis plutôt broyer du noir.

Cette voix piquante et légèrement rauque ne pouvait appartenir qu'à Gillyanne, songea Connor en se tournant vers elle. La jeune femme était en effet un peu blanche, mais elle se tenait bien droite et semblait plus agacée que souffrante. Pourtant, comment une créature aussi menue aurait-elle pu recevoir une flèche trois jours plus tôt à Deilcladach et se retrouver aujourd'hui devant lui à Dinnock?

—Pourquoi n'es-tu pas au lit à manger de la bouillie? demanda-t-il.

—On m'a rapporté que tu te laissais sombrer dans le désespoir, et je suis venue te ramener à la raison. Ah, parfait! Du vin!

Gillyanne remplit une coupe et but une grande gorgée.

—J'ai peut-être rêvé qu'on avait tenté de t'assassiner, dit Connor en regagnant son fauteuil, car Gillyanne s'était assise sur le tabouret.

—Non, j'ai bien été blessée. Ça me fait mal, mais j'ai toujours guéri très vite, c'est pour cette raison que James a su qu'il pouvait partir pour Dubhlinn si rapidement pour rassurer les miens. Ma blessure commence déjà à se refermer.

—Mais c'est arrivé il y a seulement trois jours!

—Il en a toujours été ainsi. Petite, je tombais très rarement malade. Mère pense que Dieu, pour se faire pardonner de m'avoir faite si petite, a décidé de me rendre aussi très robuste.

Gillyanne ouvrit son corsage, le laissa retomber sur ses hanches et souleva doucement le bandage qui recouvrait sa blessure.

—Tu vois? Elle n'est pas très jolie, mais elle guérit.

Gillyanne avait raison. La plaie aurait pu avoir plus d'une semaine, et elle contrastait vivement avec sa peau blanche et délicate. Le regard de Connor descendit brièvement vers la poitrine de la jeune femme, et il sentit tout son corps se contracter. Il préféra se concentrer sur cette blessure, preuve flagrante de son échec. Connor se leva brusquement et se dirigea vers la cheminée pour contempler les flammes, appuyé contre son épais manteau de chêne. Il désirait toujours son épouse, mais il ne méritait plus de la toucher.

Gillyanne fronça les sourcils. Pendant un instant, Connor avait réagi comme à son habitude quand il voyait ses seins presque découverts. Elle ne comprenait pas à vrai dire ce que l'homme leur trouvait, mais c'était ainsi, et elle avait décidé d'en tirer parti – sans succès. Il lui faudrait donc se montrer plus agressive. Connor s'était laissé gagner par la mélancolie, et Gillyanne devait la dissiper le temps de lui faire entendre raison, or la passion serait le meilleur moyen d'y parvenir. Son époux, malheureusement, résistait plus que d'ordinaire ; elle devrait profiter du moment où il baisserait sa garde. Gillyanne ôta prestement ses braies et les glissa dans une poche secrète de sa robe. Elle était désormais prête à lui bondir dessus à la première occasion, songea-t-elle en réprimant un petit rire.

Ce qui ne serait pas un grand sacrifice. Connor ne portait que ses culottes, et elle comprit à ses cheveux légèrement humides qu'il venait de se laver. Gillyanne se félicita d'avoir fait étape un peu avant Dinnock pour se livrer à une vigoureuse toilette. Elle parcourut du regard les courbes musclées de son mari, et s'arrêta sur la preuve joyeusement dressée qu'il ne se maîtrisait pas autant qu'il l'aurait voulu. Si seulement elle pouvait le pousser à s'asseoir de nouveau…

— Tu n'aurais pas dû venir, Gillyanne.

Connor éprouvait les plus grandes difficultés à ne pas regarder la poitrine de son épouse. Il faillit lui demander de se rhabiller, mais craignit que cela ne trahisse ses sentiments.

— Ah bon ? J'aurais dû faire comme si tu n'étais pas accusé de meurtre ?

Connor se jeta dans son fauteuil et but une grande gorgée de vin.

— Je ne suis pas digne d'être laird. Un laird doit protéger les siens. J'ai serré un serpent contre mon cœur, et je l'ai laissé frapper ma propre femme.

Gillyane vint s'agenouiller entre ses jambes.

— C'était ton oncle. (Elle caressa doucement ses puissantes cuisses.) Personne ne se méfie des membres de sa famille.

— Il avait survécu au massacre, ce qui aurait dû éveiller mes soupçons, répondit Connor, qui avait du mal à ignorer ses caresses et sa position provocante.

— Non, tout le monde à ta place aurait été heureux de découvrir qu'un autre des membres de sa famille avait échappé à ce drame. (Elle se rapprocha légèrement et lui embrassa le ventre.) Connor MacEnroy, tu es un être bon et honorable, qui a passé la majeure partie de sa vie à protéger les siens. Tu n'aurais jamais envisagé qu'on puisse être prêt à tout pour tuer son propre frère.

S'il avait été un parfait inconnu, tu pourrais peut-être t'en vouloir de ne pas t'être méfié de lui, mais Neil était ton oncle, un homme que ton frère accueillait sous votre toit de son vivant. Personne n'aurait pu deviner à quel point il était dangereux.

— C'est pourtant ce que tu as fait.

Connor caressa les cheveux de Gillyanne ; au fur et à mesure que son corps réagissait, il oubliait peu à peu son oncle et sa trahison.

— Non, j'ai seulement vu une âme tourmentée, répondit la jeune femme en délaçant les culottes de Connor, estimant le moment mal choisi pour évoquer les soupçons qu'elle avait toujours eus.

Elle caressa doucement son membre et savoura le tremblement qui parcourut tout son corps.

— Je sentais qu'il était habité par la colère et qu'il avait des secrets, mais je n'aurais jamais soupçonné l'étendue de ses crimes.

Sa langue prit le relais et Connor laissa aussitôt échapper un grognement de plaisir.

— C'est aussi ce que dit Diarmot, parvint-il à souffler, les dents serrées.

— Nous avons tous les deux raison, et tu t'en rendrais compte si tu cessais de te morfondre.

— Peut-être…

Connor était prêt à admettre qu'il s'était un peu trop apitoyé sur son sort, mais son désir étouffait toute envie de parler. Il appuya la tête contre le dossier de son siège et tâcha de contenir sa passion. Il voulait profiter aussi longtemps que possible des coups de langue fiévreux de Gillyanne et des caresses de ses doigts gracieux. La jeune femme, qui semblait l'avoir compris, lui laissait de temps à autre un peu de répit. Connor fut presque soulagé quand elle s'interrompit pour achever de lui ôter ses culottes.

Elle le prit alors dans sa bouche. Connor s'agrippa aux bras de son fauteuil et s'efforça de refréner son plaisir à un niveau endurable.

Il l'écarta doucement et, veillant à ne pas toucher sa blessure, l'incita à se lever. Gillyanne avait l'air quelque peu hébétée et Connor, en mesurant qu'il lui suffisait de faire l'amour à son épouse pour la mettre dans cet état, faillit définitivement se laisser emporter par le plaisir.

— Enlève ta robe, ordonna-t-il.

Elle ne porta bientôt plus que sa fine chemise et des bas ornés de rubans.

— Où sont tes braies ? demanda-t-il quand il se rendit compte qu'il distinguait ses boucles rousses sous l'étoffe légère.

— Je les ai ôtées pendant que tu contemplais le feu. Je voulais pouvoir agir vite.

Connor lui souleva la jambe et posa son pied sur sa cuisse. Il lui retira lentement ses bas, mais Gillyanne se cramponna d'une main au fauteuil et de l'autre plaqua chastement l'ourlet de sa chemise contre son entrejambe.

Connor lui écarta le bras et murmura :

— Allons, jeune fille, laisse ton pauvre mari avoir un aperçu de ce qu'il désire tant.

Gillyanne rougit, mais ne protesta pas pour autant, même si elle comprit à la direction de son regard qu'il faisait plus que jeter un coup d'œil. La manière qu'il avait de la caresser de la cuisse aux orteils en faisant glisser ses bas la mit bientôt dans tous ses états, et elle se moqua bien alors de ce qu'il voyait. Elle soupira même de soulagement quand Connor glissa une main entre ses cuisses.

— C'est si doux, si chaud ici…, murmura-t-il en lui embrassant le ventre.

Il l'aida à monter sur lui, mais quand Gillyanne voulut se presser contre lui, Connor la saisit par la hanche et la tint à distance pour lui enlever sa chemise. Son regard brûlant de passion et le contact de ses mains puissantes eurent bientôt raison de sa réserve. Il lui prit la nuque, et la fit descendre vers lui pour lui offrir un baiser long et passionné.

Connor entreprit ensuite de se repaître de ses seins. Gillyanne ne devina ce qu'il avait en tête que quand il lui lécha le ventre, mais, emportée par son propre désir, elle ne résista pas.

La jeune fille s'accrocha des deux mains au dossier du fauteuil et poussa un gémissement dans lequel se mêlaient plaisir et gêne quand les doigts de Connor explorèrent la partie la plus intime de son anatomie. Sa bouche prit ensuite leur place, et Gillyanne oublia tout embarras. Elle fut tout d'abord un peu honteuse de voir son corps bouger pour permettre à Connor de disposer d'elle, mais elle était trop affamée pour laisser la pudeur lui dicter sa conduite.

Il joua avec elle comme elle l'avait fait auparavant et bientôt, si délicieux que ce fût, elle n'y tint plus.

Elle enfouit les doigts dans ses cheveux et le supplia de mettre fin à ce merveilleux supplice. Les baisers de Connor devinrent alors plus sauvages, comme s'il la pressait de saisir ce que jusque-là il tenait hors de sa portée. Avec un cri strident, elle le lui offrit.

Elle tremblait encore quand Connor la fit lentement descendre sur lui. Il refusait toujours de la laisser bouger, et embrassa goulûment ses seins. Gillyanne sentit de nouveau le plaisir monter et enlaça le large torse de son mari, émerveillée par la retenue dont il faisait preuve. Devait-elle en faire autant ? Connor glissa alors une main entre leurs deux corps pour la caresser à cet endroit si sensible, et Gillyanne décida que se maîtriser n'était finalement pas si important.

Connor était au bord de la jouissance, mais il voulait que Gillyanne l'accompagne. Le plus petit de ses mouvements devenait difficile à supporter. Soudain, elle se laissa envahir par la passion. Connor savoura un instant son cri de plaisir avant de partir vers les sommets avec elle.

Gillyanne ouvrit les yeux, et découvrit Connor en pleine contemplation de sa blessure. Cette dernière tirait un peu, mais même au plus fort de la passion, Gillyanne avait su la préserver. Ils étaient au lit, et la jeune femme se rappelait vaguement que Connor l'avait lavée avant de la coucher.

— Ça ne me fait qu'un petit peu mal, et pas plus qu'à mon arrivée.

On frappa à la porte. Connor se leva d'un bond, et avait déjà enfilé ses culottes quand il se rappela que d'ordinaire, les gardes entraient sans autre forme de procès. Il regarda Gillyanne, qui avait remonté les couvertures sous ses yeux, et marcha jusqu'à la porte. Peter et Cagneux attendaient poliment dans le couloir.

— Tu n'aurais pas dû la laisser faire un tel voyage, grommela Connor.

— Votre femme est aussi têtue que vous, rétorqua Cagneux en lançant un petit sac dans la pièce. Je serai prêt à partir à l'aube.

Peter tendit à Connor un plateau rempli de victuailles, puis referma la porte.

— Tu avais prévu de passer la nuit ici ? demanda-t-il à son épouse.

— Les gens qui broient du noir sont parfois très longs à convaincre, répondit-elle en arrangeant ses cheveux sur sa poitrine avant de prendre un gros morceau de pain.

— Eh bien, je crois que j'en ai fini pour l'instant, fit Connor en laissant glisser ses culottes à terre pour regagner le lit. Cela dit, je suis content que tu sois restée : on ne sait jamais, je pourrais changer d'avis une ou deux fois avant le lever du soleil. (Il redevint sérieux.) Pourquoi veux-tu retourner à Deilcladach ? Quelque chose me dit que ce n'est pas pour te reposer.

— Je vais trouver le véritable assassin de Neil et te faire libérer.

Connor, sidéré, prit conscience que cette jeune femme menue allait l'aider, le sauver – ce que personne n'avait jamais fait auparavant.

— Si quelqu'un peut le faire, c'est bien toi. Mange à présent. Tu vas avoir besoin de toutes tes forces.

— Ne t'inquiète pas, ma blessure guérit très bien.

— Je ne parlais pas de ça.

— Pour attraper le coupable ?

— Non, pour faire ton devoir d'épouse et chasser toutes les idées noires que je pourrais avoir cette nuit.

— Ce sera un plaisir, cher mari.

— J'y compte bien.

Chapitre 19

*G*illyanne s'attabla dans la grande salle de Deilcladach et remplit son assiette. Elle était rentrée depuis quelques heures déjà, mais les MacEnroy lui avaient gracieusement laissé le temps de se laver et de se reposer. Fiona avait probablement apaisé leur impatience en leur répétant tout ce qu'elle lui avait raconté. La jeune femme espérait qu'elle pourrait terminer tranquillement son repas. Cette nuit aussi longue que torride avec Connor l'avait affamée – sans parler de sa guérison et du rigoureux voyage.

Gillyanne se rappela alors qu'elle avait entamé la journée avec Connor en elle, et frissonna de plaisir. Son mari avait certainement oublié ses idées noires. En revanche, il commençait à s'impatienter, frustré de dépendre des autres pour se tirer de ce mauvais pas. Gillyanne savait qu'il respectait les siens et leur faisait confiance, mais il était habitué à mener – et certainement pas à attendre assis dans une cellule. Elle était somme toute soulagée d'avoir pu partir aussi vite, avant que son mari dise quelque chose qui aurait gâché sa bonne humeur.

— Les nôtres ont retrouvé Meg, un peu avant que nous arrivions, annonça Fiona en entrant à grands pas dans la pièce.

— Je t'en prie, dis-moi qu'elle a tout avoué, répondit Gillyanne en poussant son assiette vide avant de boire son lait de chèvre.

La jeune femme s'assit à côté d'elle et se servit elle aussi.

— En les suppliant à genoux ?

— Ce serait si beau.

— Beaucoup trop pour être vrai. Selon Angus, elle leur a très sèchement demandé pourquoi ils venaient la chercher chez son cousin.

— Meg a une famille ?

— Non. Ce n'était qu'un pauvre homme qui a d'abord cru que ces trois jolies femmes aguicheuses étaient un présent de Dieu. Il a vite déchanté quand une armée de MacEnroy est venue frapper à la porte de son petit cottage. Angus raconte qu'il a pratiquement jeté dehors Meg et ses deux comparses sans leur laisser le temps de se rhabiller, et que Diarmot a dû lui demander de les autoriser à récupérer leurs affaires. Meg s'est très vite mise à tous les maudire, et elle a même essayé de s'enfuir. Ils ont fini par l'attacher et la bâillonner, ce qui a rendu les deux autres très coopératives. Elles n'ont cependant rien avoué pour l'instant, et Meg est ici pour que tu t'occupes d'elle à ta façon.

— Et dire que cette journée s'annonçait bien, murmura Gillyanne. Tiens, voilà les autres.

— Je suppose que Fiona vous a déjà tout raconté, dit Diarmot en s'attablant avec ses frères et Cagneux. J'ai essayé de faire parler Meg, mais elle s'est contentée de nous insulter – oh, et de répéter que Connor serait bientôt pendu pour le meurtre de son oncle.

— Si vous aviez tous su garder vos culottes devant cette chienne, on n'en serait pas là, maugréa Fiona.

— Fiona, cette façon de s'exprimer n'est pas digne d'une dame, chuchota Gillyanne, espérant ainsi apaiser les quatre frères de la jeune fille qui lui lançaient des regards noirs. Et puis je préférerais ne pas savoir qui a fait quoi devant Meg.

— Je m'excuse. Pourtant, quand tu lui parleras…

— Je suppose que c'est inéluctable, soupira Gillyanne en se massant les tempes.

— J'en ai bien peur, observa Diarmot. Vous êtes sûre que vous pourrez la faire parler ? Si ce n'est pas le cas, je ne vois pas pourquoi vous devriez subir son fiel.

— J'en suis certaine, même si je préférerais grandement qu'elle se taise, répondit Gillyanne d'un sourire sans joie. Avec l'aide de Joan, je pense pouvoir lui faire très peur, ou la mettre vraiment en colère. Avez-vous réussi à découvrir tout ce qu'a fait Connor ce jour-là pour l'innocenter ?

— Oui… et non, répondit Diarmot. Nous connaissons son emploi du temps précis depuis son réveil, mais tous les témoins que nous avons dénichés sont des MacEnroy… pas ce qu'on aurait pu trouver de mieux.

— En effet. Que savons-nous de la découverte du corps ? Si, par exemple, le sang de Neil n'était pas encore sec quand les hommes du comte sont arrivés, nous pourrons peut-être avancer que le meurtre a eu lieu après midi. Cependant, Meg aurait tué son cheval si elle était partie voir lord Dunstan et revenue aussi vite.

— Le sang était encore humide, intervint Fiona. Pendant que Gilly changeait les idées de notre frère, j'ai dîné avec le comte et Peter, son sergent d'armes. Je leur ai raconté notre histoire et tout ce que Connor a fait pour nous en songeant que ça pourrait l'aider… et je leur ai ensuite demandé de tout me dire sur le meurtre d'oncle Neil. Le comte a pensé que j'étais une jeune fille bien sanguinaire.

— Je suis sûre qu'il a trouvé ça charmant, répondit Gillyanne. Étrange, le temps que Meg aille trouver lord Dunstan, débite ses mensonges, et que les soldats du comte reviennent ici, le sang aurait eu largement le temps de sécher.

— Mais Meg n'est pas allée jusqu'à Dinnock : elle a retrouvé les hommes de Dunstan dans un village à mi-chemin, où ils étaient en mission pour leur seigneur. Peter a envoyé les trois femmes tout expliquer au comte tandis qu'il se rendait au cottage. Quand il est retourné à Dinnock avec Connor, le comte avait déjà renvoyé Meg et ses comparses chez elles.

— Ce qui explique pourquoi le sang était encore frais, et pourquoi Connor n'a pas pu affronter ses accusatrices. Ainsi, votre oncle a été assassiné après qu'on a tenté de me tuer. Nous n'aurons pas de mal à prouver l'innocence de Connor : il était à mon chevet, puis a rendu visite à sir Robert et sir David. Je me demande s'ils accepteront de témoigner.

— Vous n'avez qu'à leur poser la question, dit Diarmot.

Gillyanne se tourna vers le jeune homme, mais il ne la regardait pas, toute son attention dirigée vers la porte. Elle l'imita, et vit, bouche bée, Cagneux escorter David et Robert. La chance avait-elle enfin décidé de lui sourire ? Elle se demanda un instant si elle pouvait éviter une désagréable entrevue avec Meg, mais se réprimanda aussitôt pour sa lâcheté. La servante lui en raconterait sans doute plus qu'elle ne voulait en savoir sur ce qu'elle avait vécu avec Connor quand ils étaient amants, ne serait-ce que pour lui faire du mal, mais Gillyanne savait qu'elle devait essayer de lui arracher une confession. Elle avait désormais de quoi faire libérer Connor, pourtant remettre la vraie meurtrière au comte serait encore mieux.

— Je vous croyais blessée, fit Robert.

— Je l'étais, répondit Gillyanne en invitant les deux lairds à s'asseoir. Je me remets bien.

— Et vite ! C'est arrivé il y a seulement quelques jours.

— Quatre, et ce n'était pas une blessure très grave. Êtes-vous venus voir comment je me porte ?

— Oui et non. Nous avons appris ce qui est arrivé à Connor, et nous nous sommes dit que nous pourrions l'aider. Il a passé la plus grande partie du jour du meurtre à chevaucher pour venir nous parler. De toute façon, comment envisager qu'il ait tué son oncle ?

C'était un insupportable bon à rien, mais Connor semblait beaucoup l'apprécier.

Gillyanne se leva.

—Je laisse à Diarmot et ses frères le soin de tout vous raconter, je dois pousser Meg à faire des aveux.

—Vous pensez qu'elle a tué cet homme ?

—Oui, mais j'ignore pourquoi. (Elle se tourna vers Diarmot.) Où est-elle ?

—Attachée sur une chaise, dans les cuisines. Peg et Jenny sont ligotées elles aussi, mais dans les écuries.

—Les cuisines ? Excellent choix. Une fois la porte fermée, il sera impossible de savoir si elle hurle de rage, de peur ou de douleur.

—Vous avez l'intention de la faire crier ? demanda Robert, visiblement amusé.

—Oui, car elle sera à la fois furieuse et terrifiée que je découvre son secret… mais tous ceux qui se trouveront dans cette pièce penseront que je la torture. Diarmot, amenez Peg et Jenny ici, et faites-leur croire que je suis en train d'écorcher Meg vivante. Si elle n'avoue pas, nous aurons toujours les confessions de ses complices.

—C'est très rusé, murmura Diarmot.

—Il faut parfois laisser le diable vous inspirer.

—Si vous avez vos aveux, vous n'aurez pas besoin de nous, dit David tandis que Drew et Nanty allaient chercher les deux femmes.

—Détrompez-vous. J'ai l'intention de présenter au comte autant de preuves de l'innocence de Connor que possible. Ainsi, il sera non seulement libre, mais également lavé de tout soupçon.

— Je me demande tout de même si vous réussirez à faire avouer à cette Meg un crime qui la fera pendre, dit Robert.

— Elle est attachée sur une chaise, dans un lieu où l'on trouve toutes sortes d'ustensiles, y compris de très grands couteaux, et va se retrouver seule avec la femme d'un de ses anciens amants et moi, à qui elle a également fait du tort. Elle risque d'avoir très peur, une fois la porte close.

Sur ce, Gillyanne partit vers les cuisines, laissant les hommes rire doucement.

— Bonjour, madame, la salua Joan en refermant derrière elle.

Meg n'était pas blessée, mais le piètre état de ses vêtements et ses cheveux défaits montraient qu'elle avait lutté, et que les hommes qui l'avaient capturée n'avaient pas été tendres avec elle. Elle tremblait également de rage, et Gillyanne sentait un peu de peur en elle. Étrangement, ces deux émotions n'étaient pas uniquement dirigées contre Joan et elle, mais contre le monde entier. Elles rappelaient à Gillyanne la colère qui habitait sir Neil de son vivant. Comment s'étonner alors que la réunion de deux êtres aussi venimeux se soit soldée par la mort de l'un d'eux ?

— Ce n'était pas très malin de tuer ton protecteur, dit Gillyanne, les bras croisés.

— Allons, nous savons que Connor est coupable, et qu'il sera bientôt pendu pour ça, répondit Meg avec un rire mauvais.

— Quelle ingratitude ! Connor a été bon avec toi.

— Un homme de plus qui me mettait dans son lit quand l'envie lui en prenait. Beau gars, plutôt bon amant, mais rien qu'un trousseur, comme tous les autres. (Meg chassa les cheveux qui lui retombaient sur le visage d'un coup de tête terriblement arrogant.) Je suis ce qu'il a connu de mieux, et cet idiot m'a préféré un avorton sans poitrine !

Gillyanne se rendit compte que ces piques ne lui faisaient plus rien. Sans qu'elle comprenne vraiment pourquoi, Connor trouvait ses seins particulièrement appétissants, ce qui l'immunisait contre les railleries de la servante.

— Si c'était vraiment le cas, il t'aurait gardée. Beaucoup d'hommes ont à la fois une femme et une maîtresse… mais ce n'est pas la question. Les amantes éconduites n'ont pas toutes pour coutume de poignarder un misérable et de faire accuser leur ancien galant du crime. Pourquoi avoir assassiné cet homme ?

— Ce n'est pas moi ! Comment une femme pourrait-elle tuer un homme ? Non, Connor est devenu fou quand il a appris la vérité sur son oncle… et c'est peut-être celle-ci qui lui épargnera la corde.

— Pourtant, s'il était libéré, Connor viendrait aussitôt te faire payer d'avoir tué Neil et d'avoir cherché à l'en accuser.

— Il ne se donnerait pas cette peine, et de toute façon, je ne serais plus là. Avec Jenny et Peg, nous allons à la cour du roi. Il y a moyen d'y remplir grassement sa bourse et on y trouve de vrais gentilshommes, pas des brutes, comme ici.

— Joan, elle ne va sans doute pas nous dire ce que nous voulons savoir, soupira Gillyanne.

— Nous devons nous montrer plus persuasives avec cette garce, répondit la servante.

Elle semblait indéniablement impatiente de se venger de la femme qui lui avait volé Malcolm, mais Gillyanne était persuadée qu'elle ne se laisserait pas emporter. Comme elles en étaient convenues plus tôt, Joan suivrait chacun de ses pas.

Elles devaient terrifier Meg, ou la rendre littéralement folle de rage, sans pour autant lui faire de mal, malgré les pensées parfois violentes qui les tenaillaient. Gillyanne regarda la prisonnière rejeter une fois de plus ses cheveux en arrière, et sut alors ce qu'elle allait faire. Meg accordait beaucoup d'importance à son visage, son corps et sa chevelure… et si elle ne pouvait pas la blesser, rien ne l'empêchait de faire de gros dommages à cette crinière.

— Meg, c'est ta dernière chance de nous dire la vérité.

L'invective qui accueillit cette mise en garde fit légèrement sursauter Gillyanne. Elle se dirigea vers la table où étaient disposés couteaux et objets contondants, et les étudia soigneusement, bientôt rejointe par Joan. Les deux femmes devaient soigneusement planifier leur attaque. En malmenant l'orgueil de Meg, elles étaient sûres de faire jaillir sa haine – et, espérait Gillyanne, des aveux suffisants pour disculper Connor.

—Que faisons-nous maintenant ? chuchota Joan en soupesant un hachoir.

—Nous allons lui couper les cheveux.

—Pardon ?

—Cette femme empeste la vanité, et puisque nous ne pouvons pas égratigner son minois ni ses maudites mamelles, nous allons saccager cette toison dont elle est si fière.

—Si après avoir tout coupé elle n'a pas encore avoué, nous pourrons toujours lui raser les sourcils et lui arracher les cils pour qu'elle soit chauve comme un œuf.

Gillyanne se mordit la lèvre pour ne pas rire.

—Nous allons massacrer ses cheveux aussi lentement que possible, et plumer ainsi petit à petit son orgueil bouffi ; j'espère qu'elle va tout nous révéler en laissant exploser sa colère. Tu penses pouvoir faire durer le plaisir ?

—Oh oui, répondit Joan en prenant le couteau qu'elle lui tendait. Pendant ce temps-là, vous la torturerez à votre façon… en parlant.

—C'est bien ce que j'ai l'intention de faire, mais n'hésite pas à ajouter toutes les insultes qui te viendront à l'esprit. Nous devons la couvrir de ridicule.

—Ça ne devrait pas être très difficile, murmura Joan en s'approchant de Meg, couteau à la main.

—Tu n'oseras jamais t'en servir, ricana celle-ci d'un ton si méprisant que Gillyanne grinça des dents.

Joan empoigna une grosse mèche des cheveux de Meg et la trancha.

— C'est bien ce que je pensais, pleine de poux.

— Difficile de rester propre quand on passe son temps sur le dos, les jambes écartées, dit Gillyanne.

— Maudites chiennes !

Gillyanne comprit très vite que ces paroles seraient les plus douces que Meg proférerait au cours de leur conversation. Ses cris effraieraient sûrement les deux femmes retenues dans la grande salle, mais ils lui donneraient également très vite mal au crâne. Elle espérait qu'au milieu de ces menaces, insultes et autres blasphèmes jaillirait la vérité avant qu'elle soit complètement sourde.

— Par tous les diables, que se passe-t-il ici ?

James était planté sur le pas de la porte, affolé par les hurlements qui résonnaient dans la grande salle. Diarmot se leva d'un bond et se précipita sans doute plus vite qu'il ne l'avait jamais fait pour accueillir le jeune homme avant que celui-ci prononce un autre mot. Peg et Jenny, à bout, ne tarderaient pas à révéler ce qu'elles savaient – mais James pourrait tout gâcher.

Diarmot fit mine de saluer chaleureusement son ami, et lui expliqua à voix basse tout ce qui était arrivé depuis son départ. Il s'autoriserait plus tard à rire en repensant aux mille expressions que le visage de James avait alors adoptées, mais il s'employait pour l'instant à les dissimuler aux deux captives.

—Doux Jésus, je m'en vais quelques jours et tout le monde devient fou, soupira James en se passant une main dans les cheveux. Vous croyez que le plan de Gillyanne va fonctionner?

—J'en suis sûr. Ces malheureuses claquent tellement des dents qu'elles vont finir par les perdre.

James s'assit à table, et se servait une coupe de vin quand un cri strident jaillit des cuisines. Où Meg avait-elle appris des mots pareils? Il lui suffit d'un regard en direction des deux acolytes de la jeune femme pour comprendre qu'elles n'entendaient pas ce qu'elle disait, seulement ses cris. Leur loyauté pour leur camarade se désagrégeait à vue d'œil.

—Elle est en train de la tuer! sanglota Jenny.

—Mais non, répondit James. Gilly sait ce qu'elle fait, et puis je crois qu'elle n'a jamais occis personne jusqu'à présent.

—Mon Dieu, Meg gémit maintenant… on n'a rien fait!

—Chut! cracha Peg. Elle nous tuera si tu parles.

—Tu crois vraiment que c'est Meg notre plus gros problème? (Jenny regarda Diarmot.) Elle a poignardé ce vieil imbécile. Ils complotaient contre notre dame depuis le début. Ils ont d'abord essayé de la chasser, puis ils l'ont fait enlever par sir Robert, et finalement ils ont voulu l'assassiner.

—Ils pensaient que s'ils faisaient courir ces ragots sur elle, tout le monde la prendrait pour une sorcière et que quelqu'un finirait par la tuer, mais comme ça n'a pas marché, ils ont décidé de s'en charger eux-mêmes.

— Mais pourquoi vouloir la mort de Gillyanne ? demanda Diarmot.

— Meg vivait comme une reine avant que lady Gillyanne arrive, et elle lui en veut de lui avoir tout pris. En revanche, pour votre oncle, je ne sais pas.

— Il a dit un jour qu'en l'épousant, Connor vous rendait trop puissants, intervint Jenny. Qu'alors, il pourrait jamais en finir avec vous. Il a jamais vraiment expliqué ce que ça voulait dire, il répétait seulement qu'il ne pouvait pas laisser une Murray rendre les MacEnroy influents et peut-être même riches. Alors il est resté dans les parages en attendant le bon moment pour se débarrasser de lady Gillyanne, et il a décidé d'agir quand vous êtes tous partis danser dans le pré. Quand ça n'a pas marché, il a voulu abandonner.

— Et c'est là qu'ils ont commencé à se disputer avec Meg, reprit Peg. Elle voulait qu'il continue à essayer, et Neil lui a répondu que c'était plus la peine, qu'il était fatigué, et que de toute façon il allait bientôt mourir. Comme Meg hurlait, il s'est mis à lui parler de fantômes et de péchés, et de ses entrailles qui saignaient, et il a aussi dit qu'il avait échoué parce que vous étiez encore en vie. Vous connaissez l'histoire, je crois. (Diarmot acquiesça.) Meg a alors tenté de le faire chanter, elle a menacé de tout révéler s'il ne lui donnait pas beaucoup d'argent.

— Sir Neil lui a répondu en riant qu'il mourrait de toute façon avant de se retrouver sur la potence. Il a commencé à se moquer de Meg, à lui dire des choses très méchantes. Je savais que ça la rendrait folle de rage et j'ai essayé de l'arrêter, et Peg aussi, mais il continuait à l'insulter. Et puis tout d'un coup, Meg lui a sauté dessus et l'a poignardé, encore et encore, avant de lui planter la dague en plein cœur.

—Vous êtes ensuite allées mentir au comte, fit Diarmot, les dents serrées.

—On avait peur d'elle! répondit Peg tandis que Jenny fondait en sanglots. Un chevalier était mort, et Meg était devenue bizarre. On ne savait plus quoi faire.

—Vous allez maintenant tout raconter au comte et innocenter mon frère.

—Mais Meg…

—Je crois que lady Gillyanne s'en occupe.

—Je n'aurais jamais cru la voir pleurer, murmura Joan en s'adossant au mur, à côté de Gillyanne. Pour tout vous dire, je l'en pensais même incapable.

—N'aie pas de remords, elle n'est pas en train de prier ni de demander pardon. Ce sont des larmes de colère, et elle nous maudit tous autant que nous sommes.

—Vous pensez qu'elle est folle?

—Oui. Pendant un instant, je me suis sentie coupable, sûre que c'était moi qui l'avais mise dans cet état, mais je comprends à présent que le mal était en elle depuis bien longtemps. Comme pour sir Neil, la haine et l'amertume lui ont fait perdre la raison.

On frappa à la porte, et Gillyanne réprima un sourire en voyant Diarmot jeter un regard craintif dans la cuisine.

— Nous en avons fini, annonça-t-elle. Qu'en est-il des deux autres ?

— Elles nous ont avoué tout ce que nous voulions savoir, ont clamé leur innocence et ont beaucoup pleuré. (Diarmot s'avança dans la pièce.) Doux Jésus, mais elle est presque chauve !

Meg avait en effet piètre allure. Il ne restait plus de son abondante crinière que quelques touffes de cheveux éparses. Joan s'était peut-être un peu laissé emporter, mais Meg avait été de son côté fort peu coopérative.

— Nous en avons tout de même laissé un peu, murmura Gillyanne. Faites attention en vous approchant d'elle : elle est folle de rage, et dangereuse. De plus, si j'en crois ce qu'elle a dit, une bonne partie de sa colère est dirigée contre les hommes. Je vous conseille de l'attacher solidement.

Diarmot appela James, Drew et Nanty à l'aide. Les quatre gaillards ne furent pas de trop car, une fois libérée de sa chaise, Meg se débattit comme une bête prise au piège. Joan et Gillyanne tâchèrent de se tenir le plus loin possible d'elle, espérant que l'un des frères aurait l'idée de l'assommer. Quand la servante fut enfin ligotée et bâillonnée, toutes deux poussèrent un profond soupir de soulagement. Drew demanda ensuite à deux gardes particulièrement imposants d'enfermer Meg dans le donjon.

Gillyanne était assez près de la porte de la grande salle pour entendre hoquets et chuchotements quand Meg fut traînée à travers la pièce. Les regards qui l'accueillirent à son entrée la mirent quelque peu mal à l'aise ; ceux de Peg et Jenny étaient les pires, et la jeune femme fut très soulagée lorsque Diarmot les fit emmener dans une pièce sans fenêtre, au sommet de la tour.

— Nous partirons pour Dinnock à la première heure, annonça-t-il. Gilly, vous pensez-vous capable de monter à cheval ?

— Peut-être, mais avec quelqu'un. De toute façon, ce n'est pas mon poids qui ralentira notre monture.

— Je n'ai plus qu'à décider qui restera ici. Drew…

L'intéressé protesta vivement.

— Tu connais la règle, soupira Diarmot. Connor veut qu'il y ait en permanence l'un d'entre nous à Deilcladach. Je devrais demander à Fiona d'en faire autant, mais elle a su si bien interroger le comte qu'elle mérite de connaître le fin mot de cette histoire. Cagneux…

— Non, laissez-le vous accompagner, l'interrompit James. Je demeurerai ici. Après ma chevauchée depuis Dubhlinn, une certaine partie de mon anatomie rechigne à l'idée de remonter en selle.

— Puisque tout est réglé, je vais me coucher, déclara Gillyanne en saluant d'une révérence les MacEnroy.

James lui emboîta le pas pour l'escorter jusqu'à sa chambre.

— Comment se porte notre famille ? s'enquit-elle.

— Très bien. Mère m'a donné pour toi un baume qui t'aidera à cicatriser. Elle a également dit que de toute façon, elle verrait bientôt ta blessure de ses propres yeux.

— Bientôt ? demanda Gillyanne en ouvrant sa porte. Quand ?

— Dans deux ou trois jours. Tu as toujours des doutes ?

— Oui. Les choses ont évolué, mais Connor est encore si distant ! Je suis cela dit bien trop épuisée pour y songer maintenant.

— Tu as raison, repose-toi. Une dernière chose, cependant. Mère te conseille de réfléchir à ce que tu es prête à risquer avant de renoncer à Connor. Selon elle, tu ferais mieux d'oublier ta fierté pour montrer à cet homme ce qu'il perdra si tu le quittes. Sur ce, je te souhaite une bonne nuit, cousine.

James l'embrassa sur la joue et s'éloigna.

Chapitre 20

— $\mathcal{P}$ ayton ? s'écria Gillyanne incrédule, quand elle trouva son si beau cousin au milieu de la grande salle de Dinnock.

Elle courut aussitôt se jeter dans ses bras.

— Tu m'as l'air en pleine forme, cousine, dit-il en déposant un baiser sur son front.

— Je vais bien. (Elle le sentit se raidir.) Qu'y a-t-il ?

— J'ignore si tu as les ongles vraiment très longs, ou si cinq... non, six lames se pressent en ce moment contre mon dos. Ah, sept.

Gillyanne regarda par-dessus l'épaule de Payton, et vit Diarmot, Angus, Nanty, Cagneux, sir Robert et sir David l'épée tirée. Fiona elle-même s'était jointe à eux, dague au poing. Si Payton avait eu le malheur de reculer d'un pas, il se serait retrouvé transpercé.

— Mais à quoi jouez-vous ? demanda Gillyanne en tirant son cousin vers elle pour se dresser devant ses compagnons.

— Je ne vais pas laisser un homme embrasser la femme de mon frère ! dit Diarmot.

Gillyanne attendit que les grognements approbateurs des autres s'apaisent, et répondit :

— C'est mon cousin, sir Payton Murray. Il me saluait, voilà tout.

— Je le trouve sacrément affectueux pour un cousin, grommela sir David en rengainant son épée.

— Et un peu trop bel homme, ajouta sir Robert.

Une fois toutes les armes disparues dans leur fourreau, Gillyanne prit Payton par la main et le présenta à la cantonade. Cagneux et Fiona le saluèrent avec chaleur, mais les autres restèrent méfiants. Les hommes réagissaient souvent ainsi avec son cousin avant de mieux le connaître. Gillyanne se demandait cependant pourquoi David et Robert se montraient si protecteurs. Et s'ils étaient en fin de compte bien plus proches de Connor que les trois lairds ne le pensaient ? Ils n'avaient seulement pas eu l'occasion de s'en rendre compte jusqu'à présent.

— Mais que fais-tu là ? interrogea-t-elle Payton. J'ignorais que tu connaissais le comte.

— Je l'ai seulement croisé à la cour. Passe suffisamment de temps dans le sillage de notre monarque, et tu finiras par rencontrer tous les hommes importants du pays. Je suis venu parce que le comte a écrit à notre roi au sujet du meurtre de sir Neil MacEnroy.

— Pour lui dire qu'il soupçonne Connor ? s'écria Gillyanne.

Elle savait bien à quelle vitesse les bruits de cour pouvaient se répandre. Même si le comte le jugeait innocent, Connor serait poursuivi jusqu'à la fin de ses jours par ces accusations.

— Ne t'inquiète pas, il voulait simplement l'informer du meurtre d'un de ses chevaliers, et lui annoncer qu'il tiendrait bientôt le coupable. Ce n'était qu'une formalité, afin de demander à notre roi s'il souhaitait juger l'affaire en personne, ou au contraire s'il le laissait libre de décider d'un châtiment.

— Dieu soit loué… mais ça n'explique toujours pas ta présence ici.

— Peter, le sergent d'armes du comte, est venu me trouver et m'a expliqué que lord Dunstan jugeait préférable qu'un membre de ton clan te rejoigne ici. Je suis donc allé voir le roi pour lui annoncer que j'allais rendre visite aux miens, et je lui ai demandé s'il avait quelque mission à me confier que je pourrais effectuer pendant mon voyage. Il m'a tout naturellement choisi pour apporter sa réponse au comte, ce qui a permis à Peter de rentrer plus vite. L'affaire est maintenant entièrement entre les mains de lord Dunstan.

Gillyanne hocha la tête, un peu sonnée.

— As-tu la preuve que ton mari est innocent ? J'ai dîné avec le comte hier soir, et il m'a raconté toute cette triste histoire. Sir MacEnroy avait d'excellentes raisons de vouloir tuer son oncle.

— C'est le moins qu'on puisse dire, mais il ne l'aurait jamais fait de cette façon, répondit Diarmot.

— Connor a appris la vérité de la bouche du comte, ajouta Gillyanne. Je sais que Connor était loin du cottage de Meg quand sir Neil a été tué, et j'ai deux lairds qui peuvent l'attester. Je tiens aussi la vraie meurtrière, même si elle a hélas quelque peu perdu la raison. C'est pour ça que j'ai également amené avec moi deux témoins – en l'occurrence les mêmes femmes qui ont accusé Connor.

— Bien joué, cousine.

— Tu crois que le comte prendra tout cela en considération ?

— Il n'y a qu'un moyen de le savoir. D'ailleurs, quand on parle du loup…

Payton embrassa sa cousine sur la joue, ignorant les grondements mécontents de ses gardiens.

— Tu vas très bien t'en tirer, chuchota-t-il.

— Tenez-vous prêt à faire entrer les trois femmes, dit Gillyanne à Diarmot avant d'aller à la rencontre du comte.

La jeune fille se livra aux politesses d'usage en serrant les dents. Elle fit une révérence, le comte s'inclina, puis tous deux s'assirent à la table de maître et lord Dunstan leur servit à boire. Gillyanne loua le vin, et attendit que son hôte lui demande pourquoi elle avait requis une audience. Parfois, les convenances avaient tout d'une torture.

— Alors, chère madame, êtes-vous revenue égayer votre époux ? J'ai cru comprendre que vous aviez fait merveille la dernière fois.

Gillyanne fit de son mieux pour ne pas rougir. Nul besoin de voir la lueur amusée dans le regard de lord Dunstan pour comprendre qu'il l'avait entendue au cours de sa précédente visite. Bientôt l'Écosse tout entière serait au fait des cris qu'elle poussait au lit. C'était terriblement gênant.

— Il rumine de nouveau, seigneur ? s'enquit Gillyanne, consciente que le ton innocent de sa voix n'abusait pas l'homme une seule seconde.

— Non, mais il en a certainement assez d'être mon prisonnier. Dites-moi, qui sont tous ces gens ? Je reconnais bien la petite Fiona et le dénommé Cagneux, mais pas les autres.

Gillyanne nomma chacun de ses compagnons en les désignant.

— Mais pourquoi regardent-ils votre cousin ainsi ? interrogea le comte.

Sois patiente, s'intima-t-elle.

— Payton m'a saluée un peu trop affectueusement à leur goût.

— On protège la femme de son laird ? C'est louable. Les hommes ont de toute façon toujours quelques difficultés à se fier à un gaillard aussi beau que votre cousin.

— Je le sais bien. Pauvre Payton…

— J'aimerais être aussi malheureux que lui, maugréa le comte.

— Vous êtes pourtant bel homme, seigneur.

— Essayez-vous de me flatter pour que je libère votre époux, madame ? demanda le comte en souriant. C'est bien le but de votre visite, n'est-ce pas ?

— Oui, seigneur. Connor n'a pas tué son oncle, ni parce qu'il avait mis dans son lit une femme qui s'est fait trousser par la moitié de Deilcladach ni pour l'horrible crime qu'il a commis il y a tant d'années. Mon pauvre mari n'en savait rien avant que vous lui en parliez.

— Je me suis en effet posé la question, et pourtant, il n'a presque pas réagi sur le moment.

— Je suppose qu'il est resté immobile comme une statue, et à peu près aussi bavard. Connor n'est pas homme à afficher ses émotions.

— C'est ce que j'ai cru comprendre à l'occasion de nos rares rencontres… mais ça ne suffit pas à l'innocenter.

— Bien sûr que non. Je peux en revanche vous prouver qu'il était loin du cottage de Meg quand sir Neil a été tué. (Gillyanne s'adressa à Peter.) Vous y êtes arrivé dans l'après-midi ?

— Oui, répondit le sergent d'armes. Nous voulions rentrer à Dinnock avant la tombée de la nuit.

— Le sang de sir Neil avait-il déjà séché ?

— Il n'était pas frais, mais certainement plus humide que sec.

— Et puisque Meg a affirmé qu'elle avait vu Connor poignarder son oncle, ça signifie que le crime a eu lieu l'après-midi.

— Ça me semble parfaitement sensé, dit le comte.

— Dans ce cas, Connor n'a pas pu tuer sir Neil, puisque à ce moment-là, il était à Dunspier avec sir Dalglish pour tenter de trouver qui avait essayé de m'assassiner – ou du moins, il était en chemin. Il est ensuite allé voir sir Goudie à Aberwellen pour en faire de même, avant de rentrer à Deilcladach. Une fois arrivé au village, il a envoyé Diarmot et

Cagneux au château pendant qu'il se rendait chez Meg, sûr qu'elle avait cherché à m'éliminer. J'ai amené avec moi sir Robert et sir David, qui ont gracieusement accepté de témoigner.

Gillyanne fit signe aux deux lairds d'approcher. Robert et David confirmèrent ses dires, et ajoutèrent que Connor n'aurait jamais tué son oncle, et avait tout ignoré de ses crimes passés. Quand le comte les congédia, Gillyanne sut qu'il était convaincu de l'innocence de Connor. Son mari devrait comprendre que ses alliances étaient bien plus fortes qu'il ne le pensait – y compris avec le comte, car elle sentait à quel point l'homme était soulagé.

— J'admire votre raisonnement, madame. Je n'aurais jamais cru qu'une femme s'apercevrait à quel point un sang humide ou sec a son importance.

— On trouve beaucoup de guérisseuses dans ma famille, et c'est le genre de détails peu ragoûtants qu'elles nous apprennent à prendre en compte.

— Ne soyez pas si modeste, madame, votre défense était exemplaire, et assortie d'une conclusion implacable. (Le comte sourit légèrement.) Je suppose que vous allez à présent me livrer le vrai meurtrier.

— En effet, mais je crois que vous savez déjà de qui il s'agit. (Gillyanne se tourna vers ses compagnons.) Amenez-les, je vous prie.

— Bien sûr, les trois servantes, soupira le comte en secouant la tête. Je suppose que c'est la dénommée Meg ?

— Oui, seigneur. Les deux autres ont menti, mais elles étaient avant tout terrorisées. La folie qui hantait

Meg est maintenant libérée. Je comprends pourquoi ses deux acolytes avaient peur d'elle et ont fait tout ce qu'elle leur ordonnait, même quand elles se sont retrouvées impliquées dans le meurtre d'un chevalier. Cependant, leurs mensonges ont sali le nom de mon mari et ont bien failli le mener à l'échafaud. De plus, elles n'ont avoué la vérité que sous le coup de la peur. J'ignore complètement ce que nous devons faire d'elles.

— Si elles n'ont pas brandi la dague ni tramé le crime, je ne les ferai pas pendre, dit le comte, qui sourit quand Gillyanne soupira de soulagement. Pour le reste, je jugerai plus tard leur part de culpabilité dans cette affaire. (Le comte écarquilla les yeux.) Doux Jésus !

Diarmot et Angus traînèrent Meg vers la table, suivis de Robert et David accompagnés des désormais très dociles Peg et Jenny. Attachée et bâillonnée, ce qui restait de sa chevelure exposé aux regards, se débattant furieusement, la servante offrait un triste spectacle. Mais Gillyanne, qui voyait son regard haineux et percevait la fureur qui émanait d'elle, savait que tous oublieraient leur compassion dès qu'on lui ôterait son bâillon.

Le comte se montra ferme avec Jenny et Peg sans pour autant chercher à les terroriser. Gillyanne sentait cependant, et sans avoir besoin de le sonder, qu'il était furieux d'avoir été abusé – mais les deux femmes ne mentaient plus à présent. Elles se pressèrent en tremblant contre David et Robert quand Meg leur lança un regard mauvais, et leur peur adoucit quelque peu lord Dunstan. Gillyanne sut alors que leur châtiment ne serait pas trop sévère ; le comte considérait leur lâcheté comme une chose naturelle dont il ne saurait les blâmer.

Une fois les deux femmes emmenées, lord Dunstan ordonna qu'on enlève son bâillon à Meg. Gillyanne faillit éclater de rire devant la mine navrée avec laquelle Diarmot s'exécuta, mais sa bonne humeur s'évanouit dès que la servante ouvrit la bouche. Lord Dunstan lui-même demeura interdit devant ce torrent de mots haineux et blasphématoires. Gillyanne espéra que les quelques aveux qui l'émaillaient ne lui échapperaient pas.

— Ça suffit, faites-la taire, soupira le comte. Comment sa folie ne m'a-t-elle pas sauté aux yeux ?

— Elle était bien cachée, seigneur, répondit Gillyanne tandis que les hommes de Dunstan emmenaient Meg.

— Et pourquoi ne l'est-elle plus ? demanda le comte en invitant ses compagnons et Payton à prendre place à table pour se servir du vin.

— Probablement à cause du meurtre de sir Neil et de l'échec de son brillant stratagème pour faire accuser Connor. À chaque nouvelle contrariété, elle perdait un peu plus la maîtrise de ce mal qui grondait en elle. Quand sa colère est devenue trop forte, tous ces noirs sentiments se sont déversés.

— Mais qu'est-il arrivé à ses cheveux ?

— Nous les avons coupés pour essayer de libérer les démons qui la possédaient, mentit Gillyanne.

La jeune femme se sentait vraiment honteuse, mais n'était pas prête à avouer ce qu'elle avait fait.

— Des démons, c'est ça ? Et pourquoi a-t-elle encore des petites touffes çà et là ?

Gillyanne savait que le comte ne croyait pas un mot de ce qu'elle racontait, et les mines amusées, coupables ou exagérément innocentes de ses amis ne l'aidaient en rien. Par bonheur, l'homme semblait s'en moquer.

— Nous ne voulions pas la rendre complètement chauve. (Gillyanne laissa le comte, Peter et ses compagnons rire tout leur soûl.) Allez-vous libérer mon mari, seigneur ?

— Oui, dans un instant… dès que vous m'aurez chanté quelque chose, madame. Votre cousin m'a dit que vous aviez la plus belle voix qui soit, et j'ai très envie de l'entendre.

Gillyanne lança un regard assassin à ce traître de Payton, qui se contenta de hausser les épaules. Les MacEnroy ne lui seraient vraisemblablement d'aucun secours. Elle poussa un soupir résigné, se leva, les mains jointes devant elle, et chanta.

C'était la triste histoire d'un jeune seigneur qui, un beau jour, vit dans son village une jeune bergère qui chantait doucement à ses moutons et décida qu'il la voulait pour lui seul. Il l'emmena dans son château et l'enferma au sommet de son donjon, où il pouvait lui rendre visite à sa guise. Elle chantait quand il le lui ordonnait, et en échange il lui offrait tout ce qu'elle désirait… mais sans jamais la libérer. Les mois, puis les années passèrent. De la fenêtre de sa luxueuse prison, la bergère vit son fiancé en épouser une autre, ses parents être enterrés, sa vie lui échapper… puis, un matin, le seigneur trouva la chambre vide, et les volets grands ouverts. Il ne restait plus de la jeune villageoise que les fleurs dont elle aimait se coiffer, emportées par la rivière qui coulait sous le donjon.

Sa chanson finie, Gillyanne regarda autour d'elle. Payton semblait aussi amusé que surpris, et le comte se tamponnait les yeux avec un mouchoir.

—Ah, madame, je n'avais jamais rien entendu de si beau, soupira-t-il. Si on m'avait dit qu'un jour j'apprécierais autant de me faire réprimander…

—Ce n'était qu'une petite chanson, monsieur, répondit Gillyanne en rougissant.

—Bien entendu. Peter, va chercher son mari. (Le sergent d'armes s'exécuta aussitôt.) Meg sera pendue. Au vu de son état, c'est peut-être la chose la plus charitable à faire, et en tout cas elle n'empoisonnera plus personne de son venin. Ses deux comparses seront envoyées dans un de mes domaines dont elles n'auront plus le droit de partir. Je me moque de savoir si elles choisiront de travailler ou d'écarter les cuisses.

Gillyanne était du même avis, et se contenta d'acquiescer. Elle n'aurait pas voulu que les deux femmes se retrouvent au bout d'une corde, mais elles méritaient un châtiment… et quand bien même leur nouvelle vie n'en serait pas un, au moins, elle ne les reverrait plus jamais.

— Tu t'en es tirée à merveille, cousine, dit Payton en passant un bras autour de ses épaules.

— Tu vas me donner une petite tape sur la tête ? demanda Gillyanne, qui entendit le comte rire doucement.

— Sur le derrière, peut-être. Ah, ton mari arrive… à grands pas. Je crois qu'il était très pressé de quitter sa cellule.

Gillyanne voulut s'éloigner de Payton, mais ce dernier la retint.

— Tu ne fais pas les présentations ?

— Si, mais il vaudrait mieux que je ne sois pas dans tes bras pour ça.

Connor, cerné par les siens, souriait de toutes ses dents… mais il suffit que Nanty désigne Gillyanne et son cousin pour qu'il se dirige vers eux, sa bonne humeur évanouie. Son frère avait manifestement omis de lui expliquer qui était Payton, car le laird n'avait pas la mine de celui qui s'apprête à rencontrer un membre de sa belle-famille.

— Je devrais vraiment m'écarter un peu, chuchota Gillyanne.

— Ne sois pas ridicule, nous sommes cousins ! rétorqua Payton en se tournant vers Connor. J'ai bien le droit de te témoigner de l'affec…

Ce dernier mot s'acheva en un hoquet surpris quand le laird empoigna Payton par le col de son pourpoint. Ce dernier éclata de rire, même si Gillyanne ne voyait pas ce qu'il y avait de drôle à se retrouver soulevé de terre par un colosse aux envies meurtrières. Elle attrapa le poing de Connor avant qu'il l'abatte sur le beau visage de son cousin.

—Connor ! Que fais-tu ? s'écria Gillyanne.

—D'après toi ? J'ai l'intention d'aplatir ce damoiseau. (Connor recula de nouveau le bras, et la jeune femme, toujours cramponnée à lui, suivit le mouvement.) Gillyanne, lâche-moi.

—Tu ne peux pas l'aplatir, c'est mon cousin, et l'hôte du comte !

Connor interrogea lord Dunstan du regard, et ce dernier acquiesça en souriant.

—Si tu veux mon avis, tu as beaucoup trop de cousins, grommela Connor en laissant tomber Payton à terre.

Fiona aida ce dernier, toujours hilare, à se relever. Gillyanne se demandait bien ce qui l'amusait autant, mais craignait que sa réponse ne se révèle embarrassante. Ses cousines lui avaient raconté comment Payton s'était mêlé de leurs affaires avec leurs maris respectifs. Même si elle était sûre qu'il était bien intentionné, elle n'avait aucune envie qu'il en fasse de même avec elle. Elle libéra le poing de Connor, et fut quelque peu surprise quand il lui prit la main et la pressa contre sa cuisse.

—Connor, je te présente mon cousin, sir Payton de Donncoill. Payton, sir Connor MacEnroy, laird de Deilcladach, mon époux.

Comme quand Connor et son père s'étaient rencontrés, les deux hommes s'inclinèrent un peu brusquement, sans pour autant se montrer insultants.

—Que faites-vous là ? interrogea Connor, qui n'avait pas oublié les anecdotes de sir Neil au sujet de ce bien trop bel homme.

—Quand le comte a averti le roi de l'assassinat de sir Neil MacEnroy, il a également demandé que celui qui lui apporterait la réponse de notre monarque soit un Murray. Après tout, vous êtes marié à une femme de mon clan… pour l'instant.

Gillyanne vit le visage de Connor se fermer, et s'empressa d'intervenir.

—Que diriez-vous de visiter les environs ?

—Non, nous rentrons à Deilcladach, fit Connor. Suis-je libre ? demanda-t-il au comte.

—Oui. Votre épouse m'a offert la vraie coupable sur un plateau : Meg, la première à vous accuser. Elle sera pendue. Quant à ses deux comparses, je compte les envoyer si loin qu'elles ne vous importuneront plus jamais.

Connor se contenta pour tout remerciement d'un grognement et le comte haussa un sourcil surpris. Il était grand temps de faire perdre aux MacEnroy cette vilaine habitude de s'exprimer par borborygmes.

—Bien entendu, en tant qu'héritier de sir Neil, ses terres te reviennent. Ce n'est pas un grand domaine, mais je suppose qu'avec quatre frères et une sœur à ta charge, tu ne cracheras pas dessus. Comment s'appelle-t-il, déjà ?

—Clachthrom, répondirent en chœur Connor et Diarmot.

— Clachthrom ? « Lourde Pierre » ? s'écria Gillyanne en roulant des yeux. Et moi qui trouvais que Deilcladach avait grand besoin d'être rebaptisé.

— Quel est le problème avec Deilcladach ? « Vieille Terre », on ne peut pas trouver plus approprié.

— C'est tellement morne ! J'ai essayé de réfléchir à un nom plus agréable, qui évoquerait quelque chose de beau… les fleurs, la bruyère… (Elle manqua d'éclater de rire devant les expressions ulcérées de ces messieurs.) Pourquoi appeler son domaine « Lourde Pierre » ? Même « Vieille Terre » a plus de sens.

— C'était ce qui indiquait l'endroit le plus approprié pour construire la tour. Si tu trouves un meilleur nom, un nom digne d'un clan de guerriers, je te promets de réfléchir à la question – ou plutôt Diarmot s'en chargera. Antony dirigera Ald-dabhach pour nous. (Connor s'adressa au comte.) Diarmot vous enverra un inventaire complet des possessions de feu mon oncle. Je suis sûr que sir Neil ne l'a pas fait depuis des années.

Et que les derniers ne devaient pas être d'une grande honnêteté, songea Gillyanne, certaine que lord Dunstan et Connor pensaient la même chose. Personne ne savait vraiment ce que Diarmot venait de recevoir, mais elle était convaincue qu'il en ferait quelque chose de bien.

— Quel âge ont tes autres frères ? demanda le comte.

— Antony a vingt-deux ans, et Angus vingt. Le plus jeune, Andrew, est resté à Deilcladach. Il a dix-huit ans.

— Dites-moi, Diarmot, Antony et Angus, avez-vous reçu l'adoubement ?

— Non, seigneur, répondit Diarmot. Connor préférerait que nous soyons adoubés par un autre laird. Il dit que nos titres auront plus de valeur s'ils n'ont pas été conférés par notre propre frère. Sir Robert a fait Cagneux chevalier quand il l'a aidé à chasser des brigands qui rôdaient sur ses terres, mais mes frères et moi étions tous un peu trop jeunes, alors.

— Vous ne l'êtes plus tant que ça, il me semble.

— Mais nous ne nous sommes pas battus pour mériter un tel honneur, seigneur.

— Vraiment ? Vous avez lutté pour survivre et avez fait régner la paix dans une contrée entière pendant douze longues années ; c'est plus que suffisant, selon moi. (Le comte regarda Connor.) Envoie-moi le jeune Andrew dans deux ou trois ans, plus tôt même, s'il lui prend l'envie d'être formé loin de Deilcladach. Je veillerai à ce qu'il ait lui aussi ses éperons.

Gillyanne s'approcha de Fiona pour regarder les trois frères recevoir leurs titres. Payton, les yeux au ciel, vint essuyer les larmes des deux jeunes filles avec son mouchoir et embrassa sa cousine sur la joue.

— Nous nous reverrons très bientôt, lui annonça-t-il une fois la cérémonie achevée.

— Quand ? demanda Gillyanne en voyant Connor approcher d'un pas vif.

— Après-demain. À toi de voir comment tu comptes employer ces deux nuits.

—En partant maintenant, nous serons à Deilcladach à temps pour que tu me donnes mon bain, dit Connor en l'entraînant vers la porte du château.

Perturbée par les derniers mots de Payton, Gillyanne parvint tout de même à faire ses adieux à un lord Dunstan d'humeur particulièrement joviale. Deux courtes nuits pour tenter de gagner le cœur de son mari avant de faire un choix décisif. Ce soir, elle se contenterait de savourer leurs retrouvailles. Après tout ce qui s'était passé depuis qu'elle avait reçu cette flèche dans le dos, elle n'avait pas la force d'échafauder le moindre stratagème.

Comme pour lui rendre les choses encore plus difficiles, Connor glissa une main sous sa robe. La jeune femme sursauta et tenta en vain de l'arrêter. Ils chevauchaient seuls, à quelques dizaines de mètres derrière les autres, et Connor avait arrangé leurs manteaux pour les protéger contre les regards. Il était décidément très dangereux de se laisser aller à un moment de distraction en présence de cet homme, songea-t-elle avant de frémir quand Connor passa la main sous ses braies pour la caresser.

—Connor, les autres…

—Ne peuvent pas nous voir. Tout ceci m'a tellement manqué.

—Je vais faire du bruit.

—Et je l'étoufferai par un baiser.

—Ils vont comprendre !

—S'ils regardent dans notre direction, ils penseront juste que je fais la cour à ma femme.

—C'est ce que tu appelles « faire la cour » ?

—Oui, répondit Connor en lui mordillant l'oreille. À présent, tais-toi… (Il glissa un doigt en elle et savoura son gémissement.)… et chevauche.

Chapitre 21

*S*urprise par la vive lumière qui se déversait dans la chambre, Gillyanne se redressa d'un bond dans son lit ; la matinée touchait à sa fin. Connor avait visiblement décidé qu'elle avait besoin de repos et avait demandé à tout le château de ne pas la réveiller. C'était très prévenant de sa part, et cela signifiait peut-être même qu'il avait des sentiments pour elle, mais Gillyanne aurait sincèrement préféré qu'il s'abstienne. Elle avait beaucoup trop de choses à préparer pour passer la journée à dormir.

Elle se leva, imitée par ses chats qui s'extirpèrent des replis de la couverture pour s'étirer. Les deux bêtes ne dormaient plus avec elle quand Connor était là, et elles avaient donc savouré avec délectation cette grasse matinée. Elle s'accorda un instant pour les caresser en babillant. Connor se montrait très gentil avec les deux chats, ce qui l'avait légèrement étonnée. Il n'avait même pas essayé de leur interdire l'accès au lit, mais sa masse imposante et ses mouvements brusques avaient vite convaincu les animaux qu'il valait mieux qu'ils dorment sur la peau de mouton installée à leur intention dans un coin de la pièce.

Gillyanne avait même surpris Connor les cajolant ou leur offrant des friandises ; était-ce le signe que cet homme n'était pas aussi dur qu'il s'en donnait l'air ?

La jeune femme fit ses ablutions matinales et s'habilla en soupirant. Elle en était réduite à observer la façon dont son mari se comportait avec des chats pour tenter de deviner s'il éprouvait des émotions. Il était grand temps de lui demander franchement ce qu'il ressentait pour elle.

« Mère te conseille de réfléchir à ce que tu es prête à risquer avant de renoncer à Connor. »

Sa mère avait raison, et Gillyanne le savait. Elspeth et Avery en étaient les preuves vivantes. Elles avaient toutes deux ravalé leur fierté pour conquérir leurs époux. Sans doute s'étaient-elles senties aussi déchirées qu'elle en cet instant – ce qu'elle avait vu de ses yeux dans le cas d'Avery. La situation était différente, les obstacles à franchir aussi, mais en fin de compte Gillyanne se retrouvait face au même dilemme. Cet homme valait-il qu'elle renonce à son amour-propre, ne serait-ce que pour une nuit ?

La réponse était « oui ».

La jeune femme attacha ses cheveux, ouvrit la porte et suivit ses chats dans le couloir. La perspective de livrer son cœur à un être qui lui avait donné si peu de preuves de son amour était parfaitement effrayante. Il était très possessif, mais n'était-ce pas le cas de la plupart des hommes ? Il se comportait après tout de la même manière avec son cheval. Connor n'était plus aussi glacial dans la journée, mais pas affectueux pour autant. Il lui parlait un peu plus, mais seulement dans l'intimité de leur chambre, et il ne partageait jamais ses inquiétudes, ses douleurs, ses joies. Leur passion était brûlante, mais la ressentait-il aussi profondément qu'elle ? Pour Gillyanne, elle était inextricablement liée à leur amour, mais Connor n'y voyait peut-être que du désir. Elle devait jouer le tout pour le tout, lui offrir son cœur sans rien savoir de ses sentiments et prier pour obtenir quelque chose en retour. Si ce n'était pas le cas, elle souffrirait plus que jamais auparavant. Comment s'étonner alors qu'elle soit terrifiée ?

— Ah, Joan, tu tombes bien, dit-elle à la servante qui venait d'entrer avec sur un plateau du pain, du fromage, des pommes et du porridge. Je voulais te parler. (Gillyanne lui servit une chope de cidre.) Selon mon cousin Payton, ma famille arrivera ici demain.

— Vous nous quittez ? s'écria Joan en posant précipitamment son plateau pour s'asseoir.

— On ne peut décidément pas garder un secret, ici.

— Difficilement. Nous avons tous entendu ce que sir James a dit à notre laird. Vous pourriez annuler ce mariage parce qu'il vous a obligée à l'épouser.

— Et si mon père revient, c'est certainement pour m'offrir ce choix. J'aimerais cependant que Connor n'en sache rien.

— Je demeurerai muette. C'est peut-être déloyal… mais juste un peu. Vous voulez vraiment quitter notre laird ?

— Non, j'aime cette grande brute, mais…

—Je sais. « Mais ».

—Ai-je tort d'attendre de lui un petit peu d'affection ? Tu trouves vraiment que j'en demande trop ?

—Non, madame. Si vous n'aviez pas le choix, je vous dirais de trouver autant de bonheur que vous le pourriez dans ce mariage… avec les enfants que vous auriez, ou en tenant cette maison, ou même en usant de vos talents de guérisseuse… Mais vous avez ce choix. Et puis vous n'avez jamais demandé à épouser cet homme. Vous lui avez apporté de belles terres, de puissants alliés… En vérité, vous lui avez déjà beaucoup donné. Vous lui avez même montré qu'il n'y avait pas de mal à s'amuser de temps en temps. Il ne devrait pas se satisfaire de vous faire crier de plaisir et de vous rester fidèle – même si ce sont des cadeaux appréciables.

—Oui, et je les chéris… mais sans rien d'autre, ils ne dureront pas éternellement.

—Je suis pourtant sûre que notre laird a des sentiments pour vous, mais…

—Voilà, encore une fois : « mais ». Vont-ils demeurer enterrés au plus profond de lui, avec tout le reste ? Je sais que par bien des aspects, ce mariage vaut mieux que la plupart, mais il m'en faut plus, Joan. Je veux savoir que je compte vraiment pour mon époux, que j'ai su gagner une partie de son cœur. Bien sûr, je le voudrais en entier, mais pour l'instant, je saurai m'en contenter.

—Vous ne devriez peut-être pas lui poser la question directement.

—Non, j'ai un plan, répondit Gillyanne en souriant devant la mine préoccupée de Joan. Je vais suivre le conseil de ma mère et oublier ma fierté pour montrer à cet homme ce qu'il perdra au juste si je le quitte.

—Votre mère est une femme avisée, mais comment comptez-vous faire? Je crains qu'il n'ait déjà tout vu de vous, madame.

—C'est hélas vrai, ricana la jeune fille. Je vais lui montrer ce que recèle mon cœur. Je n'ai certes pas été aussi fermée que lui, mais je suis restée prudente, par fierté. Quelle femme voudrait tout donner si elle sait que son cadeau lui sera peut-être renvoyé à la figure? C'est pourtant ce que je vais faire, dans l'espoir qu'il s'adoucira et me donnera de quoi me réjouir. Si ce n'est pas le cas... je n'aurai pas à subir cette humiliation bien longtemps, car je pourrai partir dès demain matin.

—S'il n'offre rien en retour, c'est qu'il mérite d'être quitté... mais supposez qu'il comprenne plus tard son erreur?

—Je ne me fais pas grande illusion, mais si c'est le cas, je ne le repousserai pas. Je l'aime trop pour ça.

—Comment puis-je vous aider?

—Toute l'Écosse sait maintenant qu'il est un endroit où Connor et moi nous entendons particulièrement bien. Plus ce sera douillet, plus je pourrai m'exprimer librement – et lui aussi. Je veux aussi que tout soit un petit peu différent... plus romantique. Peut-être quelques herbes pour le bain, pas trop féminines bien sûr. Connor risque de partir en courant s'il sent une odeur de rose ou de lavande. Des bougies...

—De bonne qualité, et quelques-unes parfumées.

—Et tous ses mets préférés, surtout les sucreries. Pas de fraises, en revanche. Je serais bien capable d'en manger une par mégarde et de me retrouver couverte de boutons.

—Ce ne serait pas très séduisant.

—Je ne te le fais pas dire. Ajoute aussi un dessus-de-lit très doux. Mon cousin Payton m'a un jour confié que dans ces moments-là, les hommes adorent sentir une étoffe délicate sur leur peau, et il sait de quoi il parle.

—Votre cousin aborde de tels sujets devant vous ?

—Oui, le plus souvent après avoir bu quelques coupes de bon vin. Il n'entre jamais dans les détails, cela dit. Oh, et il me faudra aussi porter une toilette alléchante… ce que j'ai en réserve.

—Vraiment ?

—Ma cousine Avery m'en donne parfois. Elle m'a dit de les mettre quand je suis « assez bête pour ne pas me trouver jolie », pour reprendre ses mots. Selon elle, de tels habits mettent les hommes dans tous leurs états parce qu'ils leur offrent un aperçu de ce qu'ils désirent.

—Vos cousins racontent de drôles d'histoires à une jeune vierge, dit Joan en rougissant. Si vous restez, j'aimerais bien avoir une petite conversation avec vous… Malcolm n'irait peut-être plus voir ailleurs si j'étais un peu plus… instruite.

—Joan, je t'enseignerais volontiers tout ce que je sais, mais je ne crois pas que ton mari s'est retrouvé avec Meg parce que tu fais mal quelque chose, ou qu'elle est experte au lit. Si ce que j'ai pu entendre – notamment de la bouche de Meg elle-même – est vrai, elle se contentait d'un baiser, de deux ou trois caresses et de quelques coups de reins. Malcolm, comme Connor, a sans doute avalé ce que ce démon de Neil leur a répété pendant des années ; par exemple, qu'un homme a parfaitement le droit d'avoir une maîtresse, et que sa femme ne doit rien en dire.

— C'est ce qu'a avoué Malcolm quand il s'est excusé. Il pensait que ça ne me faisait rien, que je savais que tous les hommes étaient comme ça. Croyez-moi, je n'ai pas été très douce avec lui quand j'ai entendu de telles sornettes.

— Tu as eu raison : il est de notre devoir de prévenir ces messieurs quand ils se comportent comme des imbéciles. Voyons maintenant comment va se dérouler ma nuit de vérité…

— Ah, madame, je souhaite tant que ça marche !

— Et moi donc, Joan. Et moi donc.

Sitôt entré dans sa chambre, Connor se figea, surpris. Son bain l'attendait, mais c'était bien la seule chose dans cette pièce qui n'avait pas changé. Une très agréable odeur d'herbes flottait dans l'air, et si aucun feu ne brûlait dans la cheminée – la nuit était très douce –, l'endroit était éclairé par un grand nombre de bougies qui diffusaient une lumière dansante. On avait disposé des peaux de mouton par terre et sur les sièges, et jeté sur le lit une grande couverture de velours rouge. La table près de l'âtre était chargée de boissons et de mets divers. Gillyanne attendait à côté de la baignoire, vêtue d'une chemise de nuit et d'un peignoir faits de l'étoffe la plus fine qu'il ait jamais vue, et visiblement seulement retenus par de minces rubans.

—Que se passe-t-il ici? demanda Connor en ôtant son pourpoint.

—Je voulais fêter ta liberté et ma guérison, répondit la jeune femme, qui l'aida à se déshabiller.

Il lui suffisait de la regarder bouger, sa longue chevelure dansant autour d'elle, pour brûler de la jeter sur les peaux de mouton et de plonger en elle.

—Tu t'es déjà baignée.

—Oui. Ce soir, je ne m'occupe que de toi.

Elle commença à le savonner, et il résista à l'envie de l'entraîner dans l'eau avec lui.

—Je te veux dans cette baignoire avec moi.

—Doucement… ce soir, essayons d'être patients. Nous avons toute la nuit.

Voilà qui promettait. Connor était un homme patient – tout du moins, il l'était avant de connaître les délices de l'amour avec Gillyanne. De plus, il aimait l'idée de fêter sa liberté recouvrée. Il aurait voulu le faire la nuit précédente, mais après une joute aussi brève que délicieuse, il s'était rendu compte que Gillyanne était épuisée. Après tout ce qu'elle avait fait pour le libérer, il avait presque oublié qu'elle avait été blessée à peine une semaine plus tôt. Mais ce soir, elle semblait parfaitement reposée, songea Connor en se laissant sécher. Chaque passage de la serviette était suivi d'un baiser brûlant. Il sursauta quand, après lui avoir essuyé les fesses, elle les mordilla doucement. Elle vint ensuite devant lui pour sécher puis embrasser chacun de ses bras.

—Tu as l'intention de continuer à cette allure ? interrogea Connor d'une voix étranglée quand elle pressa ses lèvres au creux de son cou.

—Oh oui, très, très lentement. Refuserais-tu à ta femme le plaisir de savourer ce corps superbe, cette peau douce, cette chaleur ?

Elle lécha ses tétons, puis descendit vers son ventre. Connor savait qu'il était grand et fort, ce que ces dames semblaient apprécier… mais personne ne le lui avait jamais dit avec une telle passion. Gillyanne susurrait ce qu'il avait souvent cru déceler dans son regard, et le résultat était particulièrement grisant. Elle le trouvait parfait, et même s'il ne se faisait pas d'illusions pour autant, Connor en retirait une grande fierté.

—Tu as oublié un endroit, dit-il quand elle passa directement de son ventre à ses cuisses.

—Comme si c'était possible. Je garde simplement le meilleur pour la fin.

Gillyanne sécha son entrejambe avec beaucoup plus de précautions que nécessaire.

—Tout ce qu'une femme peut désirer, chuchota-t-elle, ses doigts prenant le relais. Tu es beau là aussi… doux comme la soie, dur comme l'acier. Quand je le vois ainsi, fièrement dressé, je l'imagine en moi, me donnant du plaisir…

Aux premiers coups de langue, Connor grogna doucement et enfouit la main dans les cheveux de la jeune femme.

— Gillyanne, je n'en peux déjà plus… je ne tiendrai pas bien longtemps…

— Savoure autant que tu le voudras, mon amour. Je peux attendre.

Connor aurait voulu lui demander ce qu'elle avait en tête… mais ne parvint qu'à pousser un cri étouffé quand elle le prit dans sa bouche. Incapable d'exprimer sa gratitude autrement que par des borborygmes incohérents, il la regarda faire aussi longtemps qu'il put sans perdre la maîtrise. En cet instant, beaucoup auraient pensé Gillyanne asservie, mais c'était lui l'esclave. Il perdit alors la raison et s'abandonna au plaisir qu'elle lui offrait, priant pour pouvoir le savourer très longtemps.

L'extase passée, Connor prit conscience de ce que Gillyanne avait fait. Il ouvrit les yeux et découvrit qu'elle était toujours là, à lui embrasser le ventre. Il la releva et constata avec soulagement qu'elle ne semblait pas dégoûtée, tout juste un peu abasourdie, les joues rouges de désir. Connor s'assit sur l'une des chaises couvertes d'une peau de mouton et l'attira sur ses genoux.

Il lui donna à manger, et la laissa lui rendre la pareille. Connor se sentait incroyablement chanceux. Comment aurait-il pu deviner que la petite Gillyanne Murray, une jeune femme de bonne famille, serait l'amante la plus passionnée qu'il ait jamais connue ? Elle se laissait parfois rattraper par la pudeur, mais paraissait décidée à ne pas la laisser gagner. Connor lui fit cependant boire une grande coupe de vin pour noyer de tels scrupules. Il avait l'intention de la dédommager copieusement pour le plaisir qu'elle venait de lui offrir, et elle accepterait mieux ce qu'il avait en tête en étant un peu euphorique.

Mais comment expliquer le soupçon d'insatisfaction qui le tenaillait ? Son épouse lui avait offert de belles terres et une passion torride, elle avait apporté à Deilcladach un statut que le domaine n'avait peut-être jamais connu, et qui plus est, elle le trouvait beau, et l'appelait « mon amour ».

Connor manqua de recracher son vin. « Mon amour ». Si seulement ces mots avaient été sincères ! Il comprit soudain qu'il désirait plus qu'une épouse passionnée et dévouée. Il voulait que Gillyanne l'aime. Hélas, il ignorait ce qu'elle ressentait vraiment pour lui, et ne pouvait que le supposer à son regard ou à ses caresses. Connor avait espéré que leur passion suffirait à la retenir à Deilcladach, et avait même songé à lui faire un enfant, mais il se rendait désormais compte que seul l'amour le pourrait. Ni l'un ni l'autre ne quitteraient cette pièce tant qu'il n'aurait pas découvert ce qu'elle avait dans le cœur.

— Un délicieux repas, dit Connor en la relevant.

Il se mit aussitôt à débarrasser la table.

— Ce n'est pas à toi de faire ça ! protesta Gillyanne.

— Mais si. (Une fois la table vide, Connor se rassit.) J'ai cru comprendre que c'était ma nuit.

— Oui…

— Dans ce cas retire ces jolies choses.

— Elles étaient censées t'allécher.

— Ce qu'elles ont justement très bien fait. Allons, déshabille-toi.

Connor regarda peignoir et chemise de nuit glisser lentement aux pieds de Gillyanne. Seule sa longue chevelure presque rouge à la lueur des bougies protégeait encore son anatomie tandis qu'elle pliait soigneusement chacun des habits. Il contempla longuement son épouse, ignorant le rouge qui lui montait aux joues, puis embrassa sa nuque, son dos, ses fesses. Il la retourna ensuite lentement, et repoussant ses cheveux derrière ses épaules, posa les mains sur sa poitrine. Connor sentit les tétons de Gillyanne durcir, son souffle s'accélérer. Il coula ses doigts le long de son ventre, puis entre ses jambes… et la jeune femme serra les cuisses, gênée.

— Tu as dit que tu me trouvais beau ? Moi, c'est toi que je trouve magnifique. (Il étendit la peau de mouton sur la table et posa Gillyanne dessus.) Et je vais me repaître de ta beauté.

— Connor…

— Je ne t'ai pas privée de ce plaisir, il y a un instant.

— Vous n'êtes pas aussi pudiques que nous, vous les hommes.

— Je vais t'apprendre à ne plus l'être entre ces quatre murs.

Connor se délecta des seins de Gillyanne, puis plaça ses jambes sur ses épaules et descendit lentement. Elle se tortilla et poussa ces petits gémissements qu'il aimait tant. Connor atteignit enfin son but et sentit le corps de la jeune femme se contracter.

— Sois honnête, Gilly : tu aimes ça autant que moi. Je ne fais que te rendre la pareille.

Le baiser de Connor lui arracha un cri où se mêlaient plaisir et gêne… mais la chaleur qui se répandit en elle chassa toute réticence.

— Oui, Connor, ça me rend folle.

Gillyanne comprit pourquoi il aimait la regarder quand elle lui donnait du plaisir : c'était véritablement enivrant. L'extase la submergea et elle s'effondra sur la table en criant le nom de son mari – mais, impitoyable, il ne lui laissa aucun répit et repartit à la charge avant que son désir se soit dissipé. En jouissant pour la deuxième fois, elle lui avoua qu'elle l'aimait.

La jeune femme recouvra ses esprits quand Connor passa un linge humide sur son entrejambe brûlant. Elle ressentit un infime regain d'intérêt… et se maudit aussitôt d'être une telle dévergondée. Il lui semblait cependant avoir laissé échapper quelque chose qui pourrait érafler la perfection de son plan magistral. Connor se pencha sur elle pour lui embrasser la joue, et lui fit prendre conscience qu'il était peut-être temps de retrouver une position plus convenable.

— Ainsi, ma petite femme m'aime, chuchota Connor en lui mordillant l'oreille.

C'était donc ça. Tous ses grands projets pour la nuit étaient anéantis. Elle avait bien songé à lui faire part de ses sentiments… mais pas ainsi. D'une façon plus romantique, et quand elle aurait tenu les rênes de leurs étreintes. Crier ces mots, alors qu'elle gisait sur une table comme un poisson sur l'étal, manquait cruellement de dignité. Pire, cela donnait l'avantage à Connor, qui alors n'avait pas besoin de lui dire quoi que ce soit d'affectueux en échange.

— Ta petite femme a déclaré une telle chose ?

Elle était étonnée d'avoir encore un peu de forces dans les jambes quand il les passa autour de sa taille pour s'immiscer en elle.

— En effet.

— Tu l'as peut-être imaginé.

— Puisque tu as crié à pleins poumons, je peux aller demander confirmation dans la grande salle… voire dans les écuries.

— Je commence à penser que j'ai parlé un peu trop vite, murmura Gillyanne.

Elle sursauta quand, après s'être presque retiré, il la saisit par les hanches et donna un brusque coup de reins.

— Et je vais tout faire pour que tu le dises une deuxième fois… pour m'assurer que j'ai bien entendu.

Gillyanne, les yeux au plafond, passa en revue tous les jurons qu'elle connaissait. Connor avait bien réussi à lui faire répéter qu'elle l'aimait. Pour être honnête, quand il l'avait attachée par les poignets aux colonnes du lit et qu'il l'avait couverte de crème qu'il s'était ensuite employé à lécher, elle l'avait sans doute dit une demi-douzaine de fois. Au moins, elle avait su maîtriser sa voix, et les habitants de Deilcladach n'avaient donc pas profité de cet aveu.

Et qu'avait-elle reçu en échange ? Rien. Elle se remémora tout ce que Connor lui avait susurré au cours de cette nuit, et n'y trouva pas un seul témoignage de son amour. Il la désirait, elle savait comment lui faire perdre la raison, mais ignorait complètement ce qu'il avait dans le cœur.

Gillyanne se glissa hors du lit et fit une rapide toilette. Elle avait envie de fondre en larmes, mais refusa de se laisser aller. Pas question d'obtenir de Connor une déclaration du bout des lèvres parce qu'il l'avait prise en pitié, ou voulait simplement qu'elle cesse de sangloter.

La jeune femme se servit une coupe de cidre puis contempla les deux bandelettes de tissu qui pendaient des colonnes du lit, son mari profondément assoupi et le pot de crème posé sur la table de nuit. Elle n'espérait pas arracher à Connor de grands mots d'amour, mais au cours de cette nuit, elle avait perdu la direction du jeu qu'elle avait pourtant si soigneusement élaboré… peut-être était-il temps de renverser la situation. Au moins, quand le souvenir de cette nuit viendrait la hanter, elle saurait qu'elle l'avait finie en tenant les rênes.

Connor fut réveillé par la caresse d'un linge humide sur son corps. Il découvrit Gillyanne, nue, superbe, une coupe aux lèvres, et s'apprêta à l'attirer à lui… pour découvrir, incrédule, qu'il était solidement attaché au lit. Sa petite épouse savait de toute évidence

376

faire d'excellents nœuds. Gillyanne prit la crème qu'il avait tant aimé lécher sur son corps, et Connor sentit une vague de désir le parcourir. Il lui sembla apercevoir dans les yeux de Gillyanne une profonde tristesse, mais cette lueur disparut trop vite pour qu'il en soit vraiment sûr.

—On veut prendre sa revanche ? s'enquit-il.

—Manifestement.

—Ton pauvre prisonnier peut-il te demander une dernière faveur ?

—Tu attends de la miséricorde de ma part ?

—Un peu. Quand je ne pourrai plus supporter cette torture, je t'en prie, accueille-moi en toi.

—J'y réfléchirai.

—Peut-être seras-tu assez charitable pour approcher de ma bouche l'une ou l'autre partie de ce joli corps, pour que je puisse y goûter.

Gillyanne se demanda que lui présenter en premier… et comprit qu'elle avait encore une fois perdu.

Chapitre 22

*C*onnor, je crois que les ennuis arrivent.
— Le laird ne comprit pas tout de suite les
paroles de Diarmot, accaparé qu'il était par le souvenir
de Gillyanne lui déclarant son amour.

— Des ennuis ?

— Les Murray sont de retour.

Connor referma le livre de comptes sur lequel il
était de toute façon incapable de se concentrer.

— Où est Gillyanne ?

— Partie à leur rencontre.

Diarmot s'écarta vivement pour éviter son frère,
qui venait de bondir de son fauteuil et quittait la salle
haute dans laquelle il avait coutume de s'occuper des
affaires de Deilcladach.

— Ils ne s'étaient pas encore arrêtés qu'elle avait
déjà franchi les portes, ajouta le jeune homme. Elle
savait qu'ils venaient.

Connor comprit alors ce qui s'était passé la nuit
précédente. Gillyanne avait voulu lui faire ses adieux,
ou avait cherché à obtenir quelque chose de lui… et il
ne lui avait rien donné. Une femme ne parlait pas à un
homme comme elle l'avait fait, ne l'aimait pas et ne

lui ouvrait pas son cœur si elle avait l'intention de le quitter. Elle avait attendu qu'il lui donne une raison de rester, et il s'était contenté de prendre, prendre sans rien offrir en échange.

Connor trouva aux portes du château les affaires de Gillyanne soigneusement emballées. Il avait l'impression que les deux chats, dans leur panier, lui lançaient des regards accusateurs, et même déçus. À quelques mètres de là, Gillyanne était en grande conversation avec son père, une femme menue qu'il supposa être sa mère, James et l'agaçant Payton. Il ignora les incitations à la prudence de Diarmot et s'approcha d'un pas décidé des Murray, ses frères et Cagneux sur les talons.

— Ma fille, je peux t'emmener dès maintenant, annonça Eric.

— Il a été admis que je me suis mariée sous la contrainte ?

— Oui. Comment va ta blessure ?

— Je suis assez remise pour monter à cheval.

— Gilly, ma petite, j'ai trois questions à te poser, dit Bethia.

Avait-elle vraiment cru qu'elle pourrait cacher ses sentiments à sa mère ?

— Est-ce vraiment obligé ?

— Vraiment. L'aimes-tu ?

— Oui.

— Veux-tu quitter cet endroit ?

— Non.

—Attends-tu son enfant?

C'était une question à laquelle Gillyanne n'avait pas osé songer jusque-là. La jeune femme eut l'impression que son cœur venait de brusquement tomber dans ses bottes. Quand avait-elle saigné pour la dernière fois, au juste? Avant son mariage, c'était certain, mais depuis… Elle trouva de nombreuses excuses pour étouffer ses soupçons – elle avait fait beaucoup de route, avait été blessée… – sans y parvenir le moins du monde.

C'était tout simplement injuste. Elle était mariée à un homme qu'elle adorait, mais qui ne ressentait rien pour elle. Son père avait les moyens de la libérer de ce triste sort, et tout s'effondrait au dernier moment.

—Ah, Gilly, soupira Bethia en secouant la tête.

—Je n'en suis pas sûre! protesta la jeune femme – une piètre défense.

—Si, tu l'es. Je le vois à ton visage. Voilà qui complique beaucoup les choses.

—Elles n'étaient pas simples au départ, marmonna Gillyanne, au bord des larmes.

—Il n'a donc rien fait pour te convaincre de rester? C'est sans espoir?

—Crois-moi, j'ai tout essayé, et il ne m'a rien dit.

—Je te crois, ma fille, répondit Bethia avec un sourire navré.

—Tu l'as décrit comme un être dur, qui maîtrise fermement ses émotions, intervint Eric. Peut-être n'as-tu pas creusé assez profond. Tu ne perçois pas ce qu'il ressent… mais penses-tu vraiment qu'il va réagir comme l'un d'entre nous ? (Il lui caressa la joue.) Jusqu'ici, tu n'as pas eu beaucoup de chance avec la gent masculine.

— Je n'ai pas eu de chance du tout, père !

— Ce ne sont tous que des idiots, mais peut-être que la déception trouble ton jugement. Gilly, je sais de quoi tu as peur, mais es-tu vraiment certaine de vouloir partir ? Tu aimes cet homme, ce n'est pas une chose que tu pourras oublier si facilement. Et si tu es vraiment enceinte…

— Je sais, ça change tout. Que dois-je faire, père ? J'ignore si je porte vraiment son enfant, mais si j'attends ici d'en être certaine, ça finira par arriver.

— Doux Jésus, murmura Bethia – mais elle ne regardait plus sa fille. En effet, c'est un vrai géant.

— Je suppose qu'il arrive ? soupira Gillyanne.

— Mais qui sont ces gens derrière lui ?

— Cagneux, son bras droit, et ses frères, Diarmot, Nanty, Angus et Drew, mais je ne vois pas sa sœur Fiona, répondit la jeune femme. Merveilleux, tout Deilcladach nous regarde. Moi qui voulais que cette affaire soit réglée en privé… et on dirait bien que Connor n'a pas l'intention de se montrer très agréable.

— Je ne connais pas beaucoup d'hommes qui aiment être quittés par leur femme, déclara Eric, ce qui lui valut les regards noirs de son épouse et de sa fille.

Connor s'arrêta à quelques pas des Murray. Gillyanne avait encore dans les yeux cette profonde tristesse, mais il savait maintenant quelle en était la raison. Il ignorait en revanche comment la faire disparaître. La jeune femme voulait une chose qu'il n'était pas sûr de pouvoir lui offrir. Les sentiments qu'elle attendait de lui étaient bien là, impossible de le nier davantage, mais il ne savait pas comment le lui avouer sans mettre son âme à nu. Il était peut-être acceptable pour une femme de parler de telles choses, mais Connor était un homme, et un laird. En avouant à quel point il avait besoin d'elle, il semblerait faible, fragile. Gillyanne devait le comprendre.

—Viens, dit-il, la main tendue.

Gillyanne avança d'un pas avant de reprendre ses esprits.

—Pourquoi ?

—Pourquoi ? Parce que tu es ma femme.

—Plus pour très longtemps.

—Tu as prêté serment !

—Sous la contrainte.

—Gilly, bon sang !

Les frères MacEnroy, excédés, entraînèrent leur aîné à l'écart. Connor savait qu'il commençait à s'emporter, mais il préférait être en colère que révéler au grand jour la peur qui lui tordait les entrailles. Il était tout de même plus viril de vociférer que de se jeter à genoux.

—Si je comprends bien, tu ne nous as pas écoutés, grommela Diarmot.

—Ne m'en voulez pas si j'ai du mal à vous considérer comme des spécialistes du mariage.

—Laird, vous ne l'empêcherez jamais de partir si vous ne faites que hurler, observa Cagneux.

Connor prit une profonde inspiration, ce qui ne le calma qu'en partie. Il aurait voulu enfermer à double tour Gillyanne dans sa chambre puis réfléchir à la meilleure conduite à adopter. Il avait l'impression d'être une bête prise au piège, et détestait cela.

— Entendu, je cesse de crier.

— Et tu pourrais aussi lui parler de ce que tu ressens, ajouta Diarmot alors que Connor retournait auprès des Murray.

— Gillyanne, rentrons au château, dit-il aussi calmement qu'il le pouvait. Nous devons discuter. Je ne veux pas que tu partes.

— Vraiment ? Et peux-tu me dire ce qui me retient ici ?

La jeune femme découvrit avec étonnement qu'elle sentait quelque chose chez son mari. Une grande nervosité.

— Je suis ton mari, et tu m'aimes.

— Oui, presque tout Deilcladach vous a entendue le hurler, ajouta Drew.

Diarmot envoya son jeune frère à terre d'un coup de poing bien placé, ce dont Gillyanne lui fut grandement reconnaissante. Elle entendit son père murmurer le mot « hurler » et n'osa pas se retourner vers lui.

— Exactement, n'oublie pas que je sais te faire crier, reprit Connor, ignorant les murmures consternés dans son dos.

Gillyanne eut très envie de lui donner un grand coup de pied dans le tibia, et le rire étouffé de sir Eric n'arrangea rien à l'affaire.

—Je trouverai tôt ou tard un autre homme capable d'en faire autant.

Malgré sa détresse, les mines consternées des compagnons de Connor manquèrent de lui arracher un sourire.

—Bien sûr que non, répondit Connor, les dents serrées. Tu es ma femme.

—Connor, j'ai besoin d'une raison pour ne pas te quitter. C'est vrai, je t'aime, mais c'est ce qui me pousse à partir.

—Ça n'a aucun sens!

—Au contraire. Je ne peux pas rester si tu ne me donnes rien. Je ne parle pas de la passion que nous partageons, et que je pourrais trouver ailleurs, sous une forme ou une autre. Mon amour finirait par devenir une véritable malédiction. Je me vois t'offrir tout ce que j'ai, et dépérir de mon côté. C'est peut-être égoïste, mais j'ai besoin d'avoir quelque chose en retour… ne serait-ce qu'une petite partie de ton cœur.

Connor savait ce que Gillyanne voulait entendre, mais les mots étaient comme coincés. Alors, il se mit en colère… contre la jeune femme, qui l'avait ainsi acculé, contre les Murray, qui voulaient emmener son épouse, et même contre sa propre famille, qui attendait tant de lui. Il était devenu ce dont Deilcladach avait besoin, ce qui les avait tous sauvés, et à présent, ils lui demandaient de changer.

—Alors dans ce cas, va-t'en, dit-il d'une voix glaciale. Romps ton serment.

Sur ce, il fit volte-face et repartit vers Deilcladach.

—Il reviendra, assura Diarmot avant de le suivre avec ses frères.

Gillyanne laissa Bethia passer un bras autour de ses épaules, mais elle n'avait pas vraiment besoin d'être réconfortée. L'homme qu'elle aimait venait de lui dire de partir, et pourtant elle n'avait pas le cœur brisé. À vrai dire, elle était même pleine d'espoir, et comprit alors pourquoi : pour la première fois, elle avait pu lire en lui. Les sentiments qu'elle avait perçus n'étaient certes pas très agréables – Connor se débattait avec sa colère, sa frustration et même, étonnamment, une certaine dose de peur – mais peu importait. Cela ne pouvait être qu'encourageant.

—Gilly? Ça ne va pas? s'enquit sa mère en l'étudiant attentivement.

—Si. J'ai peut-être été injuste avec Connor en lui demandant d'oublier en deux mois l'homme qu'il a été ces douze dernières années. Mère, pour la première fois, j'ai perçu ses sentiments.

—Ce qui prouve bien que ce pauvre garçon a changé pour toi, dit Eric en souriant, les bras croisés. Et voici tes alliées, je suppose.

Un groupe de femmes se dressaient devant les portes de Deilcladach et empêchaient Connor de rentrer.

—Doux Jésus, murmura Gillyanne, qui reconnut Joan, Mairi et Fiona à la tête d'une troupe composée de toutes les femmes de Deilcladach, des plus jeunes aux plus âgées. Connor ne va pas être content. C'est leur laird, jusqu'au plus profond de son âme, et il prend

385

son rôle très au sérieux. (Elle remarqua que son père la regardait fixement.) Qu'y a-t-il?

— Rappelle-toi ce que tu m'as dit de sa vie. Il s'est imposé des règles très strictes pour que, même lorsqu'il n'était encore qu'un enfant, ses gens le suivent. C'est grâce à ces règles qu'ils ont pu survivre… ou en tout cas, c'est ce que pense ton mari. Quand il t'a ordonné de regagner son château, j'ai vu un jeune homme prêt à t'offrir tout ce que tu désires, mais qui ne pense pas en avoir le droit.

— Pas s'il veut rester un laird inflexible et protéger Deilcladach.

— Exactement. C'est aux membres de son clan de lui faire comprendre qu'il peut se montrer plus doux avec son épouse sans pour autant perdre de son autorité à leurs yeux.

— Peut-être devraient-ils lui montrer qu'il n'a plus besoin de se battre pour obtenir leur respect, car il l'a déjà.

— On dirait que tu as oublié ton épouse, Connor, lança Fiona, l'œil mauvais.

— Elle veut partir.

Le groupe de femmes laissa échapper toute une variété de bruits méprisants.

— Parce que tu n'as rien fait pour la retenir! Tu ne pourrais pas dire un mot gentil de temps en temps? Qu'elle est jolie, par exemple.

— C'est ce que j'ai fait!

Le spectacle de tous ces yeux levés au ciel avait pour Connor quelque chose d'un peu dérangeant.

— Ça ne vaut rien si c'est avant de la mettre dans votre lit ! rétorqua Joan. Vous seriez tous capables de dire à une pauvre fille avec une grosse verrue bien poilue sur le menton qu'elle est la plus belle créature que vous ayez jamais vue rien que pour qu'elle lève ses jupes. Vous devez le faire à un autre moment, qu'elle vous sache sincère.

Voilà à présent que ses gens lui expliquaient comment se comporter. Quand la situation lui avait-elle échappé à ce point ?

— Je suis un laird, et un homme avant tout, or un homme ne… aïe ! Mère Mary !

Connor dévisagea, interloqué, la vieille femme aussi grande que maigre qui venait d'abattre sa canne sur sa jambe.

Cagneux tenta d'arracher son arme à sa mère, et reçut pour ses efforts un coup à l'estomac.

— Mère, tu ne peux pas le frapper ! C'est notre laird !

— Peut-être, mais il a aussi l'âge d'être mon fils. J'ai aidé sa mère à le mettre au monde. Et puisque j'ai changé ses langes et que je lui ai donné le sein, j'estime avoir parfaitement le droit de le corriger. (La femme prit Connor par l'oreille et l'entraîna à l'écart.) Laisse-moi te dire une bonne chose, mon garçon : si je t'entends parler une fois encore de ce qu'un homme doit faire ou pas, je te bats à mort avec cette canne. Oublie ces bêtises en même temps que le triste sire qui te les a mises dans le crâne, puisse son âme rôtir en enfer.

—Tu as raison, je l'admets, répondit le laird en se frottant l'oreille. Ce n'est pas toujours facile d'oublier ce qu'on a appris en grandissant.

—Cette femme t'aime, mon garçon ! Cela n'a-t-il aucune importance pour toi ?

—Tu ne comprends pas : je me dois d'être fort pour notre clan. Un homme digne de ce nom…

—Ne laisse pas partir son épouse sans rien faire.

—Mère Mary, un laird n'a pas de faiblesses. Il ne songe qu'au bien-être de son clan, à sa survie.

La femme pressa un doigt osseux sur les lèvres de Connor.

—Mon garçon, tu es sans doute l'un des hommes les plus forts que j'aie connus. Quand nous sommes sortis de nos cachettes pour ne trouver que des ruines, j'ai pu voir ton regard durcir. J'ai pleuré le garçon qui disparaissait sous mes yeux, mais j'ai aussi compris que tu étais celui qui allait nous sauver. Nous avions besoin d'un laird dur pour lutter contre le froid et la faim… mais tu ne dois pas être le seul rocher auquel nous raccrocher. Nous sommes solides à présent, nos enfants sont devenus des adultes…

—Mais je dois être fort pour que les choses restent ainsi.

—Dirais-tu que le père de ta femme est une mauviette ?

—Non, répondit Connor sans hésiter.

— Regarde-le caresser les cheveux de sa fille, serrer son épouse contre lui. Il leur sourit devant ses hommes, plaisante avec ces derniers… Que de douces attentions ! Pourtant, ces gaillards lui obéissent, et Gillyanne sait qu'il sera toujours capable de la protéger. Elle est aimée, adorée même, mais elle est aussi consciente que son père est un grand laird.

— Pas étonnant, elle est plus petite que lui, grommela Connor.

Mais il savait que mère Mary disait vrai. Sir Eric caressait la joue de sa fille, le visage débordant de tendresse ; cependant Connor sentait d'instinct qu'épée en main, l'homme pourrait le tuer en un clin d'œil.

— Elle t'aime, mon garçon. C'est le plus beau des cadeaux. À ce que j'ai pu saisir, vous vous entendez bien au lit. Serais-tu assez sot pour renoncer à ça aussi ? Malgré sa blessure, elle s'est levée pour venir te faire oublier tes sombres pensées… et j'ai cru comprendre qu'elle avait plutôt bien réussi. Elle ne s'est pas reposée une seconde tant qu'elle ne t'avait pas fait libérer, et qu'elle n'avait pas lavé ton honneur. Je sais qu'elle a l'air petite et délicate, mais crois-moi, elle est aussi solide que toi.

— Je sais. Elle est forte, intelligente, pleine de vie…

— C'est une femme idéale pour un laird… et je ne te parle même pas de ses belles terres, ni de ses puissants alliés.

Connor entendit derrière lui un murmure approbateur et soupira.

— Elles se sont toutes avancées, n'est-ce pas ?

—Oui.

—Dis-moi, Mary, quand au juste ai-je perdu toute autorité ici ?

—Connor, nous te devons la vie… et nous voulons seulement que tu ne gâches pas la tienne. Allons, mon garçon, va voir ton épouse, dis-lui quelques mots doux et ramène-la chez nous. (Mère Mary lui tapota la joue.) Crois-en une vieille femme, ça ne va pas te tuer.

Connor se retourna vers ces dames, qui cessèrent aussitôt de rire.

—Si j'arrive à convaincre mon épouse de rester, les Murray auront besoin de lits et d'un bon repas… nous n'aimerions pas qu'ils soient déçus par notre sens de l'hospitalité, vous ne croyez pas ?

Il se sentit un peu mieux quand toutes les servantes repartirent vers le château à vive allure, suivies par une mère Mary qui ricanait doucement. Connor se redressa et partit retrouver sa femme. Elle était toujours là, ce qui était déjà encourageant en soi. Le laird était un peu embarrassé d'avoir été ainsi sermonné par mère Mary ; tant qu'à faire ; il aurait préféré qu'elle lui donne le courage d'avouer ce qu'il avait dans le cœur à Gillyanne, ou mieux encore, les mots justes.

—Revoilà ton mari, annonça Eric. Je me demande bien qui est cette femme qui l'a tiré par l'oreille.

—La mère de Cagneux, répondit Gillyanne d'une voix impatiente… et pleine d'un espoir naissant. Il n'a pas l'air très joyeux.

Il ne venait tout de même pas lui déclarer qu'elle prenait trop de temps pour partir !

— C'est une affaire sérieuse. Ma fille, je t'en prie, ne sois pas dure avec lui… tant qu'il ne débite pas trop de bêtises.

— J'ai appris au cours de ces dernières semaines qu'avec Connor, quelques mots peuvent dire beaucoup. Il n'en aurait jamais fait autant pour son clan s'il n'avait pas un grand cœur.

— Gilly, ta sagesse me ravit.

Connor se planta devant eux.

— Tu es venu me faire tes adieux ? demanda Gillyanne.

Comme d'habitude, le regard de Connor ne laissait rien voir, mais elle sentait un grand trouble en lui. Ces émotions puissantes et confuses, quoique désagréables, la ravirent. L'armure de Connor se fissurait. Ce n'était peut-être pas grand-chose, mais le moment était parfaitement choisi.

— Non, je me suis seulement… emporté.

— Emporté ?

— Je ne voulais pas que tu partes. Que tu me quittes.

La tristesse qu'elle entendit dans sa voix l'émut profondément, et elle lui prit aussitôt la main.

— Je ne le voulais pas non plus, Connor.

— Parce que tu m'aimes.

— Oui.

— J'ai besoin de toi, murmura-t-il en la serrant contre lui.

Étrangement, Connor semblait presque malade : la sueur perlait à son front, et il était blanc comme un linge. Avouer ses sentiments était manifestement une rude épreuve pour cet homme. Elle réprima un sourire, car elle savait que Connor ne comprendrait pas qu'il lui était inspiré par son amour, sa joie, et sa compassion pour cet être qui avait passé la moitié de sa vie à cacher ce qu'il ressentait.

— Tu m'aimes, répéta Connor.

— Oui, je pense que c'est un fait avéré à présent.

— Alors ça ne devrait pas être si difficile !

— Ce n'est rien, mon Viking. Je peux attendre… nous essaierons de nouveau, quand nous serons seuls.

C'était une proposition très tentante, mais Connor refusa de se laisser convaincre. Gillyanne lui avait avoué son amour ; ne pouvait-il pas, cette fois au moins, en faire autant ? Plus question de laisser la peur lui dicter ses actes. Ce n'étaient que des mots.

— Non, je peux le faire. (Connor inspira profondément et leva le visage de Gillyanne vers lui.) Je t'aime.

La jeune femme pressa la joue contre le torse de Connor et sentit ses yeux se remplir de larmes. Ces trois petits mots avaient chassé toutes ses peurs. Elle songea alors à la mine livide de Connor et au gigantesque soupir qu'il avait poussé une fois libéré de son fardeau, et faillit éclater de rire.

— Tout est arrangé ? demanda-t-il.

— Oui, tout est arrangé, répondit Gillyanne en souriant.

Il la souleva de terre et partit vers Deilcladach…
lentement tout d'abord, puis bientôt en courant. Du
coin de l'œil, elle vit Fiona se diriger vers sa famille, et
sut qu'elle s'occuperait des siens à merveille. Gillyanne
songea à reprocher à son époux son allure effrénée,
mais elle comprit alors qu'il l'emmenait dans leur
chambre et se ravisa.

— Tu crois qu'il l'a dit ? demanda Bethia à son mari
en regardant Gillyanne disparaître dans la forteresse.

— Oui. Il avait l'air prêt à défaillir. Mes hommages,
jeune demoiselle, dit Eric à la jolie jeune fille qui venait
de s'arrêter devant eux.

— Bonjour, laird. Je suis lady Fiona MacEnroy,
la sœur du barbare que vous venez de voir partir en
courant. Je vous souhaite la bienvenue à Deilcladach,
et vous invite à entrer dans notre château.

Fiona fit une révérence puis lissa sa robe bleu foncé
en souriant fièrement.

— Je suis enchantée de vous accueillir dans notre
famille. Gillyanne est notre trésor. Elle m'apprend à
devenir une dame.

Les époux Murray se regardèrent un instant puis
éclatèrent de rire, aussitôt imités par leurs gardes.
Gilly avait raison : sa famille trouvait l'idée qu'elle
puisse enseigner les bonnes manières parfaitement
désopilante. Fiona sourit : Connor avait Gillyanne,
mais l'union entre Murray et MacEnroy leur
apporterait davantage qu'une femme aimante, de
belles terres et de puissants alliés. Les Murray leur

feraient découvrir la joie de vivre. En menant Eric et Bethia vers le château, elle comprit que la chance leur avait souri le jour où Connor avait pris son cheval pour aller rencontrer la nouvelle maîtresse d'Ald-dabhach… mais sans doute Connor le savait-il aussi. Il était parfois étonnamment intelligent, pour un grand frère.

—Ai-je rêvé, ou Fiona portait une robe? demanda Connor, pleinement rassasié.

—Oui, répondit Gillyanne, trop épuisée par leurs étreintes pour en dire davantage.

Connor eut brusquement envie de s'habiller et de descendre dans la grande salle pour s'assurer qu'un tel miracle avait bien eu lieu, mais décida finalement que son épouse était nettement plus tentante.

—Tu m'aurais vraiment quitté? interrogea-t-il en passant un doigt entre ses seins pour descendre le long de son ventre.

—C'était mon intention.

—Mais tu as changé d'avis.

—Oui, quand mère m'a posé trois questions.

—Lesquelles?

—Est-ce que je t'aime?

—Tu as répondu «oui».

—Est-ce que je veux vraiment te quitter?

—«Non».

—C'est bien ce que j'ai répondu, même si j'étais terrifiée à l'idée de rester sans jamais savoir ce que tu ressentais pour moi.

Connor l'embrassa lentement en guise d'excuses.

— Et la troisième question ?

— Est-ce que j'attends un enfant de toi ?

Connor se figea.

— Et ?

— À ce moment-là, j'ai compris que je devais changer mes projets.

Connor s'agenouilla au-dessus d'elle, les mains à plat sur le matelas.

— Tu serais partie avec mon enfant ?

— Non, c'était inconcevable.

— Et tu m'as tout de même poussé à te supplier de rester.

— Tu n'en aurais pas fait de même ?

— Si…

Il posa une main sur le ventre de Gillyanne.

— Tu en es sûre ?

— Oui. Je n'ai pas saigné depuis la veille de notre mariage.

Connor prit son visage dans ses mains.

— Tout va bien se passer, dit-il.

— Oui, puisque tu m'aimes.

— Et que tu m'aimes aussi.

Connor grogna et l'embrassa. Au plus profond de son cœur, Gillyanne jubilait. Son Viking ne serait sans doute jamais très doué pour les roucoulades, mais elle avait tout ce qu'elle désirait. De plus, elle savait maintenant que parfois, les actes se révélaient plus parlants que les mots – et en tout cas bien plus agréables…

Épilogue

— Nous avons une armée à nos portes.

Connor, qui enseignait à Beathan, son fils de six semaines, comment froncer les sourcils avec dignité, leva brusquement la tête. Diarmot semblait remarquablement calme pour un homme qui venait de faire une telle annonce. Il n'en dit pas davantage et se versa une chope de cidre ; Connor regretta alors d'avoir les deux mains prises, car il l'aurait volontiers assommé.

— Puisque personne ne donne l'alerte, je suppose que nous n'allons pas être assaillis.

— Tout dépend de la façon dont on voit les choses.

— Diarmot, si tu ne t'expliques pas très vite, tu les verras bientôt beaucoup moins bien.

Avant que son frère puisse répondre, Gillyanne fit irruption dans la grande salle.

— Connor ! Les miens sont là !

Elle repartit en courant quelques secondes plus tard après avoir laissé sa fille dans les bras du laird. Gillyanne ne se comportait certainement pas comme une femme qui avait donné naissance à des jumeaux un peu plus d'un mois auparavant. Les deux bébés regardèrent leur père de leurs yeux vairons. Sa petite épouse avait mis au monde deux beaux jumeaux avec un aplomb dont tous les MacEnroy parlaient encore.

—Il ne me reste plus qu'à aller les saluer, dit Connor en confiant son fils à Diarmot.

—Prépare-toi à être surpris, répondit son frère en quittant la pièce avec lui.

Connor franchit les portes de son château et demeura un instant bouche bée. La cour de Deilcladach était entièrement remplie de gens, de chariots et de chevaux. Diarmot avait eu parfaitement raison de parler d'armée. C'était une invasion de Murray.

—Doux Jésus, il est vraiment très grand, souffla Elspeth.

—Mon Viking à moi, fit Gillyanne en souriant.

—Et tu l'aimes, dit Avery en remontant son fils Craig sur sa hanche.

—Oh oui. Je suis si contente que vous soyez venues! Quelle surprise!

—Quand nous avons appris que si peu de membres de ta famille pouvaient te rendre visite, nous avons décrété que ça ne pouvait pas se passer comme ça. Cameron a accepté de venir, si on l'en croit parce qu'il voulait rencontrer l'homme capable de t'épouser… et ensuite les choses se sont un peu précipitées. C'est une période de l'année où l'on ne chôme pas, mais un à un, les autres ont trouvé le moyen de se joindre à nous. Balfour et tante Maldie avaient prévu de nous accompagner, mais notre cher oncle est tombé malade, et elle a menacé de l'attacher au lit s'il ne restait pas couché… ce sont donc nos cousins Ewan et Liam, leurs femmes et les plus grands de leurs enfants qui les ont remplacés.

— Je vois que Cameron est venu avec Malcolm, mais pas Katherine.

— Sa grossesse est trop avancée pour qu'elle puisse voyager, mais puisque les terres que Cameron leur a données ne sont pas très loin d'ici, il jugeait important que Malcolm rencontre ton époux. Si tu voyais comme Katherine a changé !

— Elle a mûri, dit Elspeth en prenant dans ses bras Ewing, son fils de quatre ans qui tirait sur ses jupes. Gilly, je crois que ton mari vient enfin de nous apercevoir.

Gillyanne fit signe à Connor et prit le bras de ses deux cousines.

— Allons faire les présentations et installer tout le monde. Nous aurons ensuite tout le temps de discuter et de nous présenter nos enfants.

— Ce prêtre n'a pas l'air de beaucoup vous aimer, Connor, observa Cameron tandis qu'en compagnie de Cormac, ils buvaient de la bière devant la cheminée de la grande salle en attendant le début du festin.

— Nous avons quelques divergences d'opinion, expliqua Connor, qui espérait que lady Bethia parviendrait à calmer l'homme d'Église. Selon lui, je n'ai de cesse de l'enlever alors que je viens simplement le chercher pour qu'il accomplisse son devoir. Je l'ai retenu près d'une semaine quand j'ai voulu épouser Gilly… puis quelques jours à la naissance des jumeaux, afin qu'il bénisse leurs petites âmes dès leur venue au monde… et aujourd'hui, pour qu'ils soient baptisés dans les règles. Mais tout de même, il n'est là que depuis deux jours ! Il n'a sans doute pas apprécié que Beathan souille sa belle robe.

— Vous croyez que nos épouses parlent de nous ? demanda Cormac en désignant de la tête les trois cousines.

— Probablement, répondit Cameron.

— Qui est ce garçon, avec ma sœur ? s'enquit Connor.

— Christopher, mon fils, dit Cormac. Je l'ai recueilli quand sa mère, ma maîtresse, a été pendue.

— Et juste à côté, c'est Alan, le mien. Sa mère était elle aussi ma maîtresse… et a elle aussi été pendue.

Connor dévisagea les deux hommes, incrédule.

— Mais la mienne aussi !

— Étrange coïncidence, murmura Cormac. Mais vous n'avez pas de bâtard.

— Non.

— Avez-vous failli perdre votre femme à jamais ? J'ai été assez idiot pour laisser Elspeth partir.

— Et moi Avery, renchérit Cameron.

— Gilly a bien failli me quitter, répondit Connor avec un sourire. C'est curieux, nos noms commencent également tous par un «C» et nous sommes tous les trois très grands.

— Et très beaux, ajouta Cameron. Sans oublier d'excellents amants.

Ils éclatèrent de rire.

— Je suis bien d'accord.

— Et beaucoup plus chanceux que nous ne le méritons, conclut Cormac en levant sa chope à leur bonne fortune.

Le festin touchait à sa fin, et très vite vint le temps des discours. Connor était heureux d'entendre ceux des membres de sa belle-famille et de leurs amis, et il était sûr que quoi qu'il arrive, ses enfants trouveraient toujours quelqu'un vers qui se tourner. Hélas, son tour viendrait bientôt, et à cette pensée il sentit un filet de sueur couler le long de son dos.

— Tout va bien, Connor ? demanda Gillyanne, que sa pâleur inquiétait un peu.

— Oui. Je me prépare.

— Connor, tu n'es pas obligé.

— Si.

Connor se leva, très raide.

— Je tenais à vous remercier tous d'être venus bénir nos enfants, et pour vos beaux présents… mais surtout, chers Murray, pour ma femme. Elle me rend fou de bonheur, et c'est le plus beau cadeau qu'un homme ait jamais eu. (Il regarda son épouse et leva sa chope vers elle.) Je t'aime.

Gillyanne entendit à peine les applaudissements de sa famille, et serra très fort la main de Connor quand il se rassit. Il transpirait et tremblait un peu, mais elle ne l'avait jamais trouvé aussi beau.

—Ce n'était pas censé te faire pleurer, murmura-t-il en séchant les larmes de Gillyanne avec sa serviette.

—Connor, c'était magnifique.

—Je voulais te remercier. Je savais que tout le monde honorerait nos petits, et je voulais te rendre hommage, à toi. J'aime nos enfants…

Gillyanne posa un doigt sur ses lèvres.

—Je sais. On ne m'a jamais fait de plus beau cadeau.

Connor se sentit rougir.

—Tu le mérites.

Gillyanne sourit. Connor avait avoué à tous qu'il l'aimait. Il ne saurait sans doute jamais tout ce que cela signifiait pour elle. Pourrait-elle un jour le lui rendre ? La jeune femme ne manquerait pas d'essayer, et ce dès le soir même.

Connor entra dans sa chambre avec un soupir de soulagement. Lady Bethia avait fini par calmer le prêtre, le festin s'était révélé somptueux, il avait fait plaisir à son épouse, et les membres de sa belle-famille semblaient satisfaits – et dire qu'il ne les avait pas encore tous rencontrés ! Cependant, les présents paraissaient l'avoir accepté, et l'avenir promettait de solides alliances.

Il ferma la porte derrière lui et fronça les sourcils. Quelque chose avait changé.

—Nous avons de nouvelles portes ? Doux Jésus, qu'elles sont épaisses !

—Très épaisses. On n'entend rien au travers, répondit Gillyanne.

Connor finirait-il par remarquer qu'elle ne portait qu'une serviette pour tout habit?

—Tu en es sûre?

—Certaine. J'ai aussi fait installer une cloche pour annoncer le dîner. Je ne veux plus de cette responsabilité.

Connor éclata de rire.

—Ah, Gilly, tu me rends si heureux.

—Et moi, je t'aime, répondit-elle en se jetant dans ses bras.

Il l'embrassa… et remarqua alors sa tenue.

—Gilly?

—J'ai pensé que tu voudrais prendre un bain.

—Mais tu as eu nos enfants il y a tout juste six semaines… tu es vraiment sûre que…

—Absolument, mais surtout je n'en peux plus d'attendre.

—Je ne vais pas t'abandonner ainsi, dit-il en se déshabillant. (Il prit sa femme dans ses bras et la porta vers la baignoire.) Gillyanne, tu es le bonheur de mes jours.

—Et toi des miens, mon Viking… pour toujours.

—C'est un bon début. Allons, il est temps de mettre ces portes à l'épreuve.

PEMBERLEY

Achevé d'imprimer en septembre 2013
Par CPI Brodard & Taupin - La Flèche (France)
N° d'impression : 3002174
Dépôt légal : octobre 2013
Imprimé en France
81121084-1